COISAS
DO DIABO
CONTRA

TÍTULO: *Coisas do Diabo Contra*
AUTOR: Eromar Bomfim
EDITOR: Plinio Martins Filho
PROJETO GRÁFICO: Casa Rex
PRODUÇÃO EDITORIAL: Aline Sato
EDITORAÇÃO ELETRÔNICA: Casa Rex
FORMATO: 14 x 21 cm
TIPOLOGIA: Famílias tipográficas Glosa Text e Mercury
PAPEL: Pólen Bold 90 g/m² (miolo), Offset 63 g/m² (fotografias) e Cartão Supremo 250 g/m² (capa)
NÚMERO DE PÁGINAS: 264
CTP, IMPRESSÃO E ACABAMENTO: Lis Gráfica e Editora

Copyright © 2013 Eromar Bomfim

Direitos reservados e protegidos pela Lei 9.610 de 19 de fevereiro de 1998.

É proibida a reprodução total ou parcial sem autorização, por escrito, da editora.

Dados Internacionais de Catalogação na Publicação (CIP)
(Câmara Brasileira do Livro, SP, Brasil)

Bomfim, Eromar
  Coisas do Diabo Contra / Eromar Bomfim. –
Cotia, SP: Ateliê Editorial, 2013.

  ISBN 978-85-7480-645-7

  1. Romance brasileiro   I. Título.

13-06606   CDD-869.93

Índices para catálogo sistemático:
1. Romances: Literatura brasileira   869.93

Direitos reservados à **ATELIÊ EDITORIAL**
Estrada da Aldeia de Carapicuíba, 897
06709-300 – Cotia – SP
Telefax: (11) 4612-9666
www.atelie.com.br
contato@atelie.com.br

Printed in Brazil 2013
Foi feito o depósito legal

Eromar Bomfim

Ateliê Editorial

*O rugir de le[ão]
o uivar de lo[bo]
o furor do m[ar]
e a espada d[e]
são fragmen[tos]
de eternidad[e]
demasiado g[randes]
para o olho [humano]*

s,
os,
 em procela
truidora
os

ndes
mano.

WILLIAM BLAKE

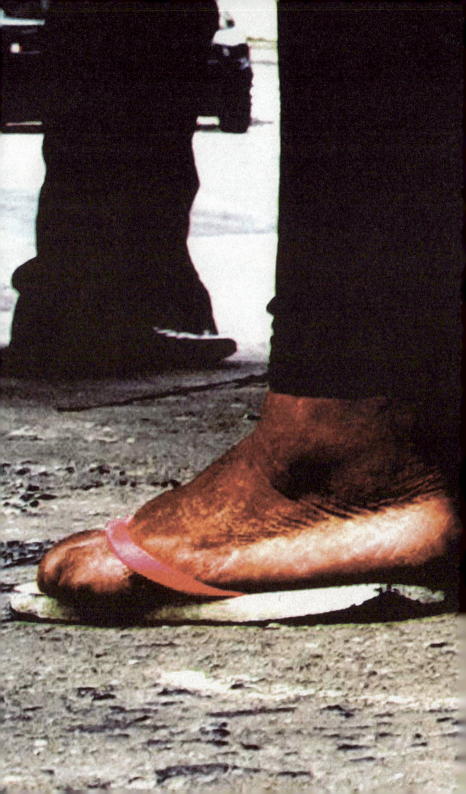

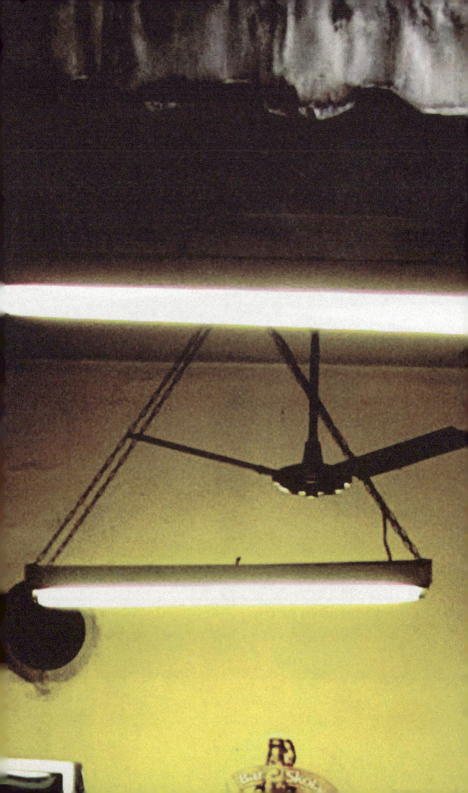

1

SENHOR. Mova para mim os olhos de sua complacência se é de minha parte grande ousadia o presentear-lhe com a história que pinto aqui, mas o faço com o único intuito de causar-lhe contentamento. É grande a loquacidade do mundo de hoje em oferecer formas de distração e lazer, e o senhor, que é dono de notável riqueza, pode requisitá-las para si em sua casa, ou desfrutar delas em seletos lugares da cidade, assim como, se for do seu agrado, pode fazer suas delícias em qualquer ponto do mundo em que elas se encontrem. Isso basta para evidenciar a minha petulância em querer agradar-lhe. Contudo, animou-me a isso a certeza sobre a natureza invulgar das coisas que podem distraí-lo e que são merecedoras de sua atenção. A essa certeza cheguei depois de longo esforço em observá-lo, desde que, por sua mercê, me vi em uma posição privilegiada nesta minha humilde vida. E tendo também estendido o meu desvelo de serviçal observador até ao estudo de seus antepassados, lá encontrei indícios dos mesmos prazeres, buscados entre as gentes de sua numerosa e distinta ascendência. Ademais, julgo que minha história estará melhor sob os olhos do senhor e de pessoas de seu porte e gosto, sem as quais não saberia o que fazer com ela. Pois não são iguais as pessoas, nem as coisas que elas sabem. Há coisas que podem ser partilhadas por muitas pessoas, há outras que só poucas alcançam. Há ainda uma terceira espécie de coisas, que são aquelas que devem ser guardadas só para si. Desta terceira espécie de coisas lhe contarei aqui. Rompo, portanto, o preceito, pois entrego ao senhor aquilo que devia guardar só para mim. E assim procedo porque esses fatos pertencem antes aos grandes, como o senhor, e não a mim, e porque, se eu morrer, não venham me dizer o mesmo que disseram daquele Bertoldo do conto, que quem está habituado aos nabos não deve comer patê. Assim é que, não podendo guardar o que sei só para mim, contarei ao senhor.

Sempre lhe serei grato pelos longos e proveitosos anos que, por seu consentimento, trabalhei em sua casa, e posso lhe dizer que minha vida desde então se pautou pelo que pude aprender observando a sua conduta. Há de lembrar que, anos atrás, por conveniência dos seus negócios, o senhor achou por bem afastar-me dos serviços que lhe prestava e também, por sua recomendação, fui trabalhar para Matias Tavares de Aragão, de quem privei o convívio como homem de confiança até o seu misterioso desaparecimento. Agora que Matias está morto, não vejo no que sobrou de sua família lugar para mim. Por outro lado, constrange-me a ideia de trabalhar para alguém que não conheço e que igualmente me ignore. Sendo assim, não vejo outro domicílio onde possa empregar-me com proveito para ambos os lados senão em sua ilustre casa. Voltaria com muito gosto e nada em troca exigiria, senão uma quantia exígua para minha manutenção pessoal. Graças às economias que fiz, ainda no tempo em que estive a seu serviço, adquiri um modesto imóvel, que me rende alguma coisa quando o inquilino é honesto. Atualmente mora lá um tal, por nome Uriz, que só tolero pela gratidão que tenho a ele por umas informações, sem as quais seria muito difícil emendar os fatos da história que venho trazer aqui ao senhor. Não me faltam, portanto, os meios modestos para viver, mas o que para mim é importante, e mesmo essencial, é afastar-me de pessoas e de ideias vulgares, o que conseguirei se estiver ao seu abrigo e próximo do seu mundo.

De certa forma, em todo esse tempo, desde que passei à residência de Matias Tavares de Aragão, é como se nunca tivesse deixado de trabalhar para o senhor, pois tudo se passou como se a minha convivência com aquele homem insigne fosse para conhecer todos os fatos que agora lhe vou contar, para seu divertimento. De outra maneira não teria como presentear-lhe com o que trago de lá. Propenso que sou para admirar tudo que vem do senhor, não é difícil para mim imaginar que foi sua sabedoria que me mandou para a casa de Matias para que um dia eu lhe trouxesse de lá tudo o que vi, na forma desta história. Espero que com ela eu possa adoçar mais ainda o seu benevolente coração e o senhor me admita novamente em sua casa, onde, com muito gosto, eu espero morar até o fim dos meus dias.

E pintarei os fatos como eu próprio os vi. Mas havendo também partes deles que não pude presenciar, pintei-os como imaginei que tivessem acontecido, segundo as regras do jogo e a situação das peças. Se na pintura que imaginei, meu estro não foi o bastante para retratar os fatos como convinha, apresento-lhe por isso minhas humildes desculpas, mas compenso-o por minha falha oferecendo-lhe o ensejo do exercício de o senhor mesmo os completar com a sua própria imaginação, que nessa matéria, e em se tratando do gosto peculiar que ela exige, estou certo, o senhor será muito mais capaz que eu. Reconheço que tudo aqui está contado com a imperfeição de meus fracos recursos, pois falo de coisas difíceis de se dizerem. Mesmo assim, prometo que aqui verá os momentos cruciais da história de Matias Tavares de Aragão, homem talhado para aventuras extremas, e de seu filho Leopoldo Tavares de Aragão, que rivalizou com o pai em coragem e ousadia, e é o maior herói desta história.

Pessoas como o senhor, adestradas nas austeridades desse mundo, poderão ler essa história com algum proveito. De minha parte, admito que não foi fácil conhecer a crueza desses fatos, e mantê-los comigo é um fardo muito pesado para minha consciência. Também estou certo de que outras pessoas, que afortunadamente nunca experimentaram a crueldade em toda sua inteireza, só poderiam sentir repugnância diante do que narro aqui. Quem vê o mundo com boas intenções busca na vida histórias belas ou edificantes. Eu não tive escolha. Infeliz de mim, que as circunstâncias me levaram a conhecer esses fatos. Libertando-os de mim neste papel, também espero me ver livre deles, embora eu saiba que será impossível esquecê-los de uma vez.

Dito isso, é preciso remontar a alguns anos antes desses tristes episódios.

Teresina Dias Tavares de Aragão realizou o desejo de Matias, desejo que está em todo homem de estirpe, que é gerar filhos capazes de lhe preservar o nome e os bens. Pois anseia e tudo faz o homem distinto para que seus continuadores nasçam saudáveis e belos. A depuração das famílias, que já vem dos antepassados, promovendo uniões conjugais selecionadas, quase sempre garantiu a previsibilidade de rebentos fortes e belos. Mesmo assim, o senhor sabe que os filhos vindouros são uma incógnita para os pais. Quem estará livre de transmissões genéticas aleatórias e indesejáveis? Muitos foram os pais que se decepcionaram com os filhos. São aqueles malfadados que conceberam filhos defeituosos ou doentes mentais. São conhecidas as histórias de pais que sacrificaram filhos ao nascer, ou que, não tendo coragem para matá-los, apartaram-nos para sempre de sua casa, confiando-os aos cuidados de alguma instituição que lhes garantisse segredo e anonimato. Mas temos progredido muito nesse campo do cálculo e da previsibilidade. Formações fetais defeituosas podem ser detectadas desde cedo. Está ao alcance de toda a gente extirpar o mal pela raiz a tempo. Mas a imagem de Teresina, bela, sentada maternalmente nos seus aposentos, nas horas cálidas das manhãs, amamentando seu primeiro filho, perfeito, era para deixar em Matias um traço indelével de um tempo feliz. Depois veio Constantino, com uma sombra no temperamento, algo incógnito que, com o tempo, evoluiu para uma forma de retraimento e saúde enfermiça. Comparando os dois, Matias via que Leopoldo era a certeza e Constantino a dúvida. Leopoldo seria capaz de dominar o mundo e nascera para dar sentido à luta do pai, estimulava sua inteligência, era uma luz brilhante na sua presença. Constantino era o domínio da inquietação, sua presença, desde pequenino, era como um apagar de luzes, um corpo prestes a cair no abismo, desde o começo, uma leve sensação de vertigem. Nesses momentos, Matias buscava Leopoldo, abraçava-o, proclamando-o intimamente o seu sucessor, a sua ponte sobre o abismo. Pai feliz com seu perfeito rebento, Matias esmerou-se na educação do filho, proporcionando-lhe tudo que visa ao domínio deste mundo. Ensinou-lhe o caminho do desejo mais violento e da paixão sem limites. E grata surpresa teve esse pai no dia em que viu seu filho superar, à perfeição, as suas próprias lições. Foi também sua última alegria e sua ruína. Logo depois, Constantino assumiu o governo da casa e me despediu. Mas aquele homem era impulsionado por ruínas. Com que eloquência ele sobreviveu à perda da mulher! Quão admiravelmente ele soube odiar. Teresina padeceu a mais triste enfermidade antes de morrer. Sua imagem bela, feminilmente exuberante, sofreu o mais cruel dos ataques. "Quem, Rubens, — perguntava-me ele, quando ela jazia cadavérica, perdidas todas as forças — quem, Rubens, sem forçar as minhas portas, sem quebrar as minhas janelas, invadiu a minha casa e faz tanto mal assim à minha mulher? Quem, silencioso, em minha casa se instalou e dia a dia devora a minha mulher? Emissários de quem, são estes bárbaros vorazes que consomem, insensíveis, a esposa amada? E você, Rubens, onde estava que os deixou invadir a minha casa e se apossar de minha mulher? Para que te pago, miserável, se não sabes proteger a minha casa e o que é meu? Oh, Rubens, acautela-te do que aprendo neste momento. Afasta-te de mim enquanto podes, se não queres tornar-te meu banquete. Oh, ódio! Só você pode me indicar o caminho!" Que queria ele dizer, naquele momento não entendi. Entendo-o agora? Sou fraco de entendimento, mas desde então ouço e sondo suas palavras. E do que delas entendo é bem pouco, comparado com o que o senhor pode alcançar.

Desde a morte de Teresina, e por muito tempo, trabalhei para um homem perturbado, que vivia constantemente mergulhado nos pensamentos, um homem silencioso. Até que os laços que o prendiam no fundo turvo dos pensamentos se soltaram. Tenho para mim que ele sempre pensou daquele jeito, mas foi naqueles tempos que a coisa tomou forma dentro dele. Naturalmente, não era dado a conversas longas comigo, por isso fiquei surpreso quando ele me expôs sua singular maneira de ver o mundo. A impressão que me causou então era de um homem tranquilo, reconciliado. Com a maior naturalidade e sem preâmbulos ele me disse: "O crime, Rubens, é a ação humana que dá sentido à vida". Não sei por que, mas naquele exato momento, senti que meu patrão havia tomado alguma grave decisão. E tive medo e me perguntei, com certo atordoamento nas ideias: estaria ele decidido a cometer algum crime? Pela primeira vez, depois de tanto tempo taciturno e confuso, as palavras saíam-lhe fáceis, os olhos brilhavam. "O crime nos reconduz ao âmago da vida, como nenhuma outra coisa é capaz — eis a graça. Tudo tem girado em torno do crime. O crime nos faz dignos do drama de existir e um homem como eu, com os privilégios que construí, não pode ser apenas um coadjuvante". Pronto. Ele estava realmente a caminho de um desatino, compreendi. Nos dias que se seguiram, Matias fez-me seu confidente. Falou-me da relutância em aceitar o crime, do sacrifício necessário, das consequências devastadoras se o aceitasse e, por fim, disse-me que cedeu à ideia de matar como quem se rende a uma lógica implacável. Fiquei atônito.

Um sentimento de obrigação de livrar meu patrão de alguma tragédia que se anunciava tomou conta de mim. Atrevi-me a perguntar-lhe quem havia feito tanto mal a ele, a ponto de querer desforrar de tal maneira. Que mal lhe haviam feito e quem teria sido tal pessoa?

Trouxe-me então explicações obscuras. Falou-me de experiência extrema de poder. Disse-me como a fraqueza orienta-se inelutavelmente para a força, pois a força é a única via de cristalização de uma vida, de eternizá-la em um momento. Não havia ninguém especificamente em quem ir à forra, porque era a própria morte que lhe fazia mal, que o agredia. Agredia-o constantemente, e mais ainda quando lhe tirara Teresina. Então, era preciso superar a morte pela posse definitiva da vida. Era preciso ter a vida em suas mãos para afugentar, no fulgor de um golpe, o império da fraqueza e da finitude.

Lembrei a ele o mal que faria tirando a vida de outra pessoa, qualquer que fosse a justificativa. Então ele se alongou em argumentos a favor de seu louco desígnio, ajuntou exemplos. Aos poucos, capturou-me a atenção, e eu fiquei longo tempo em silêncio, apenas ouvindo. Não sei se a razão de eu ouvir quieto era porque, no fundo, eu estava me dizendo que tudo aquilo eram devaneios que não dariam em nada, ou porque, envolvido pela sua lógica, eu já começasse, horrivelmente, a concordar com ele. Mas, reagindo a esse horror, mostrei uma vez mais o perigo do mal.

De tudo o que me expôs a seguir, o que pude alcançar: que Matias parece que esquecera-lhe o mal quando ele entendeu que precisava sacrificar alguém. O sacrifício coletivo e difuso de vidas humanas, com que ordinariamente se conseguem a paz e o bem estar social, não era para ele o mais importante na aventura humana sobre a terra, mas ele passou a se interessar, acima de tudo, pelo sacrifício humano reservado, obtido por suas próprias mãos. O crime sem as circunstâncias vulgares — como ele gostava de dizer. Que os outros celebrassem as conquistas duramente conseguidas com o sacrifício de vidas humanas na construção das cidades e de tudo que ilusão cria. Ele gozaria o sacrifício privativo. A guerra para ele era o momento supremo da civilização. O petróleo do Iraque e da Líbia, a abertura de mercados feita com armas, tudo era pretexto e nada disso, no fundo, valia alguma coisa. Beber a vida que se imolava nas conquistas fora sempre o que importou. A paz nunca passou de modorrenta digestão das vidas que se imolaram. Quanto mais longa e sangrenta fosse a guerra, mais duradoura a paz insípida da digestão, este entreato fastidioso, até que viesse nova guerra.

Para arrematar sua exposição, disse-me que o sacrifício sempre esteve presente em todas as civilizações. Que é raro encontrá-lo hoje em suas formas primitivas, em celebrações e festins. Mas, travestindo o sacrifício de outras formas, a nossa época é a mais pródiga das eras na realização de sacrifícios. Podem ser chamados de guerra ou de qualquer outro nome, mas o que importa, principalmente para os homens lúcidos, é o sacrifícios de vidas. O sacrifício é o motor maior das guerras. Não fosse pela realização do sacrifício, a guerra perderia todo o seu sentido, e nem mesmo haveria nenhuma razão realmente relevante para se fazer guerra. Admitir isso era o que ele chamava de pragmatismo extremo, praticado por homens em momentos de grande lucidez.

Assim, desde que, com força de convicção, admitiu essa forma de pensar, seu passo seguinte teria de ser o crime deliberado. Faltava-lhe, porém, a oportunidade. O crime sempre imiscuiu-se nos negócios humanos e, percebendo isso, Matias resolveu incluir o crime na pauta de suas negociações. E não lhe faltaria habilidade para isso. Sua trajetória de empresário fora sempre marcada pelo sucesso. Muito trabalho, senso de oportunidade, boa dose de audácia e outra de sorte, tudo isso o levou a uma posição inquestionável de liderança no comércio internacional do açúcar brasileiro. Desde o começo na década de setenta, o negócio não tinha parado de crescer. Adestrara-se na celebração de contratos milionários nas incontáveis viagens ao exterior. Com os países árabes construíra sólidas relações depois de três décadas de bons negócios. Quando fechou os primeiros contratos, quase morreu de emoção e não segurou as lágrimas, que caíram sobre o cais de Santos, ao ver os contêineres cheios de sacas do seu açúcar, içados pelos enormes guindastes aos cargueiros transatlânticos. Chorava e olhava para o céu com o rosto banhado de lágrimas, como se fosse a despedida de um ente querido que acabasse de partir.

A empresa consolidara-se. Tinha conquistado a confiança dos mais importantes usineiros do país, enquanto assistia a outros exportadores quebrarem por falta de clientes. Acompanhou avidamente cada falência, empregou alguns arruinados em seus escritórios, embora sentisse certo gozo ao vê-los falir. Os ganhos aumentaram astronomicamente, e ele resolveu diversificar os investimentos, criando uma rede de distribuição de combustível no interior do Estado. Foi quando Domingos de Mendonça, proprietário de uma rede de postos de combustível, estabelecido na mesma região, e que estava em dificuldades, procurou Matias para negociarem a fatia do rico mercado interiorano, porque percebera que a entrada de Matias poderia levá-lo à falência. Então, vislumbrando sua própria destruição e não podendo resistir, buscou abrigar-se nos domínios de Matias. O que normalmente faria Matias alegrar-se com a perspectiva de um bom negócio teve, contudo, efeito diverso. Em outros tempos, ele veria na proposta de Domingos a possibilidade de aumentar os lucros unindo-se a ele como acionista majoritário num processo de fusão das duas bandeiras. Ou simplesmente virar-lhe as costas e sufocá-lo até a morte, numa concorrência desigual, e auferir lucros ainda maiores. Mas o que sentiu pela debilidade de Domingos foi uma grande repulsa. O que o consagraria como homem poderoso aumentou-lhe ainda mais a sensação, que já o torturava, de inutilidade de todo o esforço que fizera na vida para construir a sua riqueza. E a oferta de Domingos soou-lhe confusamente como uma ofensa. Agravou-lhe o sentimento de superfluidade de si mesmo. E sentiu ódio de si e do outro, porque lhe vinha pedir sociedade. E era um ódio tal que para aliviar-se pedia morte. Ele agora era outro homem, e desta vez não se contentaria apenas com destruir os negócios de um concorrente, ou apenas deliciar-se por tê-lo na palma da mão e poder mandá-lo à pobreza se quisesse. Isso seria apenas a contrafação de uma posse, mas não a posse genuína. Era possível salvar-se pelo ódio? Era isso: odiar e matar sem ódio. Porque o ódio existe antes da vítima do sacrifício. Não havia outro caminho para salvar-se. Entregou-se desde então ao ódio a qualquer coisa. Chegou a pensar em autoflagelar-se, não para punir-se de algo que tivesse feito, mas por simples ódio de si mesmo. Desprezava-se, odiava-se. E nas ganas que lhe davam de estrangular os outros sentia conforto e alívio. Foi nessas circunstâncias que ele concebeu o plano de uma negociação macabra com Domingos. Punha-se a pensar no assunto cada vez mais amiúde e por fim acabou por acostumar-se à ideia que se fortalecia a cada dia até não admitir nenhum argumento em contrário. Se lhe vinham dúvidas, elas sempre sucumbiam ao desejo maior de matar. A morte — dizia ele a si mesmo — seria a resposta para tudo e tudo se esclareceria com ela.

  Foi então que vislumbrou na transação com Domingos a oportunidade de realizar a sua experiência decisiva. O regozijo pleno no crime. Seu transporte para o absoluto. O desfrute no âmago do mistério. Esvair-se a fraqueza na devoração de uma vida. Domingos podia trazer-lhe isso em troca de uma praça de comércio lucrativa. Em troca de uma vida, ele daria a Domingos a praça e muito mais se ele quisesse. Conhecia Domingos, o tamanho de sua ambição, seus projetos de reinar, de sobrepor-se a todos no mundo dos empresários bem sucedidos. Um homem que não duvida uma fração de segundo de que a riqueza é tudo nesta vida. Um homem com uma palavra só para solução de toda a existência: a palavra riqueza.

Era assim Domingos. Matias conhecia muito bem esse tipo de homem. É capaz de qualquer coisa. Mil vezes venderia a alma, se mil almas tivesse. E era de uma alma que Matias precisava.

Por aqui o senhor pode ver que já comecei a falar de coisas que para sempre em mim devia calar. Mas agora que comecei, atrás não volto.

O homem a quem eu servia me levou para presenciar o encontro dele com Domingos. Pressenti que coisas muito graves iam acontecer, e talvez aquele fosse o momento de meu primeiro gesto de desobediência. Eu devia saber que, depois de conhecer o que se passaria na reunião entre os dois, minha consciência se tornaria para sempre escrava. Mas, pela natureza de meu trabalho, estava fora de questão negar-me a acompanhá-lo. Eu estava lá, e isso tinha sido como cair no laço armado por Matias. Levando-me para conhecer suas ações, ele fazia-me cúmplice dele, era uma manobra para eu permanecer atado a ele e razão para eliminar-me, caso eu desertasse ou o denunciasse. Hoje, vendo à distância, eu digo que deixei passar a oportunidade de pular fora do barco enquanto era tempo. Mas se agora digo isso é por mero gosto pela reflexão, pois a fidelidade a quem eu sirvo, fidelidade que o senhor bem conhece, jamais me permitiria fugir dos meus deveres.

Por isso fui. A reunião foi no prédio Conde de Prates, na margem direita do Anhangabaú, bem próximo do palácio do governo municipal. Como o senhor sabe, o andar de cobertura do Conde de Prates pertencia a ele, e o senhor também sabe que naquele escritório Matias não mantinha funcionários. Era antes local onde ele procurava refugiar-se em uma que outra ocasião. Construído sobre a colina, é um dos edifícios mais altos da cidade. Há nesse andar de cobertura várias salas, todas vazias ou com rala decoração e grandes terraços que abarcam uma vista de trezentos e sessenta graus, de onde se mira, abaixo, o vale do rio submerso e, acima, o panorama denso dos prédios a perder-se nas cinzas que recobrem a grande metrópole. É um lugar frio, porque permanece os dias e as noites quase sempre deserto de pessoas e de calor humano. Foi esse lugar que Matias escolheu para o seu encontro com Domingos. Recebi ordem para permanecer na mesma sala, e foi o que fiz, além de servir bebida aos dois. Meu patrão nunca se sentou à mesa para beber com ninguém que não fosse também para tratar de um negócio. Eu sabia que eles estavam ali para tratarem da distribuição de combustíveis em Campinas. Notei que, ao contrário de outras vezes em que a transação era conduzida, por assim dizer, esportivamente, entre inteligências hábeis no jogo dos grandes negócios, dessa vez havia algo diferente no ar. Senti mesmo um cheiro desagradável, que creditei à corrente de vento, que naquela noite trazia das bandas do Tietê um odor de esgoto. Corri uma das vidraças na tentativa de evitar o mau cheiro, mas Matias bodejou algumas palavras que entendi como uma ordem para eu deixar as vidraças como estavam. Abasteci mais uma vez os copos. Me pareceu que ambos contemporizavam e não iam direto ao assunto da reunião. Desdobravam casos sobre investimentos, referiam transações bem sucedidas, prazeres desfrutados, gozos suspeitos. Apesar dessa aparente descontração, certa tensão permanecia no ar, resistindo a dispersar-se e, às vezes se manifestava em paradas bruscas na conversação, outras vezes em elocução de palavrões despropositados, e outras vezes ainda em insinuações discordantes. Matias mostrava-se especialmente espirituoso, e tive mesmo a impressão de que naquela noite os negócios iam correr favoravelmente a ele. Enquanto Domingos me parecia muito maleável, subalterno, disposto a tudo, desde que não saísse de mãos vazias. De todo modo, tive a certeza de que meu patrão ia engoli-lo naquela noite. Entendi que ele fazia rodeios, espicaçava os desejos do outro antes de dar-lhe o golpe fatal. Insistia em fazer ver os rios de dinheiro que correriam para Domingos com a desistência dele, Matias, em entrar na distribuição de combustíveis na região de Campinas e ainda adiantou que, sob dadas condições, estaria disposto até mesmo a reforçar o caixa da rede de postos de Domingos naquela praça. Mas a contrapartida que Matias esperava talvez nunca tivesse sido posta em nenhuma mesa de negociação. Talvez em forma velada, talvez sob mil máscaras, o jogo com a vida tenha estado em todas as negociações. Talvez, em doses sutis e homeopáticas as transações com a moeda da vida tenham sido sempre toleradas em todas as relações humanas. Nesse ponto, Matias sentiu que tinha de avançar. Límpido, direto, sem rodeios. Inauguraria, pelo menos para ele, uma negociação purificada. Terrível, e livre de quaisquer máscaras. Inebriava-se já, só com a possibilidade de anunciá-la ao outro. Estava no cerne da obscenidade absoluta. Séculos e séculos o homem rodeia em torno desse cerne. Atado a ele, sem, no entanto, ousar nomeá-lo. É preciso ser cruelmente cínico para nomeá-lo. Por isso houve sempre mil formas de escamoteá-lo. Agora era a vez de Matias trazê-lo para uma vulgar mesa de negociação. Quantos teriam feito isso de forma tão límpida e distinta, desde que o mundo é mundo? "— Você sabe, Domingos, eu não preciso de nada. Não sei se me entende. Quero dizer... minha posição é muito tranquila no mercado. Sou um homem rico, você sabe. E graças à minha riqueza eu busco algo mais perfeito que o simples dinheiro." Matias desviou o olhar, virando-se um pouco na cadeira. Ficaram em silêncio durante uns dois minutos. "— Você sabe... talvez você também já tenha descoberto o que mais precisamos. Algo simples, precioso, o que há de mais caro para um homem que já tem tudo. Não sei se me entende..." "— Estou pronto para ouvi-lo de você." "— Pois bem. Eu quero uma vida."

Eu estava de pé, imóvel, a alguns metros da mesa, pronto para servir, como convinha a um serviçal. Mas, ao ouvir a proposta de Matias, senti meu corpo perder a estabilidade. Minha perna direita, na qual eu me apoiava mais, passou a tremer fortemente. Tentei refreá-la, passando a me apoiar mais na esquerda. Mas aí esta também começou a tremer com todo o vigor. Fiz grande esforço para controlar-me, agindo com fundos sorvos de respiração, com que tentei regular o fluxo convulsionado de meu sangue. Então, o bodum que estava no ar pareceu-me ainda mais forte. Domingos ficou em silêncio, aparentemente buscando entender o que tinha acabado de ouvir. Finalmente reagiu: "— Você quer a minha vida assim como quem quer a minha alma?" E deu uma risada que ficava entre o nervosismo e o desafio. "— Calma! — disse Matias — Eu sei que você não deixaria de fechar um bom negócio, se para isso você tivesse de entregar essa sua alma podre para o primeiro diabo que aparecesse. Mas não é a sua alma que vamos meter no negócio. Vai sair mais barato pra você." "— Então, não é a minha vida que está em jogo?" "— Uma vida, sim, mas não a sua. Uma vida que não tem nenhuma importância pra você. Ao contrário, vai até aliviar você de algumas preocupações". "— Como assim?" "— Você sabe que tem tanta gente, nós mesmos conhecemos alguns, tanta gente que já se livrou de alguém com apenas algum dinheiro pago a um desses pistoleiros que andam por aí. Se fosse só pra matar, eu também encomendava. Mas o que quero é algo diferente. Quero um negócio mais limpo". "— Entendi. Quer se livrar de alguém e quer que eu mate em troca da praça de Campinas?" "— Não. Digamos que é você quem precisa se livrar de alguém. Você se livra e ainda sai ganhando tanto dinheiro, que vai lhe faltar tempo para usufruir todas as delícias dessa vida. Pra isso você só terá de me entregar a presa." "— Sabia que você era bonzinho... então, não vou precisar matar ninguém?" "Claro que não! Você só vai precisar me entregar o pacote. Eu podia, se quisesse, pagar para eliminar quem quer que fosse. Mas não é o caso. Não quero um trampolim para nada. É um bem em si que procuro. Ademais, eu gosto de comprar, a barganha me fascina, e desta vez o que estou comprando é algo que eu mesmo quero buscar e de que eu vou tomar posse com o máximo gozo".

Eu já tinha trocado de posição um monte de vezes, respirado em cadência, mas nada estava adiantando. Levei a mão ao rosto e enxuguei com um guardanapo o suor que ia pingar de minha testa e, sem poder me deter, me dirigi ao senhor Matias. "— Com licença, o senhor me permite sentar?" Ele olhou para mim um instante e disse: "— Sim, e pode beber alguma coisa também". Agradeci e, antes de me sentar, fui até a mesa de apoio e entornei três ou quatro doses num copo. Sentei-me, e já bebi boa parte, como se quisesse o efeito de um anestésico. No entanto, chegavam até meus ouvidos, com muita nitidez, as palavras de Matias. "— Você tem um filho bastardo, não tem?" "— Sim, já o reconheci." "— Você não gostou nada dessa história, não é?" "— Ninguém gosta de herdeiros que aparecem do nada." "— Põe a vida dele no negócio e está tudo resolvido".

Houve um silêncio durante o qual Domingos ficou a mergulhar seguidamente os dedos nos cabelos. "— Fácil assim, é a vida de outro, não a sua. Vai sair barato pra você!" E depois acrescentou, sentindo que já empurrara o outro para onde queria: "— Esquece minhas razões. É um ramo só meu, particularíssimo, em que agora estou entrando. Só me entrega a encomenda. Fácil! O resto, deixa comigo. Pense do seu lado, nas suas vantagens. São colossais as suas vantagens". Falou, finalmente, Domingos: "— Fico com toda a praça de Campinas livre, só pra mim?" "— Toda sua." "— Garantias?" "— Quem abrir o bico morre." Domingos de Mendonça ajeitou-se na poltrona e, depois de respirar fundo, fechou: "— Se eu lhe vendesse um arsenal, estaria me lixando para a vida que você iria tirar com as armas, não é mesmo?" "— Seria também o mesmo que me entregar as vidas" — concluiu Matias. Domingos fez um leve gesto de cabeça, confirmando.

Entornei de um só gole tudo que ainda havia no meu copo. Então ouvi o comando de senhor Matias: "— Rubens, sirva-nos!"

Esse foi o desenlace que pôs fim à disputa de mercado entre Matias e Domingos de Mendonça. O crime foi a solução. Ouso dizer, senhor, com toda minha fraqueza, que na minha opinião não há moeda de troca mais suja, mais revoltante. Mas isso foi o que aconteceu. Pelo acordo, Domingos de Mendonça aceitou entregar a vida de seu filho bastardo, Vitoriano Fernandes da Silva, obrigando-se ainda a providenciar ele mesmo o sequestro, o aviamento, deste pobre rapaz que não sabia nada do que estava acontecendo. Em troca, Matias abortava a implantação de uma rede de postos de combustíveis em Campinas e região, deixando livre aquele mercado, onde Domingos de Mendonça já detinha parte considerável do segmento e não desejava dividi-lo com mais um concorrente. E o negócio afinal se consumou.

Mais tarde, Matias veio a pagar muito caro por isso, pois custou-lhe a perda da própria vida. Todavia, pensando agora na forma como a perdeu, e se é verdade que ele se manteve fiel até o fim ao seu jeito de ver esta triste vida nossa, eu, que o conheci como ninguém, posso dizer que ele encontrou, no seu derradeiro minuto, a florescência mais feliz daquilo que ele chamava de pragmatismo extremo e amoral de toda existência.

Ai de mim, senhor, que movido pelo desejo de agradar-lhe, ousei revelar o que nenhum homem prudente contaria. Devia viver com meu segredo a vida toda e com ele baixar ao túmulo. Mas não tem para onde fugir o homem que conheceu essas coisas. Melhor teria sido que nelas nunca eu tivesse penetrado, porque arrisca perder-se na vida aquele que delas se aproxima. Por isso faz bem até quem delas duvide, pois desacreditar já é um bom começo para não perder-se. Mas agora que lhe revelei o principal não vou sonegar o pormenor e tudo em detalhes e fielmente vou contar.

2

MATIAS TAVARES DE ARAGÃO voltou alguns dias depois ao local do crime. Ao estacionar o carro junto ao meio-fio, ele não escondia os sinais de riqueza. Mas era domingo. E a hora e a solidão do lugar davam discrição à sua presença. Não que não houvesse sempre uma multidão de pessoas nas ruas de São Paulo, mas é que, quando o domingo beira a noite, chega à cabeça dos mais lídimos cidadãos paulistanos a preocupação com a volta ao trabalho na segunda-feira. Então, para muitos, não é mais hora de sair. Para outros, é a hora de recolher-se a suas casas. Também, naquele ponto da cidade, não há moradias, não há comércio. Apenas os paredões dos fundos das fábricas de cerveja dão para uma avenida calçada de paralelepípedos. A avenida não tem travessas nesse trecho, as suas extremidades perdem-se ao longe. Na ponta voltada para o Norte, há uma falha estreita entre os edifícios dando acesso à estação da Mooca e por onde, de raro em raro, uma alma entra para tomar o trem. No lado da avenida formado pelos paredões das fábricas, há largos portões que se abrem, em horas marcadas dos dias úteis, para a saída de caminhões com as cargas de latas e garrafas. Do outro lado da avenida, corre uma muralha, que se estende por longo tempo, e atrás dela passa a estrada de ferro que vai para Santos e corta a cidade no sentido Norte Sul. À noite, é raro passar ali um carro que não esteja perdido. E quando passa, os pneus deslizam sobre a irregularidade das pedras ressoando solitários, com um surdo esturro, até sumir na outra extremidade. Na muralha, há um imenso portão que nunca se abre, mas, quando o homem parou, achava-se parcialmente franqueado, justo para a passagem de um corpo. Eu mesmo o abri, meia hora antes, quando ali estive, aberto para que Matias não precisasse sujar as mãos. A passagem dá para uma espécie de baia, ou garagem abandonada. Pendem de altas pilastras de alvenaria restos de um antigo telhado, mal abrigando decrépitos vagões de trens que ali dormem, esquecidos. Rente ao portão parou o carro de Matias, luxuoso, capaz de chamar a atenção de qualquer um. Quem o visse, certamente se perguntaria sobre quem ia dentro de um tal carro. Na escuridão média da rua, saiu dele um homem portando uma impecável jaqueta de três quartos, em cuja etiqueta lia-se em letra manual a grife da londrina Turnbull & Asser. Quando Matias entrou, a estreita abertura do portão enevoou-se do leve perfume ambarado, de refinado gosto. Se o portão pudesse, teria reconhecido aquele cheiro, o mesmo que sete dias antes estivera ali. A hora era a mesma do outro domingo. Desta vez o homem calculou quase todos os passos que deu ao transpor o portão. E seguia convocando todas as coisas que ocupavam o espaço, como testemunhas que o ajudavam a recompor a experiência que ele vivera naquele recanto morno da cidade. As ruínas da garagem pareciam sentinelas. As linhas de ferro retalhavam o chão como cortes nas entranhas da noite. Objetos indefiníveis acocoravam-se nas sombras. Ele atravessou uma clareira que se destacava com a luz pálida sobre uns restos de um chão cimentado. Avistou a parte do vagão que se mostrava por trás de outra parede em ruínas. Era aquele o lugar. Sentiu uma alteração nos batimentos do peito. Suspendeu os passos. Na outra margem do largo, onde se estendia a malha de ferro, aproximava-se um trem com suas palpitações. Matias forçou uma tosse para destravar a respiração. Então ouviu a própria respiração e teve a sensação mais viva da própria presença.

O trem passou. Tudo voltou a ficar mudo, só sua presença imperava. Pareceu-lhe que recobrava suas forças e como que retornavam, uma a uma, as sensações extraordinárias da outra noite. Todo o espaço que o circundava e até mesmo a nesga de céu que incidia sobre sua cabeça e abraçava as ruínas do trapiche pareceram-lhe novamente insignificantes, e tudo era seu, e tudo se dobrava ao seu imenso desígnio. Sim, aquilo era a impressão da outra noite que voltava. Moveu-se então para o vagão assinalado por sua bravura.

Eu tinha recebido a incumbência de abrir o portão, mas também ordem expressa para não permanecer no local enquanto ele estivesse lá.

Ele entrou na antiquíssima locomotiva, palco de sua renovada vida. Imaginou uma interminável agitação de almas, ouviu os mais pavorosos gritos de medo e o triunfo de uma lâmina cortante pesou-lhe nas mãos pronta a servi-lo. Sim, era toda a impressão que voltava, requentando-lhe o gozo. Agora estava sozinho, num momento absolutamente seu. Mas quando tomou a vida do filho de Domingos, precioso bem que com muito trabalho conquistara, partilhara aquele momento de sua glória com outras pessoas. Permitira-lhes a participação, é certo que um pouco por vaidade, mas muito por benevolência. Apenas para o filho quisera conferir-lhe um dom. Uma honra para sua casa. Todavia, cometera um erro ao imaginar que seu descendente estivesse preparado.

Matias matou o homem na presença de três pessoas. O filho Leopoldo, e mais Gelão e Humberto, que faziam parte de seu corpo de segurança e eram homens de sua absoluta confiança. A participação deles significava que, para Matias, eram também homens de inteligência superior. Ou, pelo menos, um certo tipo de inteligência que tinha tornado possível a cumplicidade de ambos. Sua maior dor, no entanto, reservara-lhe o filho, que agiu como um pária, um aldeão caipira. Foi preciso que os dois homens o segurassem, senão ele estragava o momento. E que momento! — Dizia-se no íntimo Matias. O filho de Domingos era dele. E ele queria reparti-lo com seu filho, mas o bronco não entendeu. O assassinato sem briga, sem intriga. Agora se dava conta. Matara sem a máscara costumeira das intrigas. Nenhum rompante. Nenhum impulso vulgar. Sem aquelas justificativas falsas. Via o rosto de seu cordeiro, seu prato. Ali estava ele. Os rapazes o tinham preparado para ele. Eram mais inteligentes do que o burro de seu filho. Via a mesa posta, simples, mas também luxuosa. Sobre ela, uma laranja, fruta de sua predileção. A brancura do linho puro sob o punhal afiado. Momento supremo. Não sabia se entendera bem, mas que resultado perfeito obteve! Era um homem de resultados. E fora bom. Não entendia também a presença de Teresina naquela hora. Queria entender, mas nisso parecia bronco como seu filho. Não imaginaria que ela viesse tão forte à sua memória. Teresina, que morrera daquele jeito. Que estava fazendo ela ali? Sua mulher, aquela a quem amara muito mais depois de morta. As lancinantes dores que tanto a maltrataram. A inutilidade de sua fortuna. Para salvá-la ele teria comprado um hospital inteiro, com os médicos só pra ela. No seu país, ou em qualquer parte. Mas tudo seria inútil. Em compensação, ela estivera com com ele ali, naquele momento, na miserável locomotiva. Fora ele quem a trouxera. Ou fora o desgraçado do filho de Domingos? O sacrifício devolvera-lhe o seu amor. As garras do câncer enfiadas nos seus órgãos tenros, nas suas carnes macias. Aquelas carnes, aqueles braços que lhe deram tanto prazer e tão cedo o deixaram. Nenhuma mulher mais lhe adiantou. O câncer levou-lhe a única e depois levou-lhe todas. Que imensa fraqueza sua ausência lhe trouxe!

Não. A fraqueza sempre estivera lá, sempre velada de muitas máscaras. Mesmo antes de Teresina morrer. Odiava porque era fraco. A fraqueza enviava-lhe o ódio que o salvava. Como se justificar sem o ódio? Santíssimo ódio. Mas no supremo momento em que apunhalou Vitoriano não havia nem ódio e nem medo. A trégua de tudo. Queria mais aquele momento límpido. Sentia ainda o luxo que estava ali, naquele ventre de ferragem e ferrugem. Era difícil compreender todo o prazer daquele momento. Seria melhor repeti-lo indefinidamente, mesmo que de espaço em espaço, como uma medicação obrigatória. Sem ele, onde estava a vida? Um remédio para garantir a verdadeira vida. Conquistara aquele direito. Não era um pária. Conquistara-o tornando-se rico.

Mas continuava sem compreender por que Teresina estava lá. Algo lhe dizia que Domingos também usufruíra do mesmo gozo. Tinha negociado com ele e pagara-lhe com a vida do filho, mas alguma coisa especial ele também tinha levado. Aquele era o mundo dos negócios, e negócios dos grandes. Ele o teria reduzido a pó, ele o teria mandado para o último lugar da fila. Salvara as suas empresas pelo sacrifício de sua carne. Isso de sacrificar-se uma vida pelos outros era muito antigo. A história começava de novo aí. Mas suspeitava que, de alguma forma, Domingos não ganhara apenas o sucesso de suas empresas. Alguma coisa mais sublime o desgraçado também tivera. Farejara essa outra alegria no momento em que fecharam o negócio. Eram homens da mesma linhagem, sofriam do mesmo mal, devia ter ele pensado.

Primeiro, ele galgou os degraus do patíbulo. A mesa posta apareceu resplandecente. No centro, o punhal desembainhado. Aço, talvez. E a fruta. O homem vendado e amordaçado. A vida palpitando em suas veias saltadas. O filho foi contido pelos dois homens. Matias movia-se pelo estreito espaço entre restos de assentos dilacerados, pisando em nuvens, inconsistente, suspenso por uma ideia imprecisa e boa. Uma espécie de riso assomou-lhe aos músculos da face, mas logo desmaiou nas cores pálidas da tez. Com três passos bem determinados, dirigiu-se para a mesa e agarrou pausadamente o punhal. Pousou de leve a ponta finíssima da arma sobre a fruta, de cima para baixo, e a seguir, pressionou firme, trespassando a débil laranja. Gotas de fresco sabor apagaram-se na toalha. Arrastou para si o punhal, com estrídulo ruído, lanhando a mesa. Com desenvoltura postou-se diante do homem manietado, tomando a distância precisa do corpo, para o golpe correto, com margem de erro nula. E cinco vezes desferiu iguais golpes, e cinco vezes matou, e por cinco portas a vida fugiu. O primeiro golpe, Matias fê-lo de olhos abertos. O segundo e depois os outros, Matias consumou-os de olhos fechados, compassados, demorados, até o último. Calou-se ao longe o maquinismo do trem. Fez-se mais negra a negra noite, não mais engoliu o frescor da laranja a branca toalha, e o aço frio não mais rompe as entranhas. Não mais enche o ar o âmbar perfumado.

O filho, que no princípio nada entendera, depois entendeu menos ainda. Ou entendeu? Por que então gritou daquele jeito? "Tira a venda! Deixa ele ver!" Por que esse desejo? Que queria dizer o filho com aquelas palavras? Tinha ainda outras dúvidas. Gostava de laranjas, isso todo mundo sabia. Por que eles tinham trazido uma? Lembrava-se de que tinha pedido a mesa, a toalha e o punhal, mas não se lembrava da laranja. Quiseram lhe agradar, os puxa-sacos. E o certo é que, afinal, tinham conseguido. Pois ficou bem a coisa toda. Mas como não fora ele próprio que recomendara a introdução da fruta no cenário, esse detalhe tornava-se curioso, sobretudo por lhe ter agradado, e isso agora abria uma indagação quanto a si mesmo: por que ele gostara? Estava ali para ver-se melhor, e esse detalhe trazia mais alguma coisa em que pensar. O fato de, no momento, não compreendê-lo bem era decepcionante, pois lhe causava a impressão de ser ele agora outra pessoa, muito diferente daquela que estivera poucos dias antes ali para consumar a extraordinária experiência. Havia nisso um desespero, um desalento por não ser ele capaz de segurar a sensação de um momento glorioso. Num movimento de correção, afastou logo essa linha de ideias, e procurou unir-se de novo às sensações mais precisas, aquelas do momento do crime. Olhava para cada coisa, cada canto, atento também aos ruídos que o ligassem à passada experiência, desvelando-se em cada coisa, retemperando-se nas circunstâncias relembradas, experimentando-se de novo em cada uma delas, revestindo-se deliberadamente com as cores agudas de sua crueldade.

Soprou a ponta empoeirada de um banco e sentou-se. Estava de frente para o lugar em que o homem recebera as punhaladas. O lugar de sua salvação. Olhou com ternura para as marcas escuras de sangue que se confundiam com a ferrugem do piso de ferro. Estava quase agradecido. Sentiu uma das mãos de Teresina pousar-lhe de leve sobre seu ombro. Um calafrio subiu-lhe pelo corpo. Chegou a virar o rosto para o lado como se fosse para vê-la. Tinha se surpreendido com a presença dela no momento do crime. Em nenhum momento contara com isso. Lembrava-se mesmo de que durante toda a fase de negociação talvez nenhuma lembrança dela tivesse tido. Agora ele sentia de novo com tanta força a presença dela que era como se ela tivesse vindo mirar com ele o cenário do seu ato. Não estava ali para censurá-lo, mas acariciava-lhe o ombro, oferecendo-lhe o desfrute de um momento feliz. Ele sentado e ela de pé ao seu lado, as mãos postas suavemente sobre seus ombros, uma expressão de complacência nos rostos, pareciam pousar para uma foto. Matias transportou-se no gozo do amor da esposa, as pálpebras descerradas sob o beijo do seu amor. Durou pouco esse profundo mergulho em que possuiu a amada. Abriu de novo os olhos e a ilusão se desfez. E de novo o desejo de apunhalar alguém palpitou em seus músculos. Respirou fundo para refrear o desejo, num movimento que era também para apagar todas as ideias da cabeça. Agora, como um autômato, passou a afagar os objetos em torno: primeiro o encosto velho do banco, depois, abaixando-se, acariciou o piso enferrujado, as manchas de sangue no ferro; já erguendo-se, buscou as manchas nas paredes dilaceradas do inútil vagão; já encostando o rosto, pousando os lábios, já apalpando, já tateando, como se buscasse algo oculto, algo que se perdia nas frinchas, no ar, nas ferragens, nas frias peças. Estava certo de sua realização. As manchas de sangue estavam lá para atestar, ainda frescas, podia sentir-lhes o cheiro. Teve vontade de ver-se num espelho e buscou os cacos de vidro que ainda pendiam das frinchas dos caixilhos. Mas, com a luz fraca que vinha da estação do outro lado e os cacos sujos, embaciados pelo pó, não foi possível ver nenhuma sombra de si. Procurou então ver-se com as mãos, pondo o rosto entre as duas palmas, e gostando de tocar-se, expandiu o gesto mergulhando os dedos na cabeleira, esfregando as orelhas, os ombros, o peito. Sua imagem cresceu diante de si mesmo. Sentiu erigir-se para si mesmo, como um monumento imortal, uma estátua em praça pública, o rosto desenhando uma imagem desafiadora, o olhar penetrante, mirando muito longe, muito além das lutas passageiras dos simples mortais.

Podia ter ficado ali toda a semana que se seguiu ao crime, na câmara alta de suas decisões, perto do gesto privativo de uma condição de exceção duramente construída entre os maiores da terra. Seus homens tinham planejado tudo com a máxima eficiência, encarregando-se eles próprios de descartar o corpo no rio Tietê, velho aqueronte onde já singraram as almas de tantos homens bravos como ele e leito de morte foi dessas plagas para tantos outros. Sobravam-lhe, no entanto, os vestígios de sua luta e a lembrança do peso de seus braços fortes, desabando em punhaladas sobre a vida de um homem, numa imensa vontade de matar. Se nunca mais repetisse o mesmo ato, pelo menos uma vez já tinha atingido o píncaro da existência, cuja oportunidade, como homem dotado para bons negócios, soubera identificar. Na forma mais pura soubera atingir a culminância. Para isso não lhe faltara a astúcia no momento de negociar. Uma semana depois ainda parecia-lhe tão extraordinária a conquista, que foi necessário voltar ao local do crime para certificar-se do seu ato e confirmar-se nele. Por uma estranha empatia, dirigia-se aos pedaços de um vagão em ruínas como aos olhos e ouvidos de um amigo solidário e, mais que isso, seres submissos à sua bravura e força. Tudo em volta se fazia mudo diante da força de sua convicção.

Uma mínima lamentação, no entanto, subia-lhe do fundo de sua alma: era não poder tornar pública a sua convicção, não poder expandir indefinidamente a submissão dos seres vivos e das coisas à sua força. Mas este desejo também o incomodava. Que lhe faltava, a ele, para entender que não havia mais nada a lamentar? O seu ato dera-lhe tudo de forma definitiva. Morrer agora era como não morrer mais. Precisava convencer-se de que era vão e estúpido lamentar-se depois do homem em que se tornara. Tinha aberto para si mesmo a senda definitiva da bondade para consigo mesmo. Urgia não perdê-la de vista. Mesmo que, para aclará-la, tivesse de vir toda semana ao velho vagão. Entendera, enfim, a conversão e a bondade dos santos.

Santo deus! Como era difícil fazer o filho entender o seu ato! Depois de tantas tentativas, desacreditara das sutis palavras, acabando por desistir de explicar-lhe por meios indiretos e optando por mostrar-lhe o exemplo. Mas errara ao pensar que isso fosse coisa que se ensinasse. Fora ingênuo a ponto de querer ensinar matéria proibida? O que não se deve falar? Fora precipitação estragar o momento do filho, que só a ele pertencia descobrir um dia? Sim, quisera ensinar ao filho o que mais cedo ou mais tarde cada um descobre por si mesmo — concluiu e voltou a olhar em volta. Inspirou profundamente e expirou mais fundo ainda, como um boi que acaba de deitar-se.

Olhou o relógio, voltando a si. Tinha perdido a noção do tempo decorrido, tal fora o seu envolvimento nas sensações revividas e nas idéias que o embalavam. Consultou a si mesmo sobre o seu próprio estado de espírito. Apesar de algum resquício de inquietude que lhe perpassava o humor em um segundo ou outro, dominava-o uma impressão íntima de bem-estar que, no geral, tranquilizava-lhe as ideias. Até olhou para o peito e a musculatura dos braços, e saboreou uma sensação de pujança. Advertiu-se feliz de que estava em boa saúde. Invadia-lhe o espírito a presença de um convencimento sobre si, e a lucidez das ideias e a desenvoltura da inteligência faziam-no um homem pleno e agradável a si mesmo. Era como se ele próprio se bajulasse. A quem ele devia agradar senão a si mesmo? O essencial era que ele soubesse conferir a ele próprio as láureas dos recentes sucessos. E os gozasse até o último sorvo. Imagens de cidades devastadas em recentes guerras apareceram diante de seus olhos. As poças de sangue nas ruas de Bagdá, os corpos destroçados, cães cheirando e comendo restos de carne humana nas ruínas do Kosovo, uma força em fúria retalhando as pessoas. Espetáculo de glória descomedida compatível com as necessidades de hoje. Pois ele sozinho reproduzira todo esse heroísmo de guerra. Era a sua guerra particular, sua vitória. De que mais precisava? O Iraque que o mundo comeu. Os que lá não estavam participaram em silêncio ao pé da mesa. Comemoração da vitória da verdade ocidental. O governo americano libou com o mundo o sangue de um milhão de iraquianos. Vinho seguro que o mundo bebeu um pouco a cada dia anos a fio, até quando os soldados, satisfeitos, voltaram aos seus lares. Guiado pelos seus maiorais, o mundo seguiu partilhando do indizível prazer, mesmo que os mais tímidos tenham sentido repugnância na hora de engolir o bolo. Os países mergulhados na paz são menos felizes porque mesquinhos nas formas coletivas de força e de sacrifícios. O Brasil é uma dessas nações de paz. Nele o poder de guerra particular é a forma talvez mais perfeita de poder. A mais plena, porque tem a medida justa do indivíduo. O crime na esfera da privacidade é a forma mais luxuosa do poder. Só as sociedades mais desenvolvidas o entendem e o protegem. Os homens mais refinados, como ele, Matias, praticam esse poder. Para esses homens sobram poucas formas de gozo e prazer. Só podem causar fastio todas as outras formas de lazer e entretenimento, que não passam de infantilidades superficiais. A prova estava ali com ele, que após sete dias ainda podia se deliciar com o seu ato. Ainda se sentia pleno de realização. A sensação de completude espiritual ainda não o abandonara. Tão plena que não tinha vontade de quase mais nada. Até falar lhe parecia um esforço quase inútil, penetrara num reinado de silêncio. Oh! Era a trégua na odiada fraqueza! A salvação eterna.

Sabia, contudo, que a continuidade de sua vida e de sua distinção dependia da administração correta de suas empresas. Súbito, o pensamento desviou-se. Homens dispostos a trabalhar, a sacrificar-se, a manter o espírito da coisa. Como a vida era simples, mas com que quantidade de enganos ela sempre se apresentava. Ele precisava sempre de uma só coisa. Todas as outras o agoniavam, o torturavam. Precisava dessa coisa como um majestoso café numa bela manhã. Comer cordeirinhos frescos numa manhã em família. Mas esquecer que sob a toalha há poças de sangue. Mulher servil e criancinhas. Perfumes suaves e indumentárias brancas e mesas postas na relva do jardim. E o cordeirinho para empapuçar de sangue os convivas. Tudo muito rápido e altamente tecnológico, mas se faltar o cordeirinho do sacrifício nada feito. Felizes os que, como ele, sabiam disso com a clareza necessária. Porque, no fundo, ninguém é de todo ignorante. Mas é certo também que alguns preferem ser parasitas, viver das migalhas que caem da mesa dos maiorais.

Àquela hora, mantinha-me à distância, circulando nas redondezas, velando para que a visita de Matias àquele lugar se realizasse com a tranquilidade necessária. Rondava o portão, à espera de um chamado, quando ele encerrasse a visita e quisesse partir. Era um soldado eficiente. Assegurava a meu patrão as condições ideais para que ele pudesse voltar impunemente ao cenário de sua guerra, ao local em que se embebera de sangue.

Entrementes, Matias lá se demorava. E o seu filho? — Perguntava-se ele. Que timidez para romper a casca! Como fora tão caracteristicamente jovem ao repelir sua experiência! Como ainda bebia na mamadeira da hipocrisia! Matias, contudo, admitia que não fora hábil nas palavras, senão lhe teria dito de outro modo. Então, longe da turbulência daquele momento, ele imaginou um diálogo teatral em que não faltava a réplica desesperada do filho. E pausadamente começou o seu discurso assim:

"— Partilhe deste momento, meu filho, e você verá a essência de tudo. Nada sabemos do mundo, mas mostro-lhe o modo de nos comunicarmos com o âmago do nosso ser. Dane-se agora o medo! Que vá para o inferno, e que a lucidez violenta do mundo nos receba na paz deste momento. Que esta lucidez nos cegue com seu brilho insondável. O crime me concede este momento, e nada mais preciso depois dele. Partilhe deste momento, também vocês outros, que me ajudaram a erguer minha mão empunhalada contra um ser de nossa espécie. O ser semelhante é verdadeiramente a única coisa que podemos possuir, porque só ele pode nos compreender neste momento. O gesto de amor insondável de nossa vítima. Tudo o mais nos é indiferente. As montanhas e os planetas, onde quer que os visitemos, tudo isso nos é surdo. Nenhum outro sacrifício pode ser tão legítimo e perfeito..."

"— O que você está fazendo?! Louco! Criminoso! Criminoso repugnante! Psicopata!..." — O filho tinha gritado, obrigando os dois homens a segurá-lo.

"— Veja por outro lado — ele deveria ter-lhe dito — Sou louco porque nos falta isso? Quem me deu essa loucura? Que há no mundo que meu dinheiro não tenha comprado? E no entanto, em tudo estava faltando alguma coisa, que só aqui e agora posso ter. Eu teria de ser muito estúpido para continuar me enganando com o prazer que meu dinheiro compra. Fique com todas essas coisas, você, que ainda é jovem e se excita com essas pequenas coisas. Até o dia em que você finalmente descobrirá o caminho da mais substantiva essência. Essa hora sublime da vingança. Você será então como eu agora, o herói nesta câmara de ferrugem. Não preciso ir a campos de batalha, vales recendendo a sangue dos guerreiros. Os tempos são outros. O luxo é mais privativo. Poucos criminosos o sabem nos seus crimes grosseiros. Movem-se por essa força essencial, mas não a veem. E preciso lucidez e consciência. A obscenidade do criminoso aqui é mágica, oh, entranhas enferrujadas."

"— Então, é para isto que você trabalhou e enriqueceu? Para esta sujeira inominável? Perverso! Sujo!" — ele gritava, tentando escapar.

"— Sim, eis aí a descoberta que depois eu fiz. Trabalhei sempre para isso. Matei aos poucos todos os dias. Alegrei-me com meu sucesso e o insucesso dos outros. Eis o que me manteve de pé em toda minha vida. Eis o que nos mantém de pé. Encontramos essa fórmula perfeita de destruir os outros. As regras de minhas empresas camuflam a destruição que me alimenta. O mal, se existe, é que não achei outro alimento que me salvasse. Não sei quando tudo isso começou, mas aprendi isso e aqui pus em prática. Ou, melhor, nós pusemos isso em prática e é com isso que nos vingamos. É com isso que nos consolamos e é com isso que ferozmente nos defendemos. Heroicamente nos defendemos. Porque hoje sou um herói. E vocês todos participam dessa minha vitória, e muita gente que um dia venha saber do que hoje se passou aqui também vai partilhar desse meu heroísmo. Ninguém em sã consciência se furtará a isso, desde que o mundo é mundo assim tem sido. O exército destruidor é grande, mas as fileiras que os acompanham e os insuflam de longe são ainda maiores. Ninguém terá sido forte o suficiente para não participar de nossa façanha. Outra compreensão das coisas ainda não houve. Ainda não fomos capazes de substituir essa moeda de troca."

"— Assassino sujo, você vai pagar por isso"! — Foram as últimas palavras do rapaz, tão logo o soltaram e ao abandonar correndo aquele lugar.

As mesmas palavras voltavam agora aos ouvidos de Matias e o perturbavam com a sensação de que, pelo menos em relação ao filho, alguma coisa lhe saíra do controle. Surpreendera-o a fúria com que o rapaz se dirigira a ele. Aquele fedelho, quem ele pensava que era para falar-lhe daquele jeito? Acaso ele achava que alguma punição podia alcançá-lo? Quanto tempo ainda levaria para entender? Quem poderia dizer que não fora ele, Matias, o escolhido para que nele e por ele se realizasse o que está latente em todos? Era ele, Matias, que tinha de chegar até o fim daquele caminho e então beber daquela taça, num gole único, o que todos bebiam homeopaticamente todos os dias. Quem hoje bebia, no dia seguinte seria bebido. Se ele fosse punido, que importância tinha a punição? Mas na sua posição, isso estava fora de questão. Tinha antes o aplauso dos seus pares. Os da sua classe tinham trabalhado muito por aquilo e aquilo tinham conquistado. Haviam elaborado as leis para a sua proteção. Eram os eleitos dessa humanidade miserável. Tinham o direito àquele heroísmo. Tinham auscultado os segredos mais insondáveis do mundo e se comunicavam com o eterno. Que objetivos mais altos podia alguém sobre a terra almejar? Aquele fedelho ignorante, como pôde se dirigir daquela forma a ele? E onde será que ele fora se meter desde então? Tinha de achá-lo, antes que fizesse alguma besteira.

Não. Se fosse filho dele, pensaria dez vezes antes de denunciá-lo. Se fosse filho dele, não conseguiria contrariar suas determinações sem antes reprovar a si mesmo.

Não agiria sozinho, tinha certeza. Herdara dele o tino para os grandes negócios. Seria prudente e astuto. Não fosse ele agora fraquejar da ideia. Mas o melhor era achá-lo, o mais rápido possível.

Olhou displicentemente para o relógio, com preguiça de calcular o tempo que já tinha passado desde que entrara no trapiche. Subitamente sentiu um acesso de asco pelo ambiente em que se encontrava. Onde é que tudo aquilo se ligava a ele, um homem rico e culto, distinguido pela classe a que pertencia? Sozinho ali, no meio de destroços que ninguém mais queria, confundido com o lixo guardado dentro de uma sucata velha. De que material era ele feito para não se permitir envergonhar-se de tudo aquilo? Que capacidade estranha era aquela dele para negar-se a ver a sordidez daquele ambiente em que deliberadamente se metera? Como podia transformar a visão daquilo tudo em algo digno de um homem de sua classe? Conhecera tantos homens que encomendaram assassinatos, mas ele preferira cometer o seu naquele estômago seco do lixo industrial, que se abria para ele e o engolia, como se para corroê-lo no seu metabolismo cruel, infernal. E ele, um agente catalisador da destruição. De que ele era feito afinal? Poderia ele falar de sua experiência aos demais de sua sociedade sem envergonhar-se? Sem sentir o mau cheiro de sua própria ignomínia? Que ninho de miséria horripilante era aquele, comparado à sociedade limpa e sofisticada em que vivia? Sim, caíra muito baixo, como um réptil cavernoso. Tinha certeza que naquele momento seus olhos eram dois pontos brilhantes pestanejando no meio da terra. Sabia que era um ser de meter medo. E Matias foi embrenhando-se dentro dessa imagem horrível de si mesmo e quando quis arrancar-se lá de dentro dela viu que não estava só.

Aconteceu que um leve balanço de trem que vai deslizando sobre os trilhos foi puxando o corpo de Matias por uma estrada longínqua. E um ranger compassado das rodas de ferro vinha do fundo da memória que riscava a paisagem veloz. E na cabeça de Matias o trem povoou-se de gente. Era um vozerio e um acúmulo de coisas e de corpos. Com espanto, Matias apreciou o tumulto das feições que viajavam. Ele era um entre tantos passageiros, cada qual voltado para seu negócio. Para sua surpresa, reparou num homem: era sisudo e bem vestido e enquanto lia, concentrado, as folhas de um jornal, deixava ver uma faca cravada nas próprias costas. Outros traziam olhos petrificados e correntes feriam-lhes os pés nus, que sangravam. Estava repleto de viajantes, o vagão. Era sufocante o ar, apesar da calma em que seguia a viagem. No corredor algumas mulheres procuravam ocultar um corpo de uma criança degolada, cobrindo-o com folhas verdes de palmeira. Do teto, formando um atilho macabro, pendiam quatro ou cinco corpos de homens brancos nus e unidos entre si por uma corda amarrada aos seus pescoços. Estavam todos nus e alguns mutilados, ou não tinham as pernas, ou faltavam-lhes os braços. A penca ensanguentada e triste balançava lentamente no centro do vagão, mas as pessoas pareciam não lhe notar a presença. À parte, estava um grupo de homens índios homogeneizados pela cor vermelha de seus troncos nus, e alguns com diademas de penas nas cabeças conversavam confusamente e traziam todos eles o pescoço degolado. Ele mesmo estava aterrorizado, mas consolava-se confiante em uma perigosa adaga que trazia sob a cinta, à vista de todos. A um pequeno agitar de corpos no chão, ele virou-se, e deu com os olhos mortiços de uma menina. Um corpo gigantesco de homem a estuprava, caindo sobre ela. Três ou quatro homens assistiam de seus bancos sem, contudo, interromper a conversa que mantinham entre si. Reparou que no corredor um grosso fio de sangue escorria vindo desde a articulação do seu vagão com o outro anterior, atravessava e ia derramar-se por baixo da porta, para deixar ao longo dos trilhos um rastro vermelho e comprido, tingindo um caminho que se perdia de vista no chão do país. O vagão que seguia à frente estava cheio de homens fardados. Era uma companhia militar, iam soldados festivos e de lá vinha até os ouvidos o som de hinos que eles cantavam, carregados de enorme quantidade de armas e munições. Ou tinham buracos de balas nas testas, ou os peitos feridos, e as manchas roxas no fardamento e os cabelos em mechas pesadas de sangue e terra. Nisso, o estuprador deixou pelo chão a menina em restos, veio para o lado de Matias, queria uma arma para cortar a menina, traste sem préstimo. Matias, zeloso de não ficar desarmado, disse já com medo, já num grito: "A minha arma, não! A minha arma, não!"

Foi esta frase, que ecoou no velho vagão abandonado, saída do próprio Matias, que o trouxe de novo ao cenário de seu crime. Procurou a adaga junto de si, mas não a encontrou. Achou engraçada a situação toda. E, vendo-se sozinho, o som de sua voz ainda repercutindo no ar, desafiador, apesar da solidão em que estava, não pôde evitar a explosão de riso de si mesmo. E riu com prazer, subitamente descobrindo uma sensação agradável como aquela que acompanha alguém egresso de uma boa experiência. Riu mais, lembrando-se com carinho da velha adaga, pois ela era exatamente a mesma que possuía em casa, sua velha conhecida, relíquia familiar, por ela ligava-se aos seus antepassados longínquos. Bravos e valentes bandeirantes. Embora houvesse muita lenda em torno de sua coleção de armas, o certo é que fazia já algumas gerações que elas estavam com a família. Recebera-a de um tio velhinho, morto quando ele ainda era criança. O tio, por sua vez, contava que herdara as armas de outro antepassado, que já vinha do século XIX. Dizia ele que este último, de quem fora herdeiro, já contava a mesma história da origem das armas que se ligavam a um antigo tronco familiar ainda dos primeiros tempos coloniais. Era uma boa ocasião, agora, quando chegasse em casa, de passar em revista aquelas antigas armas, limpá-las direitinho e restituí-las de novo aos seus lugares. Qualquer um diria que a coleção não passava de uma quinquilharia velha: um arcabuz de dois canos, uma espada rapieira e a adaga de dois gumes. Para ele, no entanto, aquelas armas rivalizavam com o tempo, e davam-lhe uma sensação suave de permanência, uma ilusão frágil, mas persistente. Alguma coisa que esvaecia, mas nunca se extinguia e podia lhe causar profunda sensação de segurança existencial nos seus momentos de relaxamento mental.

Surpreendeu-se de novo com o fato de se encontrar naquele sórdido lugar. Mas a surpresa maior ainda foi constatar que, apesar de estar ali, era capaz de experimentar as sensações mais agradáveis. Ocorreu-lhe que talvez tivesse herdado a lendária capacidade de seus antepassados para se adaptarem aos lugares e às lidas mais inóspitas.

Talvez Leopoldo, o seu filho, fosse um elo frágil na cadeia de homens fortes, de uma estirpe que vinha de longe. Começara a juventude prometendo-lhe não negar essa estirpe. Já lhe notara os modos firmes de se relacionar com as moças, que faziam filas em sua casa para transar com ele. Mostrava-se gentil com elas, mas percebia-se que as trazia sob seu domínio. Matias sentia uma tranquilidade de pai que acertara na geração daquele filho vigoroso. Mas todo aquele entusiasmo e furor para viver a vida sem reservas que se anunciava na adolescência amainava-se desde que foi amadurecendo. Notava que o filho ia-se tornando um homem com um quê de silencioso e algo de introspectivo. Tinha poucas namoradas e agora raras vezes pudera surpreendê-lo trepando com alguma delas. Era mais fácil encontrá-lo entre os livros, absorvido nas leituras. Descobria com certo desalento o imponderável no comportamento e índole do próprio filho, que assim fugia-lhe do controle, traindo-lhe a expectativa. Preocupava-o, sobretudo, a sua íntima ligação com o filho, a sua relação consanguínea com ele, que o impedia de superar o amor àquele ser, e nem permitia que o ignorasse de vez. E sendo quem era, queria que o filho fosse exatamente como ele, e se não fosse era para ele como se uma parte de si estivesse imprestável. Uma parte de si que fosse cortada e, afastada de si, atirada aos cães. Por onde andaria ele agora? Havia sequestros por toda a parte. Temia por seu filho, porque se o sequestrassem seria a desmoralização dele próprio como pai. Mas seria também a oportunidade de sua glória e honra de matar. Lembrou-se do memorável tiro de fuzil 7.62, na rua de Perdizes, que espatifou a cabeça do assaltante Carrilho. A bala poderosíssima, capaz de estraçalhar a cabeça de um rinoceronte ou de atravessar mais de cinco pessoas enfileiradas, acabou matando também a moça que se fizera refém. Mas isto foi um mal menor diante da honra de matar um sujeito perigoso. Que homem simples ou que monarca não pensará assim? Perigosa também é uma mulher de rua, como aquela Odila da Silva, de Recife, capaz de atrair o namorado para casa e, enquanto prepara-lhe a cama para dormir, ministra-lhe uma sopa com raticida. Ele dorme e ela espera, gloriosa, pela hora em que ele acordará para a agonia. É então que ela, fingindo querer curar-lhe o mal-estar, prepara-lhe mais um prato de sopa com a dose letal. E lhe serve na boca, de colher em colher, enquanto acaricia a morte que pousa sobre os olhos e as têmporas do desgraçado Olavo, que nunca mais acordará. Sublime momento, que ela saboreia toscamente. E o assassinato dos chineses que sonharam com o Brasil. Eles trabalham, moram e morrem nas lojas em São Paulo. A morte sai de graça para os assassinos. Ninguém reclama por eles, ninguém vem para vingar-lhes a morte. Triunfo total dos assassinos que ainda lhes roubam as mercadorias. Xie Yongting foi encontrado morto nos fundos de sua loja no Canindé. Os assassinos foram vistos saindo da loja, mas ninguém se interessou por eles. Um deles talvez ponderasse: "Não precisava matar o chinês". E o outro: "Tem muito chinês no mundo. Quem é que vai ligar para essa porcaria?" E o terceiro: "A gente se sente até bem, matando um desses toda semana". Entre a gente da terra, o crime se reveste de mais ódio. É preciso atingir os rivais conhecidos. É preciso devolver-lhes a sanha com marcas mais altas na escala do heroísmo macabro. É preciso carbonizar as vítimas. Não passam mais de duas semanas sem que se encontre um corpo queimado nas calçadas da capital de São Paulo, ou no porta-malas de um veículo, transformado em forno, onde se metem para assar os corpos ainda vivos. Ninguém pratica um ato desses sem uma boa dose de humor, nem sempre negro, pois nem todos os assassinos são incapazes de sentir o triunfo da vida eterna.

Todas as coisas, com a repetição, acabam por tornar-se enfadonhas, e já não se deseja mais repeti-las. Não com o crime. Matar nunca se tornará enfadonho. Matar nunca será demais até que se descubra outro caminho para a glória eterna. Até o amor mata, quando humilha o que é amado. Lá para o sudeste da cidade, o atirador de elite tinha na mão que segurava o gatilho o poder de neutralizar a vida do assassino de Cleo. Posicionado a menos de cinquenta metros da cabeça do rapaz, a razão posta de lado, o atirador não estava mais nessa terra. Mirava o abismo escuro para onde mandaria o corpo que tinha sob a mira de sua potente arma, aguardando apenas a ordem de atirar. A ordem que o religaria à fonte do poder inquestionável. O poder que por longos minutos pulsou em suas mãos inebriava-o por inteiro. Tinha em seu amor o movimento de sua vontade. Acariciava-a com volúpia. Esperou a ordem, que não veio. E o atirador voltou para casa naquele dia com as mãos vazias. No entanto, por um momento, ele nunca estivera tão próximo da fonte do poder. O namorado assassino teve mais tempo. Por cem horas ele prolongou a posse da vida em suas mãos, sob a mira de sua arma. Por cem horas constrangeu toda a população a possuir nas mãos a vida de uma menina. Cem horas. Os jornais insistiram tanto neste detalhe. Para um homem tosco isto não significava quase nada. Mas para um homem que sabe o que significa o gozo absoluto do poder, tratava-se de um recorde invejável. Os jornais destinados ao público mais instruído eram os que mais insistiam nesse detalhe. Por trás dessa pequena informação os leitores mais poderosos saboreavam uma mensagem subliminar interdita ao homem não refinado.

    O desfrute do gozo que aquele descontrolado possessivo dividiu com uma cidade de milhões e até com a população do país inteiro, um vigia noturno e sua mulher consumiram sozinhos, na tranquilidade das paredes de sua casa. O mesmo prato de poder transbordou das mãos desse lúgubre casal, no mesmo dia e não muito longe dali, para os lados de Ribeirão Pires. O pai e a madrasta dos meninos Abel e Davi viviam embriagados de uma força que desconheciam desde que conceberam esquartejar e matar os meninos. E nem saberiam por que as palavras desapareceram quase por completo de seus lábios durante os dias que antecederam o crime. Enquanto a ideia sinistra crescia neles, o diálogo com palavras fugia deles. Passaram a se entender apenas por olhares e uma ou outra palavra rápida. O plano de matar os meninos mantinha-os num só sentimento e os isolava de tudo o mais que constitui a preocupação das pessoas e que se dizem pai e mãe donos de casa. A cada minuto aumentava neles a entrega ao desejo de possuir a vida dos meninos. Dividiram a sua cólera equitativamente: uma criança para cada um. E chegaram ao momento de matar como quem com alívio acaba de escalar uma montanha. Refestelaram-se então, sem palavras, mas em grande comunhão de prazer, quando, enfim, apossaram-se das pequenas e frágeis vítimas.

    Matias podia imaginar a glória que experimentaram. Por aqueles dias ele interessou-se por todos os crimes ocorridos na cidade. De alguma forma mental procurou participar dos que lhe pareceram mais convincentes porque prometiam mais recompensa para os seus atores. Um desses crimes, o assassinato de Francisco Pinheiro praticado por um de seus lacaios em lugar e hora refinados. O lugar, a própria residência da vítima. Local asséptico e requintadamente construído. Matias conhecia bem o apartamento, pois era prédio que ele próprio frequentara tantas vezes em visitas a amigos que em uma outra ocasião moraram ali e a cujas festas sociais Matias estivera presente. Uma hora em que algumas crianças ainda estão acordadas: onze horas da noite. Uma hora em que a vida pulsa tranquilamente, no cotidiano organizado das pessoas. Uma hora em que a aparência de paz invade todos os lares. A maioria das famílias de bem janta ou já jantaram e estão ainda reunidas na sala ou em torno da mesa. Tudo isto o motorista quis ele próprio comer. Um assassino ambicioso. E no entanto, ele não passava de um motorista. Não lhe bastava o poder de matar, queria matar o próprio símbolo do poder que era o monumental prédio e um de seus proprietários ricos. Seu poder devia sobrepor-se a todos os outros. Refletindo sobre esse crime, Matias não deixava de sentir certo fascínio e até inveja pelo modo de operação de seu ator. Francisco Pinheiro andava em carro blindado e protegido por escolta armada. Mas quem poderia deter o crime? Quem melhor do que o império do poder sobre a vida para inspirar o mais perfeito estratagema para colher a vida e rivalizar por um momento com as astúcias da própria morte? Mas havia algo mais que ele buscava compreender. Para ele, no poder daquele reles motorista havia algo de perverso que o incomodava. E era que aquele poder era o poder de um fraco a quem só restava a violência. Isso lhe roía o coração como um rato nojento que passara a morar dentro dele. Uma ideia que de vez em quando vinha molestá-lo.

Agora ele sofria pelo filho que estava hospedado sabe lá onde, e estava exposto ao ódio de qualquer desconhecido ou até de um conhecido. Ingênuo como o filho era, estava correndo grandes riscos. Ele, seu filho, carne de sua carne. Mas com que prazer ele mataria qualquer um que fizesse mal ao filho! Na rua Judite, uma psicóloga foi executada com três tiros na cabeça na porta de casa. Não se sabe quem colheu a vida dela, quem se alegrou em possuí-la. Três tiros na cabeça de uma mulher que só tinha a vida, e esta lhe tomaram como quem rouba uma pedra preciosa. Um crime típico de homens bravos, de poder sem limites. Se tivesse sido praticado por menores teria sido um desperdício. Crimes praticados por menores de idade não têm valor nenhum. Por isso a sábia lei do Brasil não os pune. Só o cometido com alguma consciência merece consideração. Mas o crime adulto é um desfrute proibido. Só ele pode sair mais caro. O filho dele podia estar exposto a gente assim, gente adulta, gente implacável, que jamais admite ser desafiada. São capazes de ameaçar a existência até das pedras, de promover devastações de nações inteiras sem que nenhum clamor lhes abata o ânimo. Quantas pessoas como essas passeiam pela cidade em seus automóveis, acima de qualquer suspeita? Pessoas respeitáveis como ele. E, no entanto, ele estava ali, naquele covil, saboreando um crime hediondo, cujo sentido era tão complicado para ele e ao mesmo tempo tão despótico sobre sua vontade. Toda a alegria do mundo parecia-lhe que era incompleta sem o crime. A vida era cruel e toda a alegria não valia nada. Por que não permitira ao filho apenas as alegrias simples? A luxúria modesta que é o gozo de uma vida bilionária? O filho agora estava desnorteado e corria perigo. Por quanto tempo ainda duraria o dinheiro que lhe dera? E se o tivessem matado para roubar? Na cidade, não se podia confiar em ninguém. Será que o filho sabia disso? Ele queria para si todo o ódio desses homicidas, mas temia que o filho fosse vítima de um só deles. Toda essa fúria desordenada ele queria incorporar como resultado de um cálculo meditado, performático, perfeito. Seu filho era uma criança.

Matias odiava matadores de crianças. Violentos de menininhas. Por esses dias as cidades do Paraná vinham ostentando uma série de assassinatos desse tipo. Esses eram crimes descompassados, bestiais. Faltava-lhes o condimento cerebral do crime entre adultos. Uma criança não pode alcançar esse condimento que é partilhado entre vítima e algoz capaz de entender a fulguração do poder. O conto de Allan Poe encanta gerações e gerações porque o personagem mata para vingar-se, mas faz questão que sua vítima morra consciente de que o matador está sendo vingado. Sem esse condimento intelectual não haveria vitória nesse crime. O contista diz isso e é isso que o leitor saboreia com mais delícia. No Texas, é proibido executar alguém que não esteja em pleno estado de saúde física e mental no dia da execução. Neste dia, os doutores visitam o condenado e atestam a qualidade do vinho, a sua pureza.

A que perigos ele próprio não estaria exposto naquele momento? Esta pergunta passou-lhe pelo espírito, e Matias sentiu medo. Rubens dava-lhe cobertura, rondando pela vizinhança até que ele o chamasse. Mas quantos vadios não estariam à solta pela cidade naquela hora e de repente dessem com ele ali, sozinho, por um momento desprotegido? E não era só isso que podia ameaçá-lo. Matara com suas próprias mãos um homem. Metera-se num crime deliberadamente. Teria ele domínio de toda a situação, como imaginava? Que rastros deixara sem perceber? E se os seus homens o traíssem? Matias entregou-se a essas cogitações, aceitando-as como factíveis, buscando entrever realisticamente as consequências que lhe adviriam se fosse descoberto, e um grande medo tomou conta dele. Ele conhecia a inclemência que a boa sociedade reserva para os dissidentes. E ele violara todas as leis da boa sociedade. Sobretudo, ele ousara matar fora dos padrões. Ousara quebrar um pacto. Era permitido matar as pessoas mandando-as para as batalhas das ruas ou para as guerras. Permitia-se matá-las entregando-as a sua própria sorte num mundo repartido entre os maiorais. Podia-se matar pessoas cumulando-as de trabalho escravo ou semi-escravo. Quem na boa sociedade podia se dizer isento de matar à fome? Todos tinham o braço suficientemente comprido para já ter sangrado com privações os homens pobres dos mais remotos lugares do país. Com a corda da pobreza, homens como ele podiam enforcar multidões de brasileiros. Todos os dias multidões de combalidos sociais vêm morrer nos hospitais, enquanto homens como ele arrotam por trás dos guardanapos de mesas fartas. Um vagabundo que ignora a escolta de um homem bom e o assalta é surpreendido de repente por meia dúzia de capangas que o crivam de balas no meio da Alameda Santos. A euforia de matar assim era permitida e louvável. Qualquer homem bom que assim matasse seria festejado por seus pares. Várias vezes ele próprio já havia brindado com seus amigos assassinatos dessa espécie. Eram ocasiões não muito raras de compartilhar os doces segredos de matar. Mesmo que particularmente cada um saboreasse intimamente uma morte, só se admitia que o assassinato fosse cometido pelo bem comum. O direito à euforia e ao prazer de matar só era permitido em nome da lei e do pacto. Havia isso de social no crime. A negação religiosa dele tornava-o proibido e sagrado.

Mas a proibição máxima recaía sobre o desfrute do crime em estado de pureza, livre de todas as circunstâncias sociais que o tornavam de usufruto de todos. Durante longos séculos a civilização aprendera a dividir o gozo do crime entre todos os cidadãos. E ele, como poucos, ousara desafiar todos os séculos de civilização. Esta a sua dissidência imperdoável. Sabia pertencer agora a uma casta de subversivos, a mais odiada de todas. Mas também sabia que, para além da mediania dos homens, esta era a casta mais cobiçada pelos homens independentes em todos os quadrantes do mundo. Mas os governos já foram mais abertamente permissivos e benevolentes. Grande glória do passado foi a daquele Antonio Dias Cardoso, aquele, incumbido pelo governador Barreto de Meneses para atacar os índios do Rio Grande do Norte, com autorização para degolar a todos que fossem de oito anos para cima, e para aprisionar as mulheres e suas crias menores. Quando a ordem repercutiu entre os demais moradores, uma alegria suprema eternizou seus corações. Bons tempos esses em que as gentes podiam compartilhar dos poderes sem limites dos maiorais. Os índios já deram muito à nossa gente. Degolar todos que fossem de oito anos para cima. Bons tempos...

O temor pela vida do filho voltou a assaltá-lo. Tudo podia acontecer nesta cidade a um jovem inexperiente como era seu filho. Ele próprio, passado o seu grande gesto ali naquele vagão, sentia por vezes que lhe fugiam as forças e vinha aquela sensação de desamparo, de impotência, mesmo sabendo ser ele um homem rico e corajoso, capaz de mandar fazer qualquer coisa, de pagar pra ver o que quisesse, ou de ele mesmo fazer o que bem entendesse. Mas naquelas circunstâncias, o filho sumido, ficava difícil de protegê-lo. Ah, como seria fácil matar um desgraçado que se metesse a besta com seu filho, carne de sua carne, vida de sua vida. E uma fúria acendeu-se no âmago de sua alma. Sim, quase desejou que sequestrassem seu filho e o matassem só para ele desencadear o seu rosário de assassinatos. Via-se em cenas vingativas terríveis, lúgubres, ensopando-se no sangue de suas vítimas.

Mas já ia longe demais aquela visita ao local de seu crime. Era preciso voltar à vida normal. Era preciso embuçar-se de novo nos disfarces da vida legal, desempenhar seu papel no sistema produtivo, na organização do trabalho em sua empresa comercial, onde muitas pessoas estavam envolvidas e ganhavam a vida. Pensando assim, transformava-se quase em outro homem. Mas ele sabia que essa transformação era apenas aparente, pois ele sabia que sua força e sua crueldade estavam sempre por inteiras em todos os instantes de sua vida. Mesmo que, no dia a dia, um tênue véu recobrisse sua verdadeira natureza. Mesmo que os outros esquecessem de olhar no dia a dia para sua verdadeira face, ela permanecia ali, íntegra, por trás do paletó e da gravata, sentada à mesa do escritório, presidindo as reuniões, ouvindo, organizando, decidindo, crescendo com os outros numa sociedade que sempre marcha para a frente.

Matias saiu do vagão dando passos firmes e, uma vez fora, parou por um instante, correndo a vista ao redor até onde podia ver na escuridão. Puxou pelas lapelas a capa cingindo-a bem ao corpo. Respirou fundo como se sorvesse o ar do mundo inteiro só para si. Sentiu o cheiro acolhedor da noite fresca. A extensa nesga de mato e capim que se alonga entre a muralha e os trilhos banhara-se na umidade do sereno, preparando-se para passar a noite. E uma cordilheira de prédios pontificava em todas as direções, aureolada pelo clarão que vinha dos postes, das janelas, dos faróis dos carros. Tudo isso entrava pelos olhos de Matias e uma impressão de beleza e paz produziu no coração desse homem uma imensa satisfação de viver. Neste instante, pelo portão entreaberto, Matias viu parar, silencioso, o seu esplêndido carro para levá-lo.

Ao atravessar a abertura no portão, o empresário imediatamente me avistou, ao lado da porta aberta do veículo, pronto para conduzi-lo. Nenhum outro carro transpôs naquele momento a longa avenida, apenas o de Matias deslizou em toda sua extensão, num sopro cômodo e confortável, até perder-se depois do último paralelepípedo.

3

LEOPOLDO NÃO VOLTOU à casa paterna desde a noite do assassinato. Viu o que viu. O que não podia compreender. Os homens do seu pai ainda quiseram detê-lo, mas desistiram diante de um gesto de Matias. Que o deixassem ir. Sob forte perturbação do espírito, fugiu desnorteado, entregando-se por inteiro em desabalada correria pelas desertas ruas. Era como um asmático em agonia correndo atrás do ar que lhe fugia. Varou assim a esmo algumas ruas, afundando-se na noite, bebendo o vento e deixando escapar frases cortadas, palavras soltas, peroradas.

Já tinha corrido longa distância, e ao primeiro sinal de cansaço, a resistência já caindo, bateu o peito contra a parede de concreto que margeia o canal. É o rio Ipiranga, comprimido entre as paredes que nascem ao pé do seu leito, escorrendo a fio. Leopoldo debruçou-se sobre a amurada, e deixando o rosto pendurado para dentro do canal, fitou o rio escuro, estrangulado, a mover-se devagar. Lá embaixo, próximo à margem direita, estavam dois sarcófagos, ancorados.

Eram pesados, imensos, desafiando os tempos. Pareciam boiar, apesar do enorme peso. Em cada um deles jazia dentro um corpo. Eram duas pessoas ilustres, encerradas neles com trancas de lavor esmerado. Para sempre e irremediavelmente trancadas nos dois cofres luxuosíssimos. Leopoldo considerou-os, aturdido, e não acreditou no que via. Parecia que começava a delirar, mas apalpou-se, mordeu-se, e viu que não mentia. Levantou e girou a cabeça, a ver se mais alguém estava por perto e visse o que ele acabara de descobrir. Não viu ninguém, apenas um carro cruzava a outra rua ao longe. Dois corpos ilustres ali e ninguém para vê-los, ninguém para velá-los, ninguém para ressuscitá-los. Mas os relicários em que jaziam eram para durar uma eternidade. Nesse momento, a mais funda perturbação, ou a dor mais profunda invadiu o coração de Leopoldo.

Desviou-se daquela visão quando notou, pairando na escuridão, abaixo de pesadas nuvens, um tumulto de cavaleiros sobre negros corcéis que pareciam alçar voo. Saltavam de uma colina onde um jardim fora desenhado caprichosamente, ao fundo do qual resplandecia o palácio sob a luz de grandes faróis que o iluminavam desde o chão. Duas crianças com dois corações pequeninos passeavam pelo labirinto do imenso jardim protegidos pela companhia de seus pais. Um homem que conhecia os cavalos e os cavaleiros e que apontava para tudo com uma intimidade familiar. Leopoldo reconheceu nesse homem o seu pai. Era de tarde e faziam um passeio pelos jardins antes de entrarem para uma das muitas visitas ao museu. Sua mãe sempre dispensando maior cuidado ao Constantino, tão enfermiço e enjoado. Via-a andando, colada ao corpo do seu pai, linda, com uma saia justa e sapatos altos e a blusa delicada, a gola afogada, cingida por um camafeu que o marido lhe comprara em uma viagem ao Egito. Leopoldo caminhou para o centro do parque. Pela avenida que o ladeava, um movimento contínuo de automóveis denunciava uma cidade que não dormia. O pai estendia a mão ora para um menino, ora para a mulher. Na escadaria apoiava-a delicadamente e no topo ela premiava-o com um beijo apaixonado. Os meninos, já sabedores daquele roteiro, adiantavam-se, já entrando no palácio e admirando os monumentos. Súbito, de lá de cima, todos voltavam os olhos para a paisagem onde um carro puxado a bois rangia, arrastando um comboio de índios. Um grupo de cavaleiros, todos de espadas desembainhadas, açulava os índios com estocadas para que se deixassem levar sem zanga pelos bois que os puxavam. O comandante deles empinava o cavalo, que soltava relinchos muito mais altos do que os dos demais, e brandia a espada com hirto braço enquanto bradava: "Morte! Morte! Podem matar todos esses imprestáveis desgraçados!" De repente, um acidente: grossas toras de pau vinhático desatavam-se do carro e rolavam com estrondos sobre os pobres índios, esmagando-os contra as paredes de uma casinha que ficava na beira da estrada branca desenhada dentro do mato. Assistia impassível a esta cena um enorme homem de chapéu muito abado, um gibão de bandeirante cingido na cintura por um cinto largo de couro coberto de pelos, do qual pendia uma comprida espada por sobre um calção estufado, longo só até os joelhos. Calçava meões de algodão que cobriam as pernas até as botinas adornadas de metais. Pousando uma das mãos no punho da espada e a outra no cinturão, numa pose rígida de estátua, ele ordenou com voz possante: "Matem todos os que ainda estão com vida!". Puxou pelas rédeas do cavalo e de um salto montou garbosamente. O pai de Leopoldo apontava para esse homem altivo e chamava a atenção de todos, dizendo: "Aquele é Raposo Tavares, um dos bravos daqueles tempos!".

Da mata espessa que fica atrás do palácio, partiu um ruidoso acontecimento. Do nada, ele viu gente desconhecida ferindo em fúria uns aos outros. As vozes abafadas pelos golpes, a agressão descontrolada, a força sem razão com que cada um se entregava ao massacre do outro infundiram terror no espírito de Leopoldo. E assim viu surgir da rua Xavier

Curado, e partir para a luta pelo flanco direito do palácio, um desbravador imponente, no comando de uma companhia de uns vinte homens, entre brancos e índios, todos munidos de armas brancas e assim mesmo de armas de fogo. Foi então que aos golpes físicos seguiram-se os tiros para acrescentar mais dor e sangue. Em pouco tempo, pelas laterais do palácio, começaram a aparecer nuvens de fumaça e espalhou-se o cheiro de pólvora. Estalavam as carabinas de toda espécie, que eram tiros de spencer, de comblaim e de mannlicher e de mauser. Nem paravam de percutir os da carabina evans, os de fuzil früwirth e os da colt e da winchester. Não foram poucos os que caíram com tiros de revólver lefaucheux, revólver colt americano, e smidt, e nagant e chaeffer e smith wesson. Leopoldo entendeu num átimo que era muita fumaça porque também feriam com mosquete e bacamarte de pederneira, e bacamarte de percussão e espingarda mourisca. Muitos tiros eram de pistola de pederneira, e pistola de percussão e até trabuco-bacamarte. Aqui Leopoldo ouviu a voz do pai vibrando do seu lado "Aquele comandante é o Manoel Álvares de Morais Navarro". Mas o sangue já tinha fugido do seu rosto há muito tempo, e o medo apossou-se de seu corpo. Correu bamboleando, indeciso como uma folha levada pelo vento. Correu na direção do rio. Ali, as chamas do fogo eterno tremulavam como bandeiras incendiadas e bem acima, no clarão que elas estabeleciam, suspenso no céu, às margens do rio, Leopoldo divisou o pai que conduzia o voo de uma biga romana na qual pontificava sua mãe, Teresina, desfraldando ao vento o manto que a cobria, e a brisa ferindo seu coto branco onde sangravam tristemente os seios nus. E Matias, o peito aberto, mostrando a musculatura rija bem marcada, protegia-a no ar, a pesada mão cerrando um punhal ensanguentado, assombrando o rosto as contrações terríveis de um amante em combate. O que era doloroso era ver a chaga no peito macio da mulher, a ponto de deixar à vista o coração a escorrer sangue, prestes a parar. Leopoldo precipitou-se de novo a correr, tomando uma das duas pontes de ferro, em curva, que transpõem o rio. Na passagem resvalou pelas guias da ponte e por um triz não caiu lá em baixo, no abismo que as águas cavam. De lá subiam os gemidos de ainda corpos que tinham vida. Leopoldo parou um instante agarrado ao corrimão e pôde ouvir distintamente o som marolado das águas, que sobremontavam os detritos e os cadáveres encalhados. Ele imaginou as águas barrentas misturando-se ao sangue, mas não conseguiu nem ao menos divisar quem eram aquelas pessoas que lá embaixo suportavam as dores das feridas e o azedume malcheiroso de esgoto. Leopoldo terminou de atravessar a ponte, atravessou depois o gramado e ganhou a rua. Então parou para dar uma última olhada atrás. Inabalável, aparecia o palácio, todo envolto na fumaça da recente artilharia, plantado em suas fundações de alvenaria, largas de um metro e meio. Os blocos de granito das escadarias em frente aumentavam-lhe a imponência, que se vislumbrava por trás da bruma de pólvora.

Passava das duas da manhã. Leopoldo seguia pelo vale do rio. Foi então que lhe acometeu um cuidado. Se permanecesse em lugar muito destampado como era ali, e onde naquele momento só passavam carros, podia ser que fosse interpelado por alguém. Era a primeira vez em sua vida que se via andando sozinho tarde da noite, por uma via onde àquela hora qualquer um que transitasse podia levantar suspeição. Se ele topasse com um carro da polícia, tinha toda chance de ser abordado. E ele já não sabia em que pé estavam os acontecimentos. A consciência de que era um fugitivo bateu-lhe em cheio. Acabara de presenciar um crime bárbaro, inexplicável. O assassino era seu pai. Como dizer que não tinha tido participação? E mesmo que pudesse explicar, como poderia tocar naquilo? Como falar naquele assunto? Entendeu que devia esconder-se. Pelo menos naquele momento, era a única ação que lhe parecia viável dali para frente. Fugir, ocultar-se de tudo e de todos. Caiu fora da via destampada.

Começou a subir a encosta buscando as ruas mortas, de trânsito improvável na madrugada, quando muito, um ou outro vigia noturno, alguém que chegava tarde a casa. Andaria reto e normal, pelo meio da rua, mostrando-se para não meter medo em ninguém, não causar suspeita. O importante era não ser interpelado, não queria abrir a boca, não tinha a mínima vontade da falar com ninguém. Se fosse possível, ficaria dali em diante um século sem falar com ninguém. Queria um lugar oco no mundo para meter-se dentro. Não queria as necessidades. Se pudesse dispensaria até a água, até a comida, até o ar. Começou a galgar a encosta pela rua Maranjaí. Sentiu que a subida impunha-lhe resistência aos passos, mas aceitou o esforço com uma ponta de resignação e até mesmo procurou imprimir mais velocidade à marcha. Para onde estava indo? Perturbou-se porque não soube que responder. Em seguida pensou: para lugar nenhum, estava apenas fugindo. Fugia de sua casa onde deveria, como de costume, estar dormindo. Fugia do sono rotineiro que precedia o despertar no dia seguinte para a sua toilette, o café da manhã, o carro, o trânsito e o escritório de engenharia onde trabalhava. Ele não sabia que vivia como que dentro de um balde, juntamente com uma infinidade de objetos e detritos e, no meio desses detritos, o seu pai e irmão e casa e carro e amigos e namoros e trabalho e estudos e planos e projetos e lembranças. E o vaso fora bruscamente entornado atirando-o por buracos desconhecidos como tudo o mais que rolava depois do despejo. Sim, tudo fora desconjuntado, tudo fora despejado. Esta foi a imagem que se fixou naquele momento: ele era um objeto misturado com outros tantos no balde de água suja que fora despejado pelo chão. Apertava o passo subindo pelo morro e repetia que era um detrito despejado que rolava, e rolava não sabia para onde, o melhor era estender-se ali no chão e deixar-se sujar e enegrecer-se de sujeira como aquelas pessoas de roupa ensebada que vivem pelas ruas falando sozinhas sem ligar para mais ninguém. De lado a lado, as casas e prédios incrustados no caminho, as pessoas dormiam ou velavam em silêncio à espera do amanhecer. Leopoldo sentiu-se tão em desacordo com a ordem das coisas que teve medo de desgarrar-se de tudo e mergulhar na loucura. Depois caiu em si, buscando ver-se, reencontrar-se com a identidade que até aquele dia ele supusera que fosse a sua. Não soube em que ideia de si mesmo agarrar-se e foi tomado de súbito sentimento de vergonha. Sentiu-se debaixo do olhar das casas, dos prédios, de um vulto desconhecido que se mexia, de uma luz que piscava, das portas, das janelas, que todas pareciam fitá-lo. Disse então para si mesmo que não se importaria com nada dali por diante, que o ridicularizassem, que o criticassem, que o desprezassem, ignorassem, prendessem e até o matassem, que ele não estava nem aí. Mas já a vergonha e depois o deboche se transformavam em medo. E o medo era o sentimento que mais o incomodava. Teve vontade de gritar, de urrar, para espantar o medo, quase começou a fazê-lo, mas se conteve e o único jeito de se apaziguar um pouco foi apertar o passo, esforçar-se em vencer a resistência da subida até esfalfar-se, até esfolar-se. Este, sim, era o sentido que naquele momento dava à sua vida: sacrificar o seu corpo, como coisa que embriaga e faz esquecer tudo. Leopoldo entregou-se a todos esses pensamentos enquanto subia, acelerado, a ladeira da Basílio da Cunha. O esforço físico fê-lo mergulhar os sentidos numa espécie de torpor. Naquele ponto, os poucos carros que passavam vinham sempre pelas suas costas e ele desfrutava o alívio de não receber nos olhos os fachos dos faróis. Eliminava também a possibilidade vaga de alguém reconhecê-lo. Seguia cansado, indiferente e, à medida que a subida ia sendo vencida e o chão se aplanava, ia experimentando uma sensação de conforto. Mas a dor que comprimia o peito era maior e acabava por dominá-lo de mistura com a perturbação de seu juízo. Vencida a subida e amainada a respiração, Leopoldo se viu momentaneamente confuso sobre que direção tomar diante do cruzamento de ruas e das possibilidades que se abriram no topo da pequena chapada, onde se estendia a Lins de Vasconcelos. Considerou de novo que nenhum rumo fazia sentido mais que outro, exceto que ou eram ruas que subiam, ou ruas que desciam. Escolheria apenas se queria subir ou descer. Há pouco sentira-se melhor na subida, porque fora um meio de torturar-se e na tortura embriagara-se e aliviara-se. Todavia, deixou o corpo pender para frente e começou a descer. Mas, ainda no alto, abriu-se toda uma visão das casas e prédios que iluminavam a encosta do outro lado, mostrando para ele a outra ladeira que iria subir depois que chegasse ao fundo do vale. E eis nisso o objetivo que resolveu a pequena indecisão que havia pouco o acometera. Próximo, chamou-o à atenção o muro do cemitério, que se estendia em branco sob a luz amarela dos postes. A visão do muro comunicou a Leopoldo uma impressão de coisa estável, tão diversa do tumulto de sensações que iam pelo seu espírito. Atrás daqueles muros brancos, havia um repouso profundo, uma indiferença tão pronunciada, tão permanente, que chegava a ser altaneira. Entendeu que o cemitério não deixava de ser uma promessa fiel para as pessoas, uma garantia de alguma coisa que, no fundo, devia confortar. Por que recusá-la? Não seria a recusa a causa de tanta estupidez? Mas por que agora lhe vinha essa ideia? Estaria, sem o saber, preparando-se para o suicídio?

 Afastou aquele pensamento e sentiu-se leve, descendo a ladeira. Ali perto há uma curvinha bem fechada na rua Ônix. Leopoldo começou a descer por ela, tão próximo dos quartos dos sobradinhos que dormiam, que ele sentiu o cheiro macio e confortável das fronhas dos que lá dentro ressonavam. Ele, no entanto, descia sozinho, trôpego, naquele desnorteamento inesperado em que toda sua vida virava de ponta cabeça. Ele que sempre teve direito ao sono tranquilo na mesma hora em que todos dormem. Ele agora descia por ali, no maior despropósito, a despeito de tudo, talvez manchado de sangue, sem que ninguém disso desse conta. Terminou a curva e mais uns passos ele chegou ao ponto mais baixo do vale, de frente para uma avenida que lhe pareceu perigosa. Esgueirou-se então para a direita, andando encostado às paredes das casas, ali onde começa uma ruazinha que circunda uma pequena ilha de jardim, transformando aquela alça de rua numa pracinha recôndita, que surge tão abruptamente na curva da avenida que os motoristas passam por ela sem ter tempo de lhe fixar os olhos. Quando Leopoldo se viu ali abrigado, experimentou uma sensação semelhante à que sentia quando se jogava na cama de seu quarto ao chegar da rua. Sentou-se no meio fio buscando o descanso e encolheu-se até meter a cabeça entre os joelhos.

Algum tempo permaneceu assim, os olhos fechados. O rumor do vento embalando as árvores, que até então ele não notara, começou a tomar forma nos seus ouvidos. É que aquele recanto de rua comunicava-se com o bosque. A fileira de casas terminava ali, onde as primeiras árvores se apresentavam, de um lado, galgando a encosta; enquanto do outro, limitadas por uma amurada baixa e larga, alinhavam-se ao longo da parte baixa. Despertado pelo barulho do vento na copa das árvores, a atenção de Leopoldo voltou-se para a exploração do bosque, até onde sua vista pudesse desvendar. Ergueu-se e encostou-se na amurada, apurando a visão para o interior escuro por entre os troncos, depois dos quais ele viu que se estendia um manto de água. Ninguém o notaria se ele pulasse para dentro e agarrou-se à amurada e saltou, tomando um susto ao perceber que tinha pulado de uma altura superior à que imaginara. Mas não se machucou. Pôs-se a andar e com pouco já tinha atravessado a faixa de mata depois da qual viu-se em uma pequena planície gramada à beira do lago. Nunca estivera naquele lugar. No meio da noite, aquela água escura, quieta. Nenhum raio de luz conseguia atravessar as altas copas das árvores que rodeavam o lago deixando-o isolado no meio da mata. Centenas de edifícios habitados por milhares de pessoas sitiavam o bosque e o laguinho com suas relvas nas margens. Estrangulados de todos os lados, guardavam, no entanto, em paciente silêncio, seus escuros, seu frescos, suas cores novas, suas carnes tenras e a nenhuma pressa de seus troncos. Sentiu vontade de deitar na grama. Estava na hora mais silenciosa da noite, deviam ser três horas. Era talvez a hora em que a maior parte das pessoas dormem. A hora em que quase todas as maldades já deviam ter sido praticadas. Muitos já teriam sido salvos e teriam de novo uma aurora. Bonito seria ver o dia amanhecer no meio daquele bosque, à beira daquele lago. As suas águas ao romper do dia talvez se cobrissem daquela espessa névoa que precede os raios solares. Escutar o primeiro pássaro cantar, ensaiando o primeiro salto no galho mais próximo, antes que o parque fosse posto à sua diária exposição para o uso dos frequentadores de acordo com a regulamentação: não pisar aqui, correr ali, não entrar acolá, observar o horário, não isso, não aquilo.

Imaginou que ninguém o perturbaria se ele se deitasse um pouco. Então se estirou na grama, de costas, o rosto voltado para o céu. A copa das árvores formava um círculo em torno do lago e, no alto, as derradeiras folhas suavemente balançavam. Nas margens do lago soprava uma aragem branda, acentuando o cheiro noturno da relva. Noêmia sentava-se ao seu lado enquanto ele lhe advertia sobre os animais brutos que àquela hora podiam aparecer, surgindo da mata para beber da água fresca. Ele os nomeava para distraí-la. Ela ensaiava levantar-se para partir, ele a retinha. Sonhara a vida inteira com aquela oportunidade de encontrá-la num lugar tão bonito e cuja solidão acolhia tão bem a beleza dela. Tinha entre as dele as mãos dela e ela lhe permitiria beijá-la. E ele finalmente tocaria nela, confundindo-se os dois com a luz forte do sol e a fresca sombra das árvores e a maciez intocável dos braços dela e o cheiro das coisas silvestres. Tocada pelos cabelos dela, a solidão era doce e mais profunda, e mais amigo era o silêncio do lago, perdido e calmo, no meio da floresta. De abrupto, o assalto. Surgiram de dentro da mata, e já não dava tempo de fugir. Apenas divisou os rostos, três ou quatro, fugidios, mal-intencionados. Num átimo, Leopoldo compreendeu o horrível e desonroso desfecho. Sua incapacidade evidente para enfrentá-los sozinho, inerme. Quem seriam eles? Olhar no rosto deles, talvez um vestígio de compaixão encontrasse em algum e lhe pediria, covardemente, até beijando-lhe os pés, mas que os poupassem. Já gritava para Noêmia: "Corre, corre! E eles me matam!" Ainda viu Noêmia, que fugia, à velocidade que podia. Mas um deles a persegue, visivelmente mais rápido que ela. Anteviu, num fragmento mínimo de tempo, a violência terrível que praticariam nela antes de a matarem. Então, foi com a amargura maior do mundo, que Leopoldo provou da inutilidade de sua resistência, da inferioridade de suas forças. Mas compreendeu também que provaria da alegria de dar a vida. Um silvo de apito estridulou do outro lado do lago. Era outro homem que marchava em sua direção, talvez em traje de guarda-parque, e vinha para expulsá-lo, o intruso, que entrara no bosque fora de hora. Leopoldo vislumbrou-o por entre as pálpebras quase decerradas. Não esperou. Ergueu-se e disparou de volta para a amurada onde procurou um lugar mais baixo para subir e ganhar a rua.

Seguiu beirando o muro que separa o parque das ruas, depois começou a subir o morro na direção que leva à pequena ágora demarcada do lado sul pelas cinco colunas de pedra. Vistas da parte de baixo, as colunas se apresentam em uma altura surpreendente. A base das colunas está assentada sobre uma parede baixa, em semicírculo, o fuste das colunas é cilíndrico e liso e os capitéis estão unidos entre si formando uma espécie de travessa sobre todas as colunas. Subiu até lá. O lugar lembrou-lhe uma arena antiga. As colunas mergulhavam no vazio do céu. A lajem do piso estava solitária, silenciosa. Talvez algum mendigo ainda viesse terminar a noite ali. Por que ele próprio não se aninhava pelo chão buscando descanso? Seria naquele arremedo de praça milenar o lugar em que passaria a primeira noite dormindo no chão das ruas?

Deixava-se arrastar por uma nova vida como quem se precipita em um abismo? Uma vida tão oposta àquela a que estava desde sempre acostumado? Não. De certo que não era isso o que queria. Todavia, parecia nascer nele o sentimento de que a rua o acolhia. Mas o sentimento que lhe apresentou com mais clareza era o de que lhe fazia bem deixar-se ir pelas ruas sem pensar, sem um plano, ocupando-se apenas com cada passo que desse. Então ele dormiria entre aquelas colunas de onde podia ver as centenas de janelas dos edifícios e as grandes árvores escondendo o lago lá adiante. Tinha conhecimento de moradores de rua massacrados continuamente no meio da noite por desconhecidos. Era perigoso. De todo modo, ele não tinha aparência de mendigo, mas, neste caso, ele corria o risco de ser vítima desses próprios moradores de rua, pois muitos deles deviam ser gente perigosa, malfeitores que se aproveitariam dele na situação vulnerável em que se encontrava. Era ele um estranho no ninho dos demônios. Correu os olhos pelo semicírculo da praça e escapou de seus lábios estou só, aqui nesta praça deserta, fora de hora, e isto é uma coisa muito estranha. Firmou-se de novo na ideia de que era um fugitivo. Em último caso, podia entrar em um desses hotéis de sobradinhos que sempre aparecem numa ou noutra rua. Certamente ninguém iria se interessar por ele quando solicitasse um quarto para dormir. Mas falar com alguém, quem quer que fosse, era o que ele menos queria. Nesse momento, distraiu-o uma rajada de vento. Olhou para o céu e imaginou que estivesse nublado já que nem um pingo de luz pôde encontrar. De fato, não demorou que começasse a chover. Estou fora de perigo, disse a si mesmo, já tomando gosto por falar sozinho. A chuva me protegerá de agora em diante. Quem dormia, vai dormir mais profundamente. Quem escutava passadas nas ruas não ouvirá mais nada, e quem fosse sair decide agora ficar em casa. Os assaltantes esperarão a chuva passar para atacar. E ele marchará tranquilo, coberto pelo lençol de água, banhando-se na chuva em hora inusitada, em lugares por onde nunca passou. Mesmo que quisesse proteger-se, era quase impossível. As casas e os prédios residenciais, recuados além dos muros e grades, não ofereciam abrigo. Agora subia pelas ruas escarpadas do morro. Teria que proteger da chuva apenas a carteira com os documentos. Levou a mão ao bolso da jaqueta. Foi quando se apercebeu do pacote de dinheiro que o pai lhe dera horas antes. Tirou o pacote e examinou: era um maço de notas, todas altas. Qualquer ladrão se daria muito bem se o assaltasse. Mas quem iria imaginar que ele, andando como um pobretão de rua, estivesse levando tão alta soma no bolso? Não tinha, no entanto, a aparência deplorável dos vagabundos e podia levantar suspeitas dos ladrões e até mesmo da polícia. Mas breve estaria como um deles. Sentando-se no chão, deitando-se na relva, encostando-se aqui e ali como vinha fazendo, certamente já se encontrava bastante sujo. Deveria sujar-se mais ainda. Logo seria dia e queria passar despercebido de todos. As águas da chuva rolando morro abaixo se engrossavam ao longo do meio-fio. Ao arrepio delas, ele se deixava encharcar andando no meio da enxurrada para encardir a roupa na água suja. Súbito, caiu em si: que brincadeira ou loucura era aquela? Onde desejava chegar? Mas um alívio perpassou-lhe o espírito. Sim, tudo que estava fazendo não passava de uma brincadeira perto do que ele tinha visto naquela noite. Tudo que ele pudesse fazer dali em diante estava aquém dos limites que ele e o pai já tinham rompido naquela noite. Ele safara-se com muito dinheiro no bolso. O fato é que, vendo por esse lado, ele estava fortemente envolvido no crime. Estivera no local e saíra de lá com uma grossa bolada. Tudo tinha cara de crime premeditado e ele tinha sido bem pago pela sua participação. E justamente o pai dele armara tudo. A quem ele poderia enganar? Que justiça acreditaria na sua história se fosse preso?

    O traçado tortuoso das ruas, por onde ele subia vagueando o pensamento, trouxe-o de novo a um círculo mais baixo do morro. Chegou à rua Castro Alves, que vai reta, numa subida leve. A chuva também seguia mais branda. De vez em quando passava um carro por Leopoldo, lançando aos seus ouvidos o som molhado dos pneus. Embora se soubesse agora sujo, a chuva que lhe batia no rosto enquanto andava parecia insinuar-lhe o sentimento de que alguma coisa estava sendo lavada nele. A água, que escorrendo lhe desmanchara os cabelos e lhe refrescava as têmporas, parecia arrancá-lo de um transe. Havia, é claro, outra razão, que não era aquela, para ele se encontrar naquela situação. Quem sabe um trote, uma aposta entre os amigos, ou o carro tinha quebrado e um problema com o seguro. Ou fora sequestrado, e os bandidos o libertaram naquele ponto da cidade, tarde da noite, ele tinha tido muita sorte que não o tinham matado. Oh, momentâneo engano! Antes fosse qualquer dessas razões, ou todas juntas, ele suportaria sorrindo. Mas a ilusão desfez-se. Imaginara ter atingido com as mãos firmes as bordas do abismo de onde fugia, mas as bordas encharcadas se quebraram e ele de novo está no fundo do abismo. Resta-lhe o conforto de andar pelas ruas, sem conhecer, contudo, o rumo da saída.

Escalava, já, o corpo meio encurvado, a difícil ladeira dos Apeninos. De longe avistou a massa de um edifício crivado de pequenas janelas de madeira. Arquitetura europeia, lembrando uma construção conventual. As suas paredes nasciam diretamente na calçada, e sem que tivesse havido o aplanamento do terreno em que fora construído, as fundações seguiam galgando a encosta em harmonia com o aclive, de forma que a construção parece um penhasco a prolongar a ladeira rumo ao céu. O edifício assim, tão conforme à natureza, reina sobre a terra. Do lado mais alto, ele forma uma esquina que se abre para uma praça. Esta é um patamar tranquilo no topo da Apeninos. A praça é mais comprida que larga, e no centro estão duas jardineiras de quase um metro de altura, sustentando cada uma delas uma moita de árvores de pequeno porte. Para um homem que chega ali, cansado de andar, e não encontrando bancos, as bordas das jardineiras seriam um bom lugar para repousar, não fosse uma cinta de ferro chumbada nessas bordas com o propósito exato de impedir os viandantes de se sentarem nelas. Ali o trânsito de carros é quase morto porque um dos lados é fechado restando apenas uma escadaria para passagem de pedestres para a rua Vergueiro. De sorte que o carro que entra no largo acaba voltando ao mesmo lado para sair. Àquela hora, o largo estava deserto. Leopoldo caminhou até o centro e odiou a cinta de ferro que encimava a jardineira circundando-a e o impedia de sentar-se na beirada. A chuva ali tinha sido fina, o chão estava seco. Ele sentou-se no chão, encostado na parede da jardineira. As nuvens pareciam ter-se dissipado. Mas era difícil saber, porque com o clarão que sobe da cidade, os olhos perderam o céu, as nuvens e as estrelas. Talvez não chovesse mais. Sua roupa secaria ao calor de seu corpo. Mas estava cansado e sentia frio. A entrada principal do edifício era uma grande porta de madeira dando para a praça. Estava fechada. Do lado do edifício, uma torre católica estava mergulhada no escuro. O corpo da igreja pareceu a Leopoldo bem pequeno em relação à torre, que buscava o céu. O conjunto todo estava imerso na sombra. Nenhuma réstia de luz vinha de lá. Leopoldo ficou atento por longo tempo à escuridão e ao silencio que envolviam a igreja. Suas pálpebras pesaram, e ele lutou contra o sono que queria derrubá-lo. Voltando de novo os olhos para o edifício, surpreendeu-se com uma pequena multidão que se reunira diante dele e aos poucos iam entrando pelo portal que se abrira. Eram homens e mulheres. Parecia que eram estudantes, moças e rapazes, mas dentre eles também se viam outras faixas de idade e até pessoas visivelmente velhas, de vária aparência, incluindo gente pobre, que devia morar na rua. Na parte superior do portal, Leopoldo descobriu uma inscrição gravada em que se lia a frase "meu amor é o meu peso". Dentro multiplicavam-se os arcos das abóbadas em estilo românico, assinalando a entrada para inúmeras salas. As pessoas que entravam eram distribuídas por essas salas, onde cada uma era recebida pessoalmente por um mestre, um homem de aparência monacal. Na sala, a pessoa se desnudava, entregava-lhe a roupa e recebia dele outra, toda branca e leve. Leopoldo viu que esses homens ajudavam cada neófito a vestir-se com a nova roupa após um ritual de recepção dos corpos em que eles os afagavam e abraçavam de forma doce e benevolente. Em uma dessas recepções, emoldurada pelo arco de uma abóbada, Leopoldo viu a plasticidade de uma bela imagem: um mestre, pleno de acolhimento nas feições, se curvava para beijar o púbis de uma jovem antes de entregar--lhe a nova roupa. Também ouviu que os mestres se saudavam com as palavras "gozo e alegria", ditas invariavelmente um ao outro, sempre que se cruzavam nos amplos salões e corredores do edifício. Aos poucos todas as pessoas foram desaparecendo pelas numerosas salas. As raras que ainda se viam passavam de uma sala a outra, ou vagavam sob as abóbadas, silenciosas, os corpos cobertos apenas por uma veste alva e transparente, através da qual se viam a sombra e o volume de seus sexos. Então, a grande porta de entrada voltou a se fechar. Do lado de fora, Leopoldo continuou com sua roupa úmida. Dirigiu-se então ao fundo da praça e começou a descer os degraus da escadaria. Do alto ainda, observou que lá adiante a massa de edifícios se compactara mais ainda, e que ele já se aproximara bastante do centro. Incomodava-o a umidade da roupa. O corpo tremia de frio e ele receou que adoecesse. Tirou a jaqueta esperando com isso facilitar a secagem da camisa. Podia ser que isso lhe trouxesse mais depressa um resfriado, mas ventava, e em pouco tempo a camisa estaria seca. Talvez no fundo o pensamento de se fortalecer para outras ocasiões, outras intempéries. O sopé da escadaria entroncava-se numa avenida que lhe oferecia apenas duas opções para seguir: à esquerda, ele iria para os bairros da zona sul; à direita, iria para o centro velho da cidade. Escolheu a direita, mas passou ao centro da avenida onde uma longa fileira de árvores dividia os dois sentidos do trânsito. As duas pistas, assim divididas pela álea de árvores, estão em desnível uma em relação à outra, e as árvores foram plantadas do lado mais baixo de forma que Leopoldo, andando sobre o meio-fio do lado alto, ficava em contato com a copa das árvores que não eram muito grandes. Foi nesta fatídica noite que nasceu em Leopoldo esta preferência por andar do lado dos canteiros. Talvez pelo instinto de ocultar-se para defender-se, buscasse daquela noite em diante camuflar-se nas sombras. Mas estava todo visível ao soldado que fazia vigília à porta do batalhão policial plantado na calçada oposta. Por maldade ou brincadeira de mau gosto, o guarda apontou a carabina de oitenta centímetros de comprimento para ele e mirou-o por alguns segundos. Leopoldo apenas pensou que o tiro o açoitaria por cima do meio-fio alto e iria cair no patamar de baixo entre o mato e os troncos das árvores, já sentindo a dor dos ossos quebrados pelos tiros. Num gesto humilhante, mas salvador, levantou as mãos rendendo-se. Mas o guarda já tinha abaixado a arma e permanecia em posição de sentido. Talvez estivesse rindo. Nisso apareceu um corte no canteiro, onde uns poucos degraus permitiam passar à outra mão da avenida, no patamar de baixo. Leopoldo imediatamente pegou por ali e logo se sentiu fora do alcance de mira do soldado. O coração batia tão forte que ele não sentia o resto do corpo. Pegou, cheio de hesitações, uma travessinha que surgiu à sua frente. Hesitava porque era uma viela que ele completamente desconhecia e que, já andando nela, pareceu-lhe que nem saída tinha, ao mesmo tempo que se sentia aliviado por afastar-se da fortificação da polícia que lhe apontara a arma, mas podia estar indo ao encontro de maiores perigos dos quais não sabia se poderia escapar. No entanto, notou que lá no fim podiam-se distinguir carros que passavam raros e em grande velocidade, indicando que, se ele podia vê-los, é porque não havia nenhuma barreira à frente e que ele ao menos não ficaria preso num beco sem saída. Normalmente ele saberia que avenida era aquela lá embaixo, pois verdadeiramente a ruazinha era de descida, indo terminar numa dessas avenidas que chamam fundo de vale. Mas estava passando por uma perturbação momentânea tão forte que, embora soubesse estar próximo do centro da cidade e conhecesse pelo nome as artérias principais, não soube localizar-se, parecendo-lhe de repente tudo estranho. Então disse a si mesmo que só precisava acalmar-se, que acharia sua localização, porque é comum uma pessoa sentir-se perdida na cidade só porque olhou as ruas por um ângulo nunca antes notado. Era andar devagar, deixar os nervos acalmarem, olhar atentamente com cuidado, mas sem desespero. Uma claridade vinha apenas da última casa da ruela, coada pelas grades da janela. Irrefletidamente, Leopoldo estacou, e o barulho de seus passos suspendidos deixou sua audição mais aguda. Da casa partia um som de música que, embora muito baixo, o silêncio da rua permitia que ele ouvisse. Distinguiu um coro de vozes piedosas que alternava com a execução suave dos instrumentos. Leopoldo sentiu-se confiante, retomou os passos, já próximo da casa, andando de leve para não perturbar o concerto, até que chegou à janela. É possível que dali a dias ou a anos Leopoldo viesse a dar uma explicação para o quadro que ele presenciou através da grade da janela. Apenas ficou-lhe a sensação que o contagiou. Basta dizer que, diante do que experimentou ao ver a cena no interior da casa, o terror que pouco antes o vitimara quando esteve na mira de um balaço pareceu-lhe uma ameaça de passarinho, quando espavoa querendo bicar o homem que lhe tira os filhotes do ninho. Dentro da casa, embaladas pela música repousante, um grupo de pessoas buscavam umas às outras, num bailado estranho, e estampavam em suas figuras o mais avassalador dos medos. Os seus rostos eram máscaras inundadas da palidez que o terror mais cruel infunde. Edvard Munch, o pintor, não teria experimentado tanto terror, ao ver o crepúsculo sobre a cidade de Oslo, que lhe valeu o quadro do terrificante grito, quanto o que vislumbrou Leopoldo naqueles rostos, cujo horror expressavam reunidos. Por que a paz daquela música se o pavor daqueles rostos? Alguns com as mãos em concha nas orelhas como se buscassem ouvir a melodia que lhes fugisse? E os gemidos alarmados de outros, tão difícil de em palavras reproduzir? Um deles bateu a janela e recolheu dos olhos de Leopoldo aquele estranho rito. A doce música foi abafada. Leopoldo fez um esforço e descolou os pés do chão e saiu andando, estupefato, confuso. Olhou para os lados, para cima e para baixo. Não viu ninguém. Acabou de descer a estreita rua, pegou à direita e começou a subida de uma rampa que dava acesso ao viaduto. Quase deitou numa mureta que o acompanhava nesta subida, mas achou que ali era muito escuro. Seguia como um autômato, esquecido momentaneamente quem era ele próprio. Encostado ao gradil que ladeia o viaduto, Leopoldo deteve-se como quem pairasse no alto, sobre os carros anônimos que cruzavam nas direções norte e sul da cidade. Ele era uma pessoa que podia estar dirigindo um daqueles carros como fazia nas noites de balada, mas algo tinha acontecido em sua vida e naquela noite ele fazia o que jamais tinha feito. Leopoldo era o seu nome — lembrava a si mesmo — e ele agora estava andando a pé pelas ruas da cidade em que nascera, sozinho, quando a noite chega próxima do seu fim. Era um prédio que também servia de passagem, ou um viaduto que fazia as vezes de um prédio, cujas extremidades apoiavam-se nos taludes que ladeavam o leito onde corriam os carros. Na metade de sua extensão abria-se um alçapão que dava acesso ao seu bojo por uns degraus até uma portela de ferro, onde uma placa dizia "centro de acolhida para adultos" e sobre a placa alguém havia pichado três palavras: "bando de safados". A dúvida. Quem seriam os safados? O ódio era a única certeza. Aí, nesse bojo ou barriga, boiando acima do vale, repousavam adormentados uma centena de homens e mulheres sem lares que ali vinham passar a noite. Leopoldo atravessou o viaduto imaginando que caminhava pisando num amontoado de cabeças amarfanhadas e sujas. Pareceu-lhe que sentia o calor de seus bafos.

Essa impressão tomou corpo e o mergulhou num mundo sem distinção. Em algum lugar naquela louca caminhada ele atravessara as fronteiras do seu mundo. Alguma coisa dele ficara para trás. Sentia que chegara à pátria do anonimato. Sabia quem ele próprio era, mas isto agora perdia a importância. Havia cruzado o limiar de outra existência, que o acolhia sem perguntar-lhe o nome, que se oferecia a ele sem, contudo, dele nada esperar. No fim do viaduto confluíam várias ruas e uma quantidade de placas indicava os seus nomes. Ele não leu nenhum. Seguiu à direita.

Entre edifícios altos, comerciais e de apartamentos, os sobrados atulhados. Pareciam estômagos cheios de gente. Leopoldo sentiu o ar mais quente. Sua camisa havia secado. Das entradas dos inúmeros sobrados e casinhas parecia jorrar um sopro morno, de gente dormindo. Todos tinham entrado e fechado a porta, não cabia mais ninguém. Ele ficara de fora. Viu quando um leão investiu contra uma casa, e através da grade da janela enxergou o vulto do morador que felizmente conseguira chegar a tempo de aferrolhar a porta de entrada e, prevenido, já corria pela escada para fechar a janela do quarto. Mas a fera de um salto à janela chega primeiro, mostrando o dorso liso, de onde pendia a cauda hirsuta, e já força o gradil que o morador a custo e inutilmente quer fechar. Então, oh! bagaceira, um débil e amedrontado grito escapou pela janela e Leopoldo não viu mais nada.

Confuso, ele seguiu, pressentindo o peso de tanta gente a entupir os cômodos, prensadas no labirinto das paredes. A fachada de uma grande igreja apareceu estacada à sua frente. Um muro de grades de ferro a isolava da rua como uma fortificação. Estava erguida a uns metros acima do nível da rua e com torre lateral. Todas as palavras no meio da noite haviam desertado dela. Naquele momento, simplória e absurda, apenas as grossas paredes de tijolos a mantinham solidamente em pé. Não tardariam a chegar os sacerdotes diurnos, obreiros, para meter-lhe as colunas diurnas com que o monumento vinha de longe atravessando os séculos. Por enquanto, ela estava ali, abandonada no escuro, com seu bojo oco, como uma alegoria depois do carnaval.

    Os faróis obsoletos nas esquinas abriam e fechavam para ninguém. Raros carros, raros noctívagos moviam-se sem lei, mas não demoraria muito para que de novo a engrenagem começasse a se mexer. Leopoldo receou não ter forças para o combate que se anunciava com o romper do dia. Caminhava devagar como quem sabe que no deserto não é preciso ter pressa. É preciso apenas manter-se vivo, andar em sintonia com o mundo sem limites, com sedes intermináveis. Pensou que bem podia sentar-se em qualquer lugar, em qualquer sombra de prédio, em qualquer batente de porta e deixar o sono tomar conta dele. Sentia-se cansado. A indiferença do mundo em volta pela sua pessoa era tão grande que ele podia relaxar. Pensando assim, o corpo pediu quietude. Mas hesitou em parar e sentar-se. Tinha medo de que um sono muito pesado o vencesse por completo e a manhã viesse encontrá-lo na calçada, com as primeiras pessoas passando por ele, entorpecido, exposto aos olhares estranhos. Era melhor continuar andando até que aparecesse um lugar mais escondido, talvez um banco recôndito de uma praça. Atravessou a rua Rui Barbosa. O teatro velho da esquina estava há muito desativado. Àquela hora guardava silêncio, as portas cerradas noite e dia, cegas, como olhos sem córnea. Passou por ele e logo adiante sentiu o declive da rua que aliviava um pouco o seu esforço. E à medida que andava tinha a impressão de que a descida tinha mais pressa de o engolir. As pernas, contudo, parecia que não iam conseguir escorá-lo na inclinação do terreno. Felizmente a rua ofereceu-lhe uma entrada para um lado onde o terreno fica em nível formando um patamar de rua que tem o nome de Coração da Europa. Deixou-se, enfim, sentar nuns degraus próximos de uma casa que ficava num nível bem abaixo de onde estava. Uma das venezianas da casa estava aberta, a guilhotina abaixada, mas deixava ver através dos vidros o que se passava dentro do quarto iluminado. Eis o que Leopoldo pôde observar: uma mulher puxando sobre si os lençóis, mas ainda deixando meio descoberta sua nudez. E, ao pé da cama, e nu, um homem. Um homem que possuía um pênis enorme, descomunal. E viu quando se aproximou mais dela, armando-se. Ela encolheu-se um pouco, entre surpresa e curiosa. Nesse ponto, Leopoldo levantou-se para ir-se embora, mas ainda ouviu a voz da moça, que parecia implorar não! não!

Pela noção que Leopoldo tinha das ruas da cidade, deduziu que a ladeira por onde ia descendo devia desembocar na avenida Nove de Julho, bem na parte onde esta avenida sulca a cidade entre dois morros, o dos Ingleses e o da Consolação. Se estivesse certo, daria numa praça, talvez um dos pontos mais baixos da cidade, situado no sopé do espigão da avenida Paulista. Lembrava-se vagamente de que aquela praça era um dos locais aonde os pais o levavam passear quando criança. A atração orgulhosa era a escultura de um aviãozinho ou uma réplica do Catorze Bis que ficava espetada no alto, no meio da praça, entre as duas pistas de rolamento. Bem próximo, ficava a boca do túnel, onde havia duas fontes que davam um ar monumental à entrada do túnel. A travessia da passagem subterrânea era para ele o momento mais esperado do passeio. Quando voltou a si dessas recordações, notou que a escuridão da noite estava escapando. No alto, as fachadas dos edifícios começavam a aparecer, sob uma luz ainda fraca, lembrando a palidez de convalescente que se ergue do leito. Sentiu um leve tremor pelo corpo inteiro. A claridade do dia pareceu-lhe opressiva. Desde que começou a descer uma escadaria, num lugar onde duas ruas terminam fazendo um bico em forma de v, bem ali, onde se alevanta alta uma inédita árvore, e onde há também um banco de mosaico colorido, bem ali havia um homem de aspecto descuidado, que vinha acompanhando com os olhos a figura de Leopoldo desde que ele começou a descer os degraus da escadaria. Quando Leopoldo pousou os olhos dele nos olhos do outro, esse homem abriu-lhe um sorriso e uma saudação com uma espontaneidade tão grande quanto a maior que pode haver entre dois homens que se veem pela primeira vez. Pela sujeira dos trajes, devia ser um morador de rua que acabara de despertar, depois de ter dormido em cima do banco ou mesmo na calçada. Gente acostumada à indiferença dos outros e eles próprios indiferentes a tudo. Então, como explicar o amistoso daquele gesto tão improvável em homem naquela condição? Como enterrada no chão, a copa apruma a árvore, e as raízes nuas crescendo para o alto. E a coruja voando no céu límpido e os pardais agourando no buraco. E os pombos dizendo bem-te-vi, e o bem-te-vi arrulhando no pombal. Leopoldo não soube o que pensar senão que fora tomado por outro, porque era de todo impossível que aquela alma o conhecesse. Mas não era uma coisa nem outra, e sim que ele já era mesmo outra pessoa, ou sempre fora aquela pessoa que ele não sabia que estava nele. E fora a essa pessoa, que ele não sabia que era, mas em verdade era, que o desconhecido havia se dirigido. Tinha então razão e retribuiu a saudação. Mas, por precaução, não se demorou ali, ou porque se sentia mal ainda, e também mal ajeitado com a nova imagem de si que acabara de vestir, porque lhe fora lançada de repente, pegando-o desprevenido. Daí a hesitação e a raiva até com que se afastou, despedindo-se num sorriso vacilante e idiota. "— Qualquer coisa, aparece aí" — disse-lhe ainda o desconhecido. Continuou andando trôpego e zonzo para chegar ao fim da rua. De qualquer modo já concluía que tinha chegado ao lugar mais baixo, pois o chão se aplanara, e aquela recepção acontecera exatamente para dizer-lhe que chegara enfim aonde alguma coisa nova, uma nova vida estava começando. Entrara, e entrara bem, com recepção e tudo, no círculo dos pobres diabos. Agora a quantidade de carros havia aumentado e também havia muita gente andando, aqui e acolá sinais de que o ritmo diário estava sendo retomado. Leopoldo estava cansado, sentia dores por todo o corpo, mas o maior mal-estar lhe vinha da cabeça. Ele lutava para manter o domínio da situação, procurando parecer desperto como as pessoas com que cruzava, mas acabava por desconcentrar-se, vencido por uma terrível dor de cabeça que afinal se desatara de vez. Mal conseguia manter os olhos abertos, seguia com medo de ser acometido de uma vertigem, cair na calçada ou ser atropelado no meio da rua. Do jeito que ia era capaz que o tomassem por um bêbado amanhecido na rua. Finalmente, chegou ao fim da rua e parece que leu Praça Catorze Bis numa placa em que se apoiou para não cair. Ali era onde devia descansar. Nada mais precisava senão dormir um pouco. Pensaria depois no que fazer. Só precisava achar um canto, um lugar que não incomodasse ninguém, onde ninguém olhasse pra ele. Acharia um apoio para a cabeça dolorida, cerraria os olhos e dormiria deliciosamente. Avistou a custo um lugar assim, debaixo do viaduto que se eleva no meio da praça. Precisava só atravessar a pista sem ser atropelado, o que lhe pareceu naquele momento bastante arriscado, porque os carros confluíam para aquele ponto, vindos de todos os lados, e ele não conseguia ver qual era a ordem. Os sinais parece que tinham várias fases. Quando ele aventurou-se, foi na hora errada. Todos ouviram o arrastar estrídulo do carro que o açoitaria longe. Leopoldo esperou ser arremessado, mas não foi. Queria deitar em algum lugar, dormir. Ladeando o viaduto, há uma nesga de árvores, um pequeno parque cercado de grades, com bancos, gangorras e balanços. Leopoldo desanimou quando viu que o parque era cercado, mas seguiu beirando as grades e achou um portão estreito, que acabara de ser aberto. Entrou. Procurou o banco que ficava mais ao fundo e nele sentou-se. Estirou as pernas. Apoiou os braços de lado no encosto do banco de concreto, e por sobre os braços apoiou a cabeça. No mesmo instante dormiu.

4

LEOPOLDO DORMIU durante duas ou três horas. Se tivesse despertado em sua casa, permaneceria algum tempo na tepidez da cama, afastando aos poucos o cobertor e os lençois cheirosos. Acionaria por controle remoto a execução de uma música, e quando levantasse leria on-line as notícias mais recentes. Faria a toilette no banheiro do seu quarto, inclusive o banho que gostava de tomar todas as manhãs antes do café. Até aí não teria ainda ouvido nenhum rumor na casa, e ele próprio não teria dado sinal de sua presença. Depois atravessaria um dos salões acolchoados na maciez das tapeçarias e dos sofás convidativos, chegaria à copa onde receberia o cumprimento de uma ou duas empregadas da casa. Sentaria à mesa para tomar o café e elas o ajudariam a compor os seus pratos segundo a sua vontade. Terminado o café, tomaria o elevador para descer à garagem onde pegaria o carro para o escritório. Mas nada disso poderia acontecer-lhe neste dia em que amanheceu na rua. Extenuado, vencido pelas dores e pelo sono, acabou por dormir aquelas poucas horas no banco duro da praça. Talvez alguns minutos de pesado e reparador sono, mas o resto do tempo não passou de uma semivigília com turbulência, imagens perturbadoras na consciência, zoada de carros, barulhos e vozes desencontradas. O despertar tranquilo em sua casa era uma coisa distante, mas tinha plena consciência de que não queria contar com nada que lhe dizia respeito antes daquela noite. Uma aventura estava em curso e ele estava no meio dela. Não podia retornar à sua vida anterior. Na véspera, abrira-se uma ruptura na sua vida, e ele não sentia a mínima vontade de transpor a ruptura e voltar ao que era. Apercebeu-se de que este era um sentimento novo que começava a se impor a partir do mais íntimo de seu corpo. A aventura lhe apresentara um novo lance e ele não iria recuar. Quando abriu os olhos e se viu na sofrível condição de amanhecido na rua e cheio de apreensões, viu também que nascia nele uma coragem nova e toda estranha, instigadora, cínica, desafiadora. Estava também carregado de temores, mas não iria se acovardar. Levantou o rosto e olhou ao largo. Não era mais a praça que ele conhecera anos atrás. Aumentara a concentração de coisas. O lugar era tão estranho que ele se sentiu escondido. Ninguém poderia achá-lo. Ele era um estranho entre coisas estranhas. Nada mais era familiar. Depois ele iria até a entrada do túnel. Isso não devia ter mudado. Mas talvez fosse melhor que estivesse diferente, pois a estranheza agora lhe parecia mais conveniente. Precisava de um caminho diverso de tudo. O que fosse familiar lhe fazia mal. Uma torneira servia de bebedouro dentro do parque. Notou como, de vez em quando, vinha um, se debruçava, bebia e passava. Alguns iam até um recanto nos baixos da parte do viaduto que estava dentro do parque, escondia-se por lá e depois retornavam. Devia ser algum mictório. Ele podia ir até a torneira e molhar o rosto. Passou a examinar a si mesmo. Como devia estar? Que fisionomia trazia depois de tudo que passara nas últimas horas? Levou as duas mãos aos cabelos para ter uma ideia de como estavam e arrumá-los. E a roupa, como estava? Notou as manchas de sujeira nas pernas das calças. Os fundos deviam estar mais sujos ainda, pelo que se lembrava de ter sentado em tantos lugares. Havia dois planos de tráfego, agora que tinham construído um viaduto ao longo da praça e surgira uma parada de ônibus elevada. Levantou-se e foi até a torneira para fazer o que os outros faziam. Bebeu e molhou o rosto, os cabelos. Dava-se água na rua. Muita gente já conhecia aquela torneira. Mas que coisas ele faria depois? Aonde iria? Sentiu um mal-estar apossar-se de seu peito. Devia ser angústia, pensou. Um sentimento confuso, alguém maquinando no escuro para torturá-lo. Mas ele venceria isto. E se adoecesse? Não, desde que não lhe faltasse alimento. E ele tinha dinheiro. Mas para que merda de lugar estava indo? O que devia encontrar adiante? Não estava tão sujo que não pudesse entrar em um bar qualquer, desses de esquina, onde se toma café com leite e pão com margarina. Venderiam numa boa, e ele pagaria, mesmo que fosse com uma nota alta, sem que ninguém achasse estranho ou desconfiasse. Estava com vontade de ir ao banheiro. Então aproveitava que ia ao bar. Observou melhor o lugar em que se achava. O parque era uma faixa estreita, arborizada, cercada por um lado de uma grade, do outro, uma parede formada por parte da construção do viaduto que também servia de teto para uma espécie de casa, onde ele percebera movimentação de moradores. Era um lugar de lazer, comprimido entre várias vias de trânsito. Dentro do parque, que é uma nesga de terra arborizada ao longo do viaduto, encontra-se, de uma extremidade a outra, uma trilhazinha de terra entre as poucas árvores, de ida e volta, onde algumas pessoas faziam caminhadas. Quando passavam diante dele sentado no banco, ele fazia jeito de esconder o rosto, mas depois percebeu que não era necessário, pois notou que ninguém olhava em sua cara. Numa mesa de concreto, dois aposentados jogavam damas, vigiados rigorosamente por outros dois. Nos balanços do tanque de areia nenhuma criança brincava. Lá fora, sob a parte mais alta do arco do viaduto, há um vão livre, ampliado em átrio por pilastras de concreto, e escadarias que levam à parada de ônibus no andar superior, à maneira de uma estação. Tudo isso está encravado numa depressão do terreno, um vale, entre duas ribanceiras de morros crivados de edifícios. Havia muito movimento, muita gente para todo lado. Leopoldo teve a impressão de alguma coisa que fervilhava. Ele havia se atirado para dentro da coisa, como num mergulho. Andaria pela calçada perfazendo o meio círculo da praça até topar com um bar. Comeria pão com margarina, tomaria café com leite. Depois voltaria para o parque, no centro da praça, e sentaria no mesmo banco. Antes de se levantar, meteu a mão no bolso da jaqueta, puxou uma das notas e pôs no bolso da calça. Prevenia-se contra o olhar perigoso dos desconhecidos. Pondo-se a andar, sentiu que as pernas ainda guardavam as dores da caminhada noturna e a cabeça, ainda que congestionada, não doía propriamente. Pensou que, agitando-se um pouco, os músculos das pernas aliviariam. Por isso encorajou-se a dar passadas firmes. A manhã já ia alta e ele estava experimentando um despertar como nunca houvera na sua vida. Não vendo nenhum bar do lado do portão, seguiu como quem tateava, buscando algo que não conhecia. Atento aos sinais para pedestres, passou ao outro lado da praça. Não estava fugindo, agora estava procurando um bar. O que faria depois? Era preciso descobrir alguma coisa. O quê? Ora, voltaria para o banco. E depois veria. Estava com medo? Ninguém o conhecia. A barba. Passou a mão no rosto. Apenas pouco áspero. Tinha medo de olhar no rosto das pessoas que passavam perto dele. Ficava atento às mais distantes antes que cruzasse com elas. Se alguém fosse conhecido, tratava de desviar-se antes. Seria uma puta coincidência. O cúmulo do azar. Farmácia. Lavanderia. Locadora. E o bar? Continuou andando pela calçada, agora em direção ao túnel. Subindo ali, ia dar no teatro. Se não estivesse enganado, era logo ali, no começo da subida. Não iria por lá, era melhor ficar na praça. O lugar mais baixo, a depressão. Ali não encontraria bar nenhum, então era voltar ao outro lado, na parte de cima, no túnel da esquerda, que vem para o centro. Não devia confiar nas pernas, o melhor era voltar e atravessar na faixa. Passavam por cima de um sem ligar a mínima. O culpado foi o idiota que não recebeu educação para o trânsito. Quem atropelava um não se livrava nunca mais da dor de cabeça. Choraria pelo morto? Pensaria nele, ao menos? Era uma história pra contar, no começo. O horror. Depois ficava só o aborrecimento. Quem sabe, a esquisitice da experiência. Era tratar de esquecer. Não contar mais para ninguém que já tinha matado um. O chato eram as idas e vindas à polícia. Depois o Tribunal. No começo, um trauma. Depois o tempo ia esquecendo. Era capaz até que virasse uma recordação boa, de certo modo. Vontade de repetir? Da primeira vez é que é difícil. Depois o tempo apaga. O tempo tem uma força incrível. Nunca tinha acontecido com ele. Mas por que se detinha tanto tempo a pensar naquilo? Será que não tinha outra coisa mais importante e mais urgente para pensar, depois de tudo? Já estava na outra calçada e se continuasse a pensar naquilo esqueceria até o que estava procurando. O bar. Tomar café. Passava de novo sob o viaduto, naquela parte que parece um átrio, onde começavam os degraus que levavam para a via elevada. Só então notou a quantidade de pessoas paradas ali. De um lado do recinto, o piso em desnível destaca-se como uma espécie de palco, com uma altura de dois degraus. Enquanto gente limpa passava apressada, aqueles sujos ficavam sentados nos degraus, ou de pé, assomando na parte mais alta, muitos deitados pelos cantos. Uns calados, outros conversavam em grupos. Tinham acabado de chegar, ou ele não os tinha notado antes? Com escárnio, pareceu-lhe que estivesse ocorrendo algum congresso de pobres diabos. Então, como era possível que se achassem tantos assim reunidos? Deviam ser os tais moradores de rua de que já ouvira falar e a que não dera nenhuma importância. Ao encarar rapidamente alguns, viu nitidamente que eles correspondiam firmemente ao seu olhar, encarando-o com vivo e petulante interesse. Teve mesmo a impressão de ter visto em um daqueles rostos o movimento de lábios como que o saudando. Fez que não viu, olhou para frente e seguiu andando. Eles têm todo o tempo para ficarem aí, olhando os que passam. Obscenos. Mas, a poucos passos adiante, quase roçou o ombro em um homem do mesmo tipo daqueles, outra pessoa de rua, encardida, imunda. A partir de então, viu que para todo lado que olhasse sempre descobria um ou outro desses imundos. Passou para a calçada diante do posto de combustível e começou a subir, na direção da boca do túnel. Um carro que saiu da pista para entrar no posto o teria abalroado, se ele não tivesse dado um pinote súbito. Mas magoou a pisadura dos músculos das pernas, o que o obrigou a andar quase se arrastando de tanta dor. Parou e olhou para trás, para o carro que se abastecia depois de quase tê-lo atropelado. Quem era o cavalo que estava dentro dele? Por que não ia até lá e amassava-lhe a cara? Estropiado como estava, e ainda aparecia um sujeito daquele para atropelá-lo. Se tivesse acontecido, o filho da mãe estaria inteiro, mas ele estaria, quem sabe, com uma perna quebrada, isso se não lhe acontecesse o pior, como bater a cabeça de mau jeito, e daí? Filho da puta. Era melhor ir-se embora. Uma ocorrência policial, só iria deixar pior as coisas. Achariam seus documentos, saberiam quem ele era. E no final, o pai e tudo aquilo. Era melhor deixar pra lá. Só queria mesmo era ficar quieto. Tinha que ter muito cuidado. Quanta coisa ele precisava aprender, ou não era capaz de aventura nenhuma. Parou diante do bar, olhou lá pra dentro, viu a máquina de café, uma cesta de pães, outra de frutas. Era do jeito que ele queria. Antes de qualquer coisa, perguntou se podia usar o sanitário. Indicaram-lhe uma porta ao fundo. Quando se trancou no cubículo, experimentou uma sensação agradável de privacidade. Abriu o zíper e baixou as calças. Enquanto se aliviava, ficou a considerar o estado do lugar, das instalações. Cheiro forte de desinfetante. Pelo menos uma vez ao dia, um empregado devia fazer a faxina. Tudo ainda estava úmido. Tinham jogado água de qualquer jeito. De todo modo, manter aquilo, mesmo daquele jeito, sempre tinha algum custo. E ele estava usando, gratuitamente. De porta fechada, só ele, em paz. De certo modo, aquela latrina por um minuto era de sua exclusiva propriedade. Um minuto, mas era. Teria notado uma ponta de ódio nos olhos do balconista quando ele pediu para usar, ou era só impressão? Basta. Contar até sessenta, pausadamente, no compasso justo de um segundo, até perfazer um minuto. Depois se levantar. Papel higiênico cinza, ordinário. A descarga funciona? Esquecera de testar antes. Da próxima vez, se lembraria. Um pequeno espelho pendurado na parede, de manchas cegas, pintou-lhe o rosto embaçado. Colocou-se diante dele um longo tempo, como se quisesse descobrir de quem era aquele rosto. Sentiu um assomo de ódio difuso, como se de repente ardesse no peito. Estaria com alguma mancha de sangue na roupa? Examinou-se detidamente, com a sofrível constatação de que se degradara de um dia para outro. A roupa estava já bastante suja, mas nenhuma mancha de sangue. Só que não podia ficar tanto tempo ali. Abriu a porta com certo pavor de esquecer-se para sempre em lugar tão indesejável. Sentou-se no banquinho ao pé do balcão e pediu pão com manteiga e café com leite. Outros homens dispostos ao seu lado na fileira de assentos também tomavam café. Quando o bule esguichou o leite no seu copo, o branco fisgou os olhos de Leopoldo. Então observou que cada pessoa do seu lado ocupava uma baia. A vitória sobre as vacas mansas, domesticadas, que lhes forneciam o leite. Ele quase fora atropelado. Agora bebia o mesmo leite das vacas que estavam dentro do bar. Um momento de silêncio nas bochechas cheias, os olhos concentrados no leite que espuma pelos cantos das bocas.

As vacas entram na cidade, tangidas, às boiadas, nos açougues, nos bares, e o olho boia no bar, vitorioso, parado no tempo, sanguinário, carnívoro. As vacas berram nas baias do bar, um berro de dor e morte. Leopoldo relanceou com um olhar os homens sem ouvidos, que comiam pão desmanchado no leite em silêncio. Tirou a nota alta do bolso da calça e ficou esperando o troco. Teve vontade de pedir para que trocassem outra nota. Mas teve medo que desconfiassem dele. E nem devia mexer no seu maço de notas na frente de ninguém. Quando saiu do bar, viu-se de cara para o centro da praça. O ângulo de visão trouxe-lhe algo de reminiscência que dormia em seu corpo. Estremeceu como uma criança que acaba de levar um susto. Recuou até a parede, onde se encostou para olhar sem que atrapalhasse a passagem dos transeuntes. A consciência de que ele carregava uma ligação com aquele território da cidade, ligação que se fizera em circunstâncias tão diversas daquela em que se encontrava, teve um efeito de um peso enorme sobre suas costas. O momento presente massacrava toda sua existência anterior. Nada do que estava atrás poderia vir para diante. Invadiu-lhe uma terrível sensação de impotência. Queria nascer de novo, mas se sentiu então como um velho. Recolheu os olhos, baixou a cabeça e saiu andando, sem entender o que pensava. Mas deixou-se levar por uma outra sensação que ele sentiu insinuar-se a partir do estômago alimentado. Era uma sensação boa, ao mesmo tempo enérgica e leve. Acabara de fazer duas coisas boas. É certo que pagara por ambas. Viver sempre tinha um custo. E o dono do bar lhe proporcionara a sua satisfação. Estaria aí a fonte do ódio que notara nos seus olhos? Ou não era ódio, mas uma espécie estranha de prazer? Leopoldo sentiu-se de repente tão surpreso com o movimento de seus pensamentos, um faiscar de ideias a que não estava habituado, que estacou os passos, no meio do passeio público, esquecendo-se por um momento de que não tinha nenhuma razão para ficar ali parado. Então, para não dar mostras de ser um sujeito desatinado, vestiu o disfarce de uma pessoa com algum propósito, nem que fosse o de apreciar, como um turista, aquele ponto da cidade. Quase dando uma volta completa ao seu próprio eixo, seu olhar varria as barreiras de edifícios que circundavam a praça. Detalhes que sempre passam despercebidos às pessoas apressadas, agora revelavam-se dignos da observação de Leopoldo. O edifício de fachada envidraçada, recortada nas mil salas transparentes, expunha a escolha das cortinas, os tecidos multicolores, gastos e empoados, de mau gosto uns, sóbrios outros. Era aquele prédio ainda do tempo de sua infância. Quantos anos fazia que não passava por ali? Não se lembrava dele. Guardava, no entanto, a sombra de sua composição debuxada no fundo da memória. Será que um dia teria de novo diante de si a sua imagem esquecida dentro dele? Grande alegria era, ou tormento, lembrar-se de tudo. Quem suportaria ter diante de si toda a memória? Ele era tão pequeno. Melhor era ficar apenas com as sombras e depois morrer.

Leopoldo já se pusera a andar. E sabendo-se absorto nos pensamentos, ia quase encostado à parede. Precavia-se assim contra qualquer risco. Nunca vira um imundo andar pelo meio da rua ou, desenvolto, pela calçada. Sempre iam rentes com as paredes, sempre estavam debaixo de alguma coisa. Um andarilho nunca andava pelo meio da estrada. Iam sempre roçando as margens, companheiras. Talvez dialogassem entre si. Um diálogo comprido, silencioso, interminável. Leopoldo descia pela calçada que margeia a comprida praça. Seu destino era o banco de concreto dentro do parquinho onde ele amanhecera o dia. Àquela hora já tinham retomado o trabalho no escritório. "Leopoldo não chegou ainda? Cadê o cara, meu?" Agora era pirraça, nem que se arrebentasse. Já não tinha caído depois que se agarrara a um galho seco? Todos eram cúmplices de seu pai sem o saber. Cada um devia buscar os seus próprios meios de fugir à responsabilidade pelo crime. E se quiserem, porque a regra é passarem a vida isentando-se. Comprometidos até o pescoço, mas isentam-se. Que têm a ver se não estavam lá, se não foram eles? O veneno estava na água em doses toleráveis pelo organismo humano. Quem bebia do veneno nas doses toleráveis estava isento. E por não sentir o gosto negavam que bebiam.

A manhã estava quente sob o sol que brilhava e tornava mais branca a face dos prédios brancos. O sol invadia até os confrangimentos ocultos no peito. Por que ele não ficaria escondido para ver no que ia dar? Começar do zero, se fosse possível. Conhecera a fronteira mais árida que podia haver. Subir ao cume mais alto, usando a mais refinada tecnologia do alpinismo, era uma façanha criminosa na história do mundo. Como entender isto? Chegar ao píncaro dos píncaros e chorar de vergonha. Era essa láurea que esperava cada um. Que tipo de passo para a glória teria sido aquele do pai? Estava enfastiado de comer nos melhores restaurantes do mundo.

Neste momento das reflexões, Leopoldo cruzou com um dos homens imundos. O olhar do homem pareceu-lhe um cumprimento. Assemelhavam-se? Talvez fosse que já chegara a uma terra estranha. Então estava mesmo distante da vida lá no escritório e queria distanciar-se mais ainda. No escritório estava tão perto dos colegas, mas havia, sob o nariz de todos, caminhos imensos, ocultos, para se trilhar anos, a vida inteira, se quisesse. Mas quem sacudiria das costas as promessas do conforto? A pedagogia do aconchego da família defendida a tiros e a punhaladas. A famigerada grade dos valores familiares. Dos que têm patas de ferro. A melhor frase do gênio nacional: o coro dos contentes. Ele era o maior inimigo do pai? Não saberia dizer. Estacou, e encostou-se na parede para não atrapalhar. Mas era imprudência ficar parado de frente para o centro do praça, dando a cara para o reconhecimento. Ainda não completara um dia desde aquilo e sua aparência não tinha mudado. Embora não fosse conveniente para o pai inscrevê-lo na lista de desaparecidos. Mais tarde, e vendo que ele não voltava para casa, acionaria seus próprios meios de encontrá-lo. Ou não. Afinal, que sabia ele realmente de seu pai? O pai devia ser insondável. Agora devesse ficar quieto com seu segredo, dele e dos capangas. Já estava com problemas demais. Teria sido o seu primeiro assassinato? Àquela altura, talvez tivessem descoberto o corpo. Estaria nos jornais da tv, e só no dia seguinte na imprensa escrita. Logo cedo ele compraria o jornal. Este pensamento lembrou-lhe que ele tinha de decidir onde dormir. Havia também o outro, que morrera. De que família seria? Desconcerto por toda a parte. Preocupações, tristezas, aflições. Quem seriam as pessoas? Não. Ele estava na rua, solto, exposto a tudo, e isso era o melhor que ele podia fazer. Suportaria qualquer coisa. Queria mesmo suportar fosse o que fosse. E o sol que brilhava, e as horas, que parecia serem longas e estavam apenas começando, eram promessas de coisas desconhecidas, como se finalmente ele fosse tirar leite das pedras.

Leite assim era melhor que sangue, pensou. Então, Leopoldo elaborou uma brincadeira dizendo: vou descobrir o tempo. E ficou parado. E disse novamente: enquanto estou parado estou olhando só para o tempo e assim estou descobrindo o tempo. Este é o tempo, porque estou parado e ele está passando por mim. Não, o tempo não está passando. O tempo só está. Eu é que passo e invento coisas para também passar. Eu não mais tento fracionar o tempo e então ele me envolve e eu me sinto nos seus braços. O tempo me embala nos seus braços, e eu mal sinto um frio na barriga. Quem está assim não tem vontade de matar ninguém. Porque é como se estar vivendo apenas para o tempo e estar morto para si mas muito vivo. Queria que Noêmia fosse comigo para este tempo – disse para si mesmo. Mas é tão difícil. Nem mesmo sei por onde ela anda. Ele era impotente para tantas coisas. Que fazer com sua impotência? Que fazer com ele? Ficara fora do mundo, de um certo mundo. Teria capacidade para viver em outro? Quando é que ficara tanto tempo sem trocar de roupa? Talvez nunca. Só nos tempos de criança. Mesmo assim sob os ralhos das vozes dos que estavam encarregados de sua educação. Que importavam agora os tempos de criança? Quando muito, para chocar-lhe com sua estranheza quando lhe vinham à mente. Era-lhe estranho até mesmo o engenheiro recém formado. Mesmo na companhia dos outros no escritório era menos desterrado do que agora? Estivera iludido na ilusão do familiar, do conhecido. Agora é o desconhecido que o acolhe com uma promessa de paz mesmo na estranheza.

    Recomeçou a andar pressentindo um gosto novo na relação com os outros seres humanos que passavam por ele. O problema era atrapalhá-los. Sabia que despertaria sua ira se lhes atravessasse a frente. Pessoas imundas incomodam. Mas as pessoas imundas também não querem ser incomodadas. São frequências que, ao se tocarem, despedem faíscas. Se ele se afastasse na sua estranheza e um dia voltasse, seria com a maior ferocidade. Não teria dó de ninguém, seria implacável. Mas os imundos são um bando de pacíficos. Alguma luz guia suas tristes cabeças? Atravessou a pista lateral da praça e entrou no parque cercado de grade. Só então notou as três palmeiras imperiais, cujas copas subiam além da estação dos ônibus no alto do viaduto. Quantos anos teriam? Procurou-as na memória, mas não achou nenhum registro. Abandonaria mesmo a sua vida? Por que a vida que levara até o dia anterior parecia não ter forças para retê-lo? Seria que se tornara de um dia para outro um tipo volúvel? Ou se tratava de um menino mimado? Um adolescente que se acovardara no ritual de passagem? Talvez não devesse levar tão a sério o crime. Séculos de condenação dos crimes. Se fossem somadas todas as sentenças desde que o Ocidente é mundo, quantos anos de penas já tinham sido cumpridos? Quantos anos de expiação? Quantos anos de suplício já se infligiu e já se suportou? Quantas vidas foram tiradas em paga de outras tantas? O preço justo de uma vida é outra vida. Ninguém faz falta neste mundo. No entanto a questão ainda não está resolvida. Um imundo andava olhando para o chão.

Era loucura renunciar a tudo que tinha. Assim era que surgiam os loucos. Mas o fluxo da vida era ter hoje e amanhã já não ter e depois, no dia seguinte, ter de novo. Os não loucos eram os que conseguiam comandar esse fluxo mantendo riquezas estáveis. Quanto mais solidez e estabilidade, menos loucura. A estabilidade zelosamente protegida pelo aparato das leis cartoriais da propriedade, e as armas para a garantia das leis. Fora da estabilidade só há insanidade. Um rosto parecido, uma pontada no peito.

Aquela era a primeira manhã em que ele não fizera o trajeto bem definido de casa até o escritório. Pusera-se à margem de uma cadência de acontecimentos que ele cumpria diariamente, em sintonia com os de sua classe, desde que seu carro emergia da garagem. O desfile das máquinas sobre as quatro rodas, a distinção das marcas mais imponentes, a privacidade dos ocupantes velada por trás dos vidros escuros, o ambiente de excelência empresarial, com jovens de preparo arrojado, os projetos, as cotações, o faro para as oportunidades dos empreendimentos, a celebração dos contratos, e a hora de afrouxar a gravata e verificar o saldo, e beber em companhia de mulheres, até alta noite. Eram os ingredientes com que aos poucos se construía a estabilidade. A hora do almoço não tardaria a chegar, mas naquele dia ele não se sentaria em nenhum restaurante caro, e nenhuma incorporação imobiliária seria o seu assunto à mesa.

Estava surpreso e espantado consigo mesmo porque não lhe acometia nenhuma preocupação pelo fato de não estar em sua vida habitual. Mas assustava-o a impressão de estar desembaraçado de alguma coisa. Temia que isso fosse sintoma de uma alienação mental em que tivesse mergulhado. Só não se tomaria imediatamente por louco porque na noite anterior ele conhecera que os limites da loucura estavam muito além do que tudo que ele estivesse fazendo.

Andar à toa horas a fio pelas ruas era uma coisa leve, quase como um voo distraído num mundo de abundância. Pensou em abundância, e teve a impressão de que nunca fora rico. Que lhe estava acontecendo para inverter as coisas? Que havia nele para deixar se levar com fascínio pelo desconhecido? Quinhentos anos de civilização brasileira lhe tinham preparado uma existência cômoda e confortável, e ele, num gesto irresponsável, queria revogar tudo?

Não havia ninguém no banco. Leopoldo sentou-se. As palmeiras imperiais que, em campo aberto, impressionariam pela altura, ali eram percebidas apenas por quem tivesse tempo para descobri-las. Plantadas em outra época na planura do vale, agora pareciam anãs ao pé dos edifícios que galgavam os morros de lado a lado. Outras coisas mais as sufocavam. O elevado que lhes disputava o espaço no centro da praça, o sopro sujo de óleo dos ônibus que passavam lá em cima, quase lhes roçando as palmas, o barulho enfezado dos carros que rosnavam de todos os lados, a correria nervosa dos pedestres, a ameaça alternada dos faróis, os gritos infantis no tanque de areia, a faina barata das babás. Um imundo entrou no parque, caminhou até a fonte de torneira. Levava uma bolsa de viagem, estufada. Que haveria dentro dela? Bebeu água nas conchas das mãos, sem olhar para os lados, sem olhar para ninguém. Bebia água fresca e ignorava todo mundo. Ignorou Leopoldo, que o seguiu com os olhos desde que atravessou o portão para dentro. Esbanjava indiferença por todos. E Leopoldo sentiu um estranho e remoto ímpeto de golpeá-lo. Recriminou-se intimamente por este ímpeto, julgando-o excessivamente incompreensível e primário. No entanto, o que Leopoldo não percebeu é que o homem, ao baixar a cabeça para beber das mãos, correu os olhos em volta e especialmente para ele, fitando-o durante todo o tempo em que bebia. Porque para o homem imundo a presença de Leopoldo era uma modificação do ambiente que não lhe passou despercebida. Afastou-se.

Talvez não estivesse sabendo lidar com a situação. Entregar-se à polícia mesmo sem ter cometido crime algum? Voltar para casa e forçar o pai a se entregar? A quem interessava isso? Que responsabilidade tinha ele pelos atos de seu pai? O pai parecia querer que ele vivesse com alguma consciência criminosa. A vida seguindo normal. Sabia de casos em que a família aceitava de volta um de seus membros, mesmo depois de ele ter cometido um crime hediondo. Era o perdão. E continuavam juntos, sentando-se à mesma mesa, sorrindo juntos. Era isso que o pai queria dele? Por que o pai não guardara o crime só para ele? Por que tanta obscenidade? Ou era ele, Leopoldo, que trazia ainda demasiado pudor? Acabaria por certo aprendendo a viver, o pai apenas exagerara na dose de ensinamento. Ele preferiria, no entanto, passar a vida praticando o crime com delicadeza tal, que nem seria julgado criminoso. Assim como todo mundo. Era preciso que todos não ultrapassassem os limites da legalidade. Dar provas de civilização. A civilização que sabiamente criara meios de compensação para que não se mergulhasse na barbárie. Talvez seu pai fosse um homem perturbado. Coitado! Era preciso perdoar-lhe e continuar sentando-se à mesa com ele. A justiça mesma prescrevia longos anos de prisão, sentenças humanamente impossíveis de cumprir, mas depois relaxava. Parecia mesmo haver uma espécie de exaustão nesse negócio de aplicar penas. O assassino do edifício Juan les Pins pegara dezoito anos e só no começo devia cumprir na prisão. Mas só ao assassino era possível saber de quê verdadeiramente ele estará se privando quando ele estiver na prisão. Quantas vezes o santo surpreendia-se vendo que acordara excitado? Um santo de pau duro no meio da noite. Talvez não resistisse a acariciar-se. A melhor punição é a que se aplica a si mesmo. O resto é sempre barbárie. A quem cada um deve referir seus crimes? Nos pensamentos de Leopoldo cruzavam-se imagens cujo nexo somente suas sensações podiam perceber.

Como que involuntariamente, Leopoldo levantou-se do banco em que se achava sentado, num movimento quase inconsciente. Continuamente entravam e saíam pessoas no pequeno parque. Mas nunca havia demais, a ponto de dizer-se que estivesse cheio. Leopoldo estava gostando desse equilíbrio de usuários. O que parecia dar ao lugar um ar familiar era que, além de pequeno, havia um morador e sua família. Leopoldo veio a saber depois, que marido e mulher, cada um, recebia um salário mínimo da Prefeitura para morarem ali. Não era bem uma construção de casa. No ponto onde o viaduto encontra o chão foram feitas três paredes ficando o viaduto como teto. Havia apenas uma porta de entrada e um vitrô sob o teto do viaduto. Nenhum raio de sol podia penetrar no seu interior. Só a vibração do teto, ininterrupta, ao peso dos ônibus lotados.

Havia ainda, na parte mais baixa de uma das duas paredes laterais, uma portinhola dando para fora. Era uma privada úmida e suja. Era usada por gente de aparência miserável, que de vez em quando entrava no parque só para isso e para um gole de água na fonte de torneira. Um dos caseiros, o macho do casal, de vez em quando entrava na morada e saía, parecendo um pombo no pombal. Um homem rústico, atarracado, da melhor estirpe de homens nordestinos. Tinha um ar feliz e agressivo, olhava empapuçado para os frequentadores. Na parede da porta, pelo lado externo, a uma altura de uns quatro metros, ele havia pendurado um relógio de cozinha redondo, da cor do chão de terra. Embora fosse um lugar público, percebia-se claramente o domínio pessoal no arranjo do relógio na parede.

Uma sensação sofrível de vaga humilhação perpassou o moral de Leopoldo. Ele pôs-se a andar para o outro lado, pela trilha de chão por entre as árvores. Andava bem devagar, parando. Fazia a trilha sozinho. Três gatos imensos, encolhidos entre um tronco e a sapata de concreto do viaduto, rosnaram, agastados, quando ele passou perto. Era singular a aparição daquelas feras. Não havia ali vestígio de comida, nem de água. Nenhum sinal de conforto. E paravam quietos. E olhavam-se entre si, cúmplices. Pareciam comentar alguma coisa em silêncio. Era impossível imaginar aqueles gatos passeando como gatos. Os três ficavam a ver as horas que passavam, quietos, discutindo entre si, sem chegar nunca a nenhuma conclusão. Leopoldo deixou-os em paz. E seguiu a trilha, na nesga estreita, cercada pela grade alta. Limite transparente e débil do isolamento que buscava. Fez um contato surdo com algumas árvores tocando nelas. Sentiu o sol mais quente. A manhã pendia para a tarde. Como era possível que ele estivesse àquela hora sozinho num lugar daqueles? Como era imprevisível o futuro! E ele, por que não lhe ensinaram a reagir corretamente diante das coisas imprevisíveis? O mundo era uma vastidão de caminhos, tantos quantos o número de gente que o habita. E, no entanto, ele sabia tão pouco andar sozinho. E o caminho dele lhe parecia agora uma linha que emergia de um fundo escuro. Onde será que todos os caminhos se uniam? Donos de boiadas tangiam seus rebanhos pelos caminhos que quisessem. E nos bois menos obedientes lhes pregavam as caretas, as vendas nos olhos. E se fossem rebeldes, cortavam-lhes os jarretes. Que se não debandassem. Leopoldo, o caminho ele não escolhera, mas gostava da felicidade da boiada. Quem teria tempo para abrir seus próprios caminhos? O melhor era acreditar no destino comum de todos. Teria Matias, com a loucura dele, se afastado do caminho comum? Ou era apenas um desbravador, ceifando a ferro os galhos que lhe atravessavam o caminho? Oh, felicidade cruel de um tempo maduro! Mas ele, Leopoldo, ainda tinha as mesmas fomes fabricadas. E o pai jogara essa mina explosiva no seu caminho. Mas pai que é pai aponta para o filho o caminho certo. Por que então Matias estaria errado? Era um homem inteligente, aguerrido nas disputas deste mundo. Ele, Leopoldo, não era filho de qualquer um.

Leopoldo já tinha parado diversas vezes na sua caminhada pela trilha. O movimento do trânsito, as pessoas atirando-se em todas as direções. Os ventos talvez em redemoinhos loucos, indecisos pela praça congestionada, tudo isso se misturava com o movimento das ideias de Leopoldo e ele vacilava perturbado. Tornava-se cada vez mais sofrível aquela permanência, sozinho, no meio do parque estreito, entre seres mudos, também sufocados, os gatos e as árvores. A ideia de almoçar caiu-lhe bem naquele momento.

A manhã havia passado enquanto ele estivera envolvido em seus pensamentos, ou observando as coisas que estavam à sua volta, o ritmo da rua, as pessoas. Mas em boa parte desse tempo ele esteve ausente de tudo. Nesses espaços de alheamento, voltava-se inteiramente para si, não via nada do mundo ali presente, embatucava-se diante de raciocínios obscuros, e as ideias não achavam caminho para progredir. Assim, as horas tinham transcorrido, com ele passando de um estado a outro, sentado no banco ou andando pela trilha do parque, distraído ou atento a tudo, até que decidiu sair para almoçar. Festejou com alegria esta decisão. É que, deslocado subitamente da vida que sempre levara, e ficando suspenso em meio aos acontecimentos turbulentos das últimas horas, o simples ato de entrar num bar para pedir um almoço era uma ação que momentaneamente dava sentido à sua vida, e tinha a importância de um projeto para o dia, diante de um tempo em que ele não sabia o que fazer. Um tempo destituído de qualquer perspectiva, de qualquer certeza. Tinha apenas o sentimento de que precisava estar ali, longe de tudo aquilo a que a vida toda se acostumara. Mas até quando ficaria, ele ainda não sabia dizer.

De novo teve o cuidado de separar antecipadamente a nota para pagar o almoço, o que fez sem que ninguém percebesse que ele levava um grosso maço de dinheiros. Havia mais rumor de vozes nas calçadas, mais congestionamento de carros e pedestres nos cruzamentos. Leopoldo notou certa alegria no ar, certa avidez nos movimentos das pessoas. Uma celebração acontecia, mas ele não conseguia identificar sua localização exata, nem os seus motivos, mas ela estava no ar, mesmo que imperceptível, como uma carga elétrica. Era como se a comemoração da alegria se misturasse com os perigos. Um risco de que, sem mais nem menos, se desencadeasse uma onda de agressão entre as pessoas. Elas se cruzavam em todas as direções, sempre evitando o olhar direto entre si. Um fio de ordem garantia a paz que parecia estar permanentemente sob ameaça. Os automóveis, investindo das pistas, disputando os espaços, pareciam ter vontade de ferir alguém. Correu pelo corpo de Leopoldo uma sensação de medo. De muitas janelas se via sair fumaça. Os prédios pareciam mais pesados de gente pelo que era intenso o movimento em suas portas de entrada. De um lado e outro dos túneis, nas chamadas ruas de Monlevade e Piccarolo, uma grande quantidade de imundos grimpavam as ladeiras, muitos deles levando trouxas aos ombros, não se sabe para onde. E descendo da avenida, pelo lado do museu de arte, vinham, na direção de um grande bar com mesas no pátio externo, grupos de homens de terno e gravata, uma das mãos invariavelmente metida no bolso e a outra à vista, como se fosse preciso disfarçar alguma coisa com andar daquele jeito. A vista de Leopoldo não alcançava mais e nem daria conta de tudo, tal eram os sinais de vida pra todo lado. No bar, que também era restaurante, algumas dezenas de mesas, quase todas coladas umas às outras, estavam ocupadas por gente que se servia de uma comida tingida de forte corante amarelo laranja, bordejada de brilho gorduroso. O ruído terçado dos talheres que raspavam os pratos se misturava ao barulho de uma conversação diversa e mastigada. Uma televisão colocada no alto da sala estava ligada num programa de notícias, mas a voz do repórter não chegava a ser ouvida. Leopoldo ficou apreensivo. Teriam descoberto alguma coisa? Que risco ele estaria correndo se ficasse ali? Reconheceu um homem que estava próximo da entrada e parecia falar sozinho, ou dizia alguma coisa para um e outro que chegava. Era o homem que o saudara ao amanhecer. Tendo demorado um pouco os olhos sobre ele, o homem também o reconheceu e veio falar-lhe. "— E aí, meu jovem? Cê estava lá no parque hoje?" "— É." "— Eu também não saio daqui, este bairro é bom demais". Leopoldo começou a fazer o prato, escolhendo com certa dificuldade. O homem, vendo que Leopoldo lhe dava as costas, falou um pouco mais alto "— Ainda não almocei hoje". "— Quer comer aí?" — perguntou Leopoldo. "— Justamente, jovem, mas acontece que estou sem o dinheiro agora." "— Problema não, eu pago pra você." "— Opa!" — disse o homem e começou também a fazer o prato, colocando-se à frente de Leopoldo. Depois pesou. Leopoldo seguiu-lhe e pagou os dois pratos, enquanto o homem apontava um lugar a uma mesa para os dois. Leopoldo sentou-se no lado de onde podia ver a televisão. "— Tenho muitos amigos, todos me conhecem aqui no bairro." "— Como você se chama?" "— Me chamo Uriz, todo mundo conhece Uriz aqui." E começou a movimentar as garfadas. Quem seria aquele homem? "— Como vai a vida?" — perguntou. "— Uma maravilha! Estou com um problema no momento, mas meus amigos me defendem! Não posso ser injustiçado, mas todo mundo quer me ajudar." Enquanto falava e comia, o homem saudou várias pessoas que entravam ou se levantavam para sair. Alguns não corresponderam ao seu cumprimento. O programa deixou as notícias da cidade e passou para as do esporte. Leopoldo terminou de comer aliviado. Entrou um rapaz, bastante jovem, de quem Leopoldo teria medo se cruzasse com ele na rua, e veio direto à mesa falar com Uriz. Cumprimentaram-se com os punhos fechados, batendo um contra o outro. Uriz apresentou Leopoldo ao rapaz dizendo-lhe que era um novo amigo que acabara de ganhar. Leopoldo estirou a mão apresentando-se e, com surpresa, achou o rapaz bastante afável. Disseram alguma coisa um para o outro, que Leopoldo não pode compreender, depois o rapaz saiu apertando-lhe de novo a mão. "— Tenho muita amizade aqui. Este bairro me pertence, eu pertenço a este bairro." "— Você conhece algum hotel por aqui?" — quis saber Leopoldo. "— Conheço, ali em cima tem um." "— Onde?" "— Na Rocha, mas tenho uns amigos que alugam quartos."

5

O SOBRADO que oferecia vagas para rapazes dava entrada por um portãozinho lateral, feito de grade de ferro, que se abria para um corredor ao longo da parede da casa vizinha. Vários cômodos davam para o corredor e no final dele uma escada levava aos quartos do pavimento superior que eram todos interligados por uma varanda virada para dentro e pilastras partindo de um peitoril construído de balaústres. Leopoldo alugou o último dos quartos do pavimento superior, o dos fundos, cuja porta ficava de frente para o patamar da escada e, dessa forma, sua porta era a primeira que se apresentava a quem acabasse de subir a escada. Abaixo do seu havia outro quarto cuja porta ficava debaixo da escada. Por ser térreo, este quarto, minúsculo, tinha a vantagem de uma porta que se comunicava com um quintal, na verdade, um quadrado também minúsculo, no fundo de um fosso, pois era ladeado quase inteiramente pelas paredes altas dos edifícios vizinhos. O quarto alugado por Leopoldo era o único que possuía janela. Esta janela abria para o fosso e lá embaixo via-se o quintalzinho do quarto térreo, entre as quatro paredes, cujo piso estava forrado de tocos de cigarro. O casal de administradores da casa morava no térreo, na parte da frente do edifício, em três peças: um quarto, uma cozinha e uma sala, além de um banheiro privativo. O acesso à cozinha era proibido aos inquilinos, mas eles podiam compartilhar a sala, onde havia uma televisão e uma mesa para refeições para os que pagassem. Os inquilinos podiam ver a televisão, mas só enquanto estivessem presentes os administradores. Quando eles se recolhiam, desconectavam a antena, cuja tomada eles tinham instalado dentro do seu próprio quarto, especialmente para esse fim. No piso térreo havia dois banheiros dando para o corredor, de uso coletivo, apenas com água fria. Agua quente só nos dias mais frios do inverno. O controle era feito por meio de um disjuntor elétrico localizado também no quarto dos administradores, que ligavam ou desligavam, de acordo com o boletim meteorológico informado pela televisão e mediante um pequeno acréscimo no aluguel dos hóspedes.

Nessa primeira noite que aí passou, Leopoldo não saiu do quarto para nada. Assim que Uriz saiu, ele apagou todos os pensamentos e deixou-se cair na cama. Os passos de raro em raro dos pensionistas pelo corredor ele não ouviu. Nem o bater de portas, nem os rumores de conversas. Dormiu pesado até o amanhecer, quando todos os barulhos já tinham recomeçado. Então ele olhou em volta, avaliando onde estava. Olhou a cama pobre, as paredes que o isolavam do mundo, o teto que o protegera do frio e sentiu-se levemente agradecido. Aprontou-se com a toilette que lhe era possível. Uma empregada fazia o serviço do café, que ela preparava para quem solicitasse. Leopoldo viu que, de alguma forma, as coisas na pensão funcionavam.

Restava saber o que diziam os jornais sobre o crime de seu pai. Foi até a banca comprá-los. Soube então que as portas dos edifícios que ficam no cruzamento das ruas Conselheiro Nébias e Vitória tinham amanhecido cheias de fezes e urina de centenas de viciados que lá passaram a noite, vendendo e consumindo drogas, em meio a gritarias e brigas. Os policiais, disfarçados de garis e de entregadores, tinham prendido noventa pessoas na praça da Sé, todos suspeitos de serem ladrões e assaltantes de rua, trabalhadores do tráfico de drogas e falsários. Os presidentes dos Estados Unidos da América e da Rússia tinham voltado a se visitar e estavam buscando um acordo para diminuir seus arsenais nucleares, ficando apenas com mil e quinhentas ou mil seiscentas e setenta e cinco ogivas cada um. O acordo é bom, porque com essa redução, os arsenais dos dois países só podem destruir o mundo dezesseis vezes. Mas nada ficou certo. Disseram também que iam juntos caçar prisioneiros e desaparecidos de guerra pelo mundo. O russo tinha prometido deixar os Estados Unidos passarem pelo seu território para levar, por terra e pelo mar, tropas e armamentos do exército americano em guerra no Afeganistão, onde sete de seus soldados vinham de ser mortos, um a tiros e os outros em explosão de bombas. Para os soldados americanos esquecerem o risco de uma bomba escondida enquanto matam os afegãos, foram abertas em Bagram uma lanchonete da Pizza Hut e outra da Burger King, além de uma academia de ginástica. Assim os soldados se sentem em casa, isto é, num pedaço da América em pleno Afeganistão, o que é um jeito delicioso de matar muita gente sem precisar abandonar a vida normal e alegre. O veterano estrategista das forças armadas americanas, McNamara, tinha morrido depois de uma vida de noventa e três anos e de ter queimado vivos cem mil civis japoneses, na Segunda Guerra, homens, mulheres e crianças, façanha que, segundo ele, só não foi considerada imoral porque eles ganharam a guerra, porque uma coisa é imoral quando se perde, mas não é imoral quando se ganha e também, porque foram vitoriosos, tinham escapado de ser considerados criminosos de guerra, o que na verdade eram. Ele disse também que, mais tarde, quando lançou o bombardeio no Vietnã, o maior da história militar até então, sabia que era inútil, mas foi adiante só para agradar algumas pessoas e também para provar que era inútil matar os vietnamitas do norte. Os policiais de São Paulo tinham prendido um grupo de extrativistas que vendiam animais silvestres numa feira de rua, na avenida Jacu-Pêssego, entre saguis, cutias, macacos--prego, periquitos, maracanãs, curiós, pintassilgos, cardeais, sofrês, sanhaços, tatus, juritis, ao todo, noventa e quatro animais vivos e outros vinte e sete mortos. O banqueiro e ex--surfista americano Krishna Thompson foi ao Congresso dos Estados Unidos, depois de ser atacado por um tubarão, pedir proteção para essa espécie de animal e ficou impressionado com os parlamentares que não compreendiam por que ele, depois de atacado por um tubarão, não quisesse comer todos eles, ou matá-los, como costumam fazer os tubarões com as pessoas que os atacam. Disse que os tubarões estão perdendo a guerra para os homens, pois conseguem matar no máximo cem pessoas pelo mundo afora, enquanto setenta milhões de indivíduos de sua espécie são mortos pelo homem no mundo a cada ano, já que são seres bobos, incapazes de desenvolver meios eficazes de matar, nada conseguindo além de ficar trancados no seu ódio. O papa tinha se empenhado com todo o fervor em proteger a vida e tinha acabado de publicar, na sua encíclica, que uma sociedade baseada apenas nos interesses individuais não resolve os dramas sociais e que as consequências disso são a ausência de amor e compreensão entre as pessoas. Ele pregou que as pessoas devem se abrir, sim, à lógica do lucro, mas também da gratuidade, e não devem praticar o aborto nem a eutanásia, deixando, portanto, todo mundo viver, quaisquer que sejam as condições. Depois disso, ele foi gozar férias em sua residência de veraneio na fronteira com a França e com a Suíça, onde levou um escorregão, caiu e fraturou o braço. Precisou fazer uma cirurgia no braço, mas está de novo de pé e não foi por causa de um desmaio que caiu, como chegaram a dizer, e sim por um escorregão mesmo. O cantor transformista Michael Jackson tinha morrido depois de ter realizado o maior sonho americano de todos os tempos, que era ser infantil num corpo de adulto, mas praticando só as coisas boas e alegres, enquanto todos os outros também gostavam de brincar de guerras, às quais davam uma aparência de coisa séria, uma coisa que nem todo mundo aprova, principalmente se levam a pior. Um grupo de mais de cem velhos tinha acabado de ser acolhido num antigo hotel, no bairro da Luz, construído na década de 1950, e transformado em albergue, que a prefeitura preparou só para eles, que tinham sido considerados autossuficientes, pois, sozinhos, conseguiam se locomover, se alimentar e cuidar da própria higiene. O dia inteiro, podiam ficar perambulando pelas ruas o tanto que quisessem, sendo-lhes exigido apenas que, ao voltar, colocassem a comida na boca com as próprias mãos, que cagassem e se banhassem sozinhos e lavassem a própria roupa no tanque coletivo. Um major do exército brasileiro tinha revelado que durante trinta e dois anos guardou, só pra ele, em um relicário de couro, do tamanho de uma mala, as anotações detalhadas, fotografias e recordações da execução de quarenta e um homens, caçados na selva amazônica quando ele estava na ativa, durante o governo militar. Sim, porque, como recorda Cristóvão Milhomem, de Marabá, aquilo nunca foi uma guerrilha, mas foi só uma caçada, foi como que caçar rato dentro de casa. Bem guardadas no relicário estavam as lembranças do estudante gaúcho Cilas Blanco, o Brando, que se embrenhou no Brejo Grande do Araguaia, onde sonhava um levante contra o sistema. Uma estrada de terra perto do rio Matrinxã. Ali a natureza fez tudo belo. Ali as águas do rio cantam com o canto dos gordos pássaros. As dádivas da selva são tantas que o homem mal se dá ao trabalho de plantar. Cilas gostava da mata. Ali os guardadores do sistema o caçaram. No acampamento da tropa, quem sabe ao redor do fogo, nas noites em que se ouve urrar a onça noctívaga, os soldados repisavam os detalhes da execução. Contam que, depois de caminhar certo tempo na mata, um sargento disse para ele:

"— Brando, você gosta da mata?" "— Gosto." "— Então fica." — disse o sargento, e disparou contra ele os tiros de fuzil. Uma bela campanha. Faria tudo de novo, se preciso fosse, diria o comandante. O milionário Tadeu Rocha Barros tinha descoberto que era bom, e mesmo surpreendentemente bom, ajudar os pobres, por isso tinha investido, a fundo perdido, trinta milhões de reais na ajuda de várias famílias, porque aos vinte e três anos ele tinha descoberto que existiam crianças que nem mesmo sabiam a própria idade. Tinha descoberto também que, depois de morto, a dinheirama que possuía não faria diferença nenhuma, então era melhor gastar durante a vida. Outro argumento dele, que não pareceu muito claro a Leopoldo, era que ele dizia ter se frustrado ao ver restos de lixo do mundo inteiro depositados em uma praia de Mianmar, na Ásia, aonde ele fora em viagem de férias, e que ele esperava que fosse paradisíaca. A jovem Luana, de Ouro Preto, tinha sido encontrada seminua e morta, sobre um túmulo do Cemitério da Igreja de Nossa senhora das Mercês e Misericórdia, com os braços abertos e os pés sobrepostos, em posição de crucificação, com dezessete facadas em diferentes partes do corpo e, já passados quatro anos, o assassino permanecia desconhecido, provavelmente perambulando por aí, com sua alma solitária e seu segredo. O arcebispo de São Paulo tinha reinaugurado a igreja da rua do Carmo, de triste memória, onde durante o século XIX os escravos condenados à forca paravam para pedir uma boa morte, antes de lhes meterem a corda no pescoço. A polícia tinha prendido Nazária, que matou o marido, Joam, campeão mundial de boxe, enforcando-o com a alça da bolsa enquanto ele dormia embriagado. Ela é brasileira, de Minas Gerais, ele, italiano. Tinham-se conhecido nos Estados Unidos, moravam em Montreal, no Canadá e ela veio matar ele bem aqui, no Porto das Galinhas, em Pernambuco, aonde vieram a passeio e para uma segunda lua de mel. Dizendo a polícia que, primeiro, ela teria aberto um talho de cinco centímetros na cabeça do pugilista, com uma faca, e só depois é que o enforcou, com o relho da sacola. Ao ser presa, clamou aos policiais por piedade, que não a deixassem na cadeia, pois tinha um filhinho de dez meses. Mas ela teve sorte e escapou de ser cozinhada na grelha da prisão, porque dados supervenientes do inquérito obrigaram o delegado a abandonar a versão de assassinato e ficar com a de versão de suicídio. O povo, porém, ficou com muitas dúvidas, e é certo que muitas pessoas preferiram ficar com a versão de assassinato mesmo, porque, depois daquela riqueza de cruéis detalhes, seria uma pena que não fosse verdade. O presidente francês colocou-se contra o ingresso da Turquia na União Europeia, um bloco cristão, onde um país de maioria muçulmana não teria lugar, pois, como disseram ele e a chanceler Angela Merkel, da Alemanha, a Europa precisa ter suas fronteiras. Boa parte da população mundial de famintos, que conta um bilhão de pessoas, voltará ao nível de pobreza de cinquenta anos atrás por causa das mudanças climáticas que vêm impondo um padrão irregular e inesperado de chuvas. O fotógrafo também francês, Eric Marechal, tinha chegado a São Paulo para colar obras de grafiteiros pelos muros e paredes da cidade, como o desenho do personagem de quadrinhos infantil Popeye, ou a imagem de Jesus Cristo com orelhas de Mickey. Este fotógrafo grafiteiro experimentava certa euforia colando suas fotografias de grafite pelas ruas, pois em sua cidade, Paris, o governo não permitia que sua arte permanecesse nas paredes públicas nem mesmo por uma semana, que já mandava apagar, mas em São Paulo chegava a permanecer meses a fio. Mais de meio milhão de jovens do ensino médio brasileiro abandonaram recentemente a escola e, para os que ficaram, os professores preveem um futuro de vida medíocre mesmo. A disseminação da gripe suína pelo mundo era inevitável, e no país já tinha matado cento e vinte e nove pessoas em poucos dias e infectado dez mil. Mas ainda é pouco porque a Organização Mundial de Saúde previu que a nova doença vai afetar dois bilhões de pessoas mundo afora até o final de toda a evolução. Então muita gente ainda vai morrer, é só questão de tempo pra cada um ver se vai escapar. A jovem americana Heather Sutton despediu-se de São Paulo. Vinha de uma estada na República Dominicana onde pegou em tubos e conexões para construir banheiros para um povo que vivia sem saneamento básico. Seguiu para Honduras onde pegou em tijolo e cimento para reconstruir a comunidade devastada por um furacão. Seis meses isso durou. Já com 23 anos, o Brasil despontou como seu novo destino. Aqui ela encontrou índices de homicídio que não eram vistos nem em países em guerra. Viu meninos da periferia da cidade carregando armas na cintura para dar prova de masculinidade. Foi aí que o desarmamento virou nova bandeira de luta para a jovem Heather Sutton. Então, a volta para casa no Colorado teve de esperar, porquanto ela aqui ficou durante sete longos anos na Vila Madalena, bairro nobre da cidade, desarmando os meninos da periferia. Depois disso, cruzou as duas mãos formando a figura da pomba da paz, e com um riso maroto nos lábios, disse adeus a São Paulo e voou para o Oriente Médio, com o mesmo projeto de desarmamento na mochila. Perto da meia noite, o presidente dos Estados Unidos apareceu de repente na televisão para anunciar aos americanos que seus homens no Paquistão tinham acabado de matar Osama Bin Laden, o homem que imprimiu para sempre na memória das pessoas deste século a imagem espetacular de dois aviões explodindo e envolvendo em uma grossa nuvem de fumaça e fogo dois gigantescos edifícios em Nova York. Para a multidão de americanos que foram para as ruas comemorar o assassinato, o presidente disse que matou Bin Laden com tiros no peito e no rosto, e assegurou-lhes que nenhum cidadão americano verá Bin Laden de novo caminhar pela Terra. E ainda propiciou o indizível, o inefável prazer aos seus patriotas, ao dizer-lhes que a América pode fazer o que quiser neste planeta. Os animais que, segundo dizem, possuem capacidade para detectar movimentos sísmicos ainda quando estão em marcha

e muito antes de eclodirem, certamente registraram a impressão profunda, a impressão de deífico triunfo que essas palavras provocaram no espírito dos americanos. Estudantes universitários do Penn State na Pensilvânia encheram a avenida central para comemorar o assassinato, unidos por um sentimento extraordinário. Um rapaz chamado Zeferino Fragoso de Freitas entrou armado de dois revólveres numa escola pública na cidade do Rio de Janeiro e disparou sessenta e seis vezes. Matou doze crianças que iam de treze a quinze anos de idade. Vingava-se nelas por humilhações praticadas contra ele por pessoas covardes, disse, ou vencedoras, como disse importante jornal paulista. O assassino conclamou os fracos e ofendidos como ele a se tornarem fortes, prontos para matar e morrer, como fizeram o gordinho australiano Casey Haynes, que aprendeu luta livre para se defender, e o coreano Cho Seung-Hui, que invadiu uma universidade nos Estados Unidos e matou trinta e duas pessoas. Armado e com muita munição, entre professores e crianças indefesas, Zeferino reinou durante doze a quinze minutos e, enquanto elas tentavam escapar, ele dizia: "Vou matar vocês. Não adianta fugir." Mas apiedou-se diante de uma delas: "Pode relaxar, gordinho, não vou te matar." Doze a quinze minutos alguém reinou absoluto sobre a vida de outra pessoa. Esse é o ponto em que, nessas ocasiões, os argutos observadores de nossa realidade sempre insistem, em seus melhores textos, que veiculam pelos melhores jornais. Aos leitores mais maduros ou àqueles que, embora jovens, sejam intuitivos, a duração desse tempo agônico é sempre um dado crucial. É que, independente de quaisquer outros aspectos que cercam uma ação de mando e de glória, corre uma competição para saber quem permaneceu mais tempo nos píncaros mais sublimes da glória. Assim, quando a primeira das duas torres gêmeas nova-
-iorquinas foi atingida, como que por uma cimitarra em fogo, produziu-se uma ação que era puro ápice de uma força extraordinária, uma centelha do tempo glorioso já suficiente

para satisfazer o espírito mais voraz. Mas, sobrevindo o golpe na segunda grande torre, tão em seguida, quando os olhos ainda cheios e fartados, era o próprio espírito das potências universais desconhecidas que prolongava e dava em dobro o gozo de uma glória que parecia inexcedível. Quem morasse fora do planeta diria ter assistido ao maior espetáculo da Terra criado por mãos humanas. Zeferino matou-se com um tiro na cabeça, após ser atingido na perna pelo disparo de um policial. Seu corpo ficou no iml para ser reclamado tantos dias quantos a lei exige. Mas não apareceu nenhum dos seus familiares para reclamar. Temessem o risco de serem linchados pela sanha levantada da população. Zeferino foi enterrado num campo para indigentes, na presença apenas de dois anônimos coveiros municipais, que cumpriam o seu trabalho. Mas suas imagens e suas ideias circulam pela internet e falam por ele, como fonte de inspiração para outros combatentes como ele, que se disponham a matar e a morrer. O número de homicídios voltou a subir em São Paulo, depois de um período de queda por causa da limpeza que a polícia andou fazendo nos últimos anos e também por causa da redução da população entre quinze e vinte e quatro anos, a que mais mata e é morta, mas o pesquisador Humboldt garantiu que este recrudescimento do crime em São Paulo é um fenômeno nacional. Também advertiu que há uma barriga demográfica dos nascidos em torno do ano 2000, que formará um novo grupo relativamente grande de jovens entre quinze e vinte e quatro anos em 2015 a 2025, o que impulsionará novamente a matança. Os empresários estrangeiros descobriram que o Brasil tornou-se um mercado promissor, porque sua população tem hábitos ocidentais de consumo e sua juventude está perfeitamente adaptada, o que os encorajou a ampliar aqui suas fábricas, seus serviços, seu comércio e sua exploração agrícola, principalmente depois que as margens de rentabilidade ficaram cada vez mais apertadas nos mercados desenvolvidos. Estão fazendo festa porque por aqui há uma agonia nas pessoas para comprar as coisas, chegando a comprar três milhões de carros por ano. O vírus causador da aids circulou nas doações de sangue, infectando cerca de cem pessoas durante o ano no Brasil. Infelizes recebedores de sangue, que enquanto pensavam estar ganhando a vida, estavam era perdendo. Os pesquisadores suíços que estudam os assassinatos no mundo disseram que nos últimos dois anos deixaram de ser mortos no Brasil vinte e três mil pessoas. São pessoas que estão andando por aí e nunca saberão que eram para estar mortas, e um número supostamente aproximado desse, que seriam os assassinos delas, perderam a ocasião de matar alguém, mesmo que seja impossível saber quem seriam esses frustrados assassinos. Talvez o destino lhes abra outra oportunidade. Equipes da Marinha Brasileira acharam os pedaços do avião francês que caiu há dias no meio do Oceano Atlântico com duzentos e vinte e oito pessoas. Os corpos de cinquenta delas foram localizados e os demais sumiram para sempre. Sören Löffeslcheidt, do Paraná, disse que é um absurdo, diante da globalização, e não merece nem comentário, o projeto de lei do governador, de valorização da língua portuguesa, tornando obrigatória a tradução de palavras estrangeiras na propaganda, porque, segundo o mesmo Sören Löffeslcheidt, seria inimaginável traduzir a palavra mouse por rato num anúncio publicitário. Seria ridículo. Trinta milhões de brasileiros, e outras centenas de milhões de indivíduos pelo mundo, cultivaram a amizade no dia anterior, cada um em sua casa, diante de seu computador ou de seu celular, muitos de um país para outro, ou mesmo de um continente para outro, como o fazem todos os dias, trocando suas fotos e compartilhando experiências e momentos felizes. O rei dos cantores populares do Brasil disse, para uma multidão de cinquenta mil pessoas, que foram ouvir suas canções sobre homem e mulher, debaixo de uma pesada chuva que encharcou o Maracanã, que o amor é a coisa mais importante da vida. O instituto oficial de pesquisa informou que o povo brasileiro está acabando com seiscentas e trinta e duas espécies da fauna que vive nas matas e águas do país. Vão desaparecer muitos tipos de aves, de mamíferos, de répteis, de anfíbios, de insetos, de invertebrados e de peixes do mar e dos rios piabinha, cação-bico-doce, canivetinho, mocinha, jacundá do pará, surubim-do-doce, peixe-serra da amazônia, lambari do paraná, barrigudinho da bahia, cascudo-lage, candiru e bagre-mole e muitos mais. Adeus a todos vocês, raça de bichinhos, que é chegada a vez de encerrar a sua existência neste mundo. O escritor americano Chris Anderson mandou vender nas livrarias de São Paulo o seu mais recente livro, Free!, com exclamação no título, em que ele diz que já estamos chegando na época da gratuidade. As pessoas vão receber quase tudo de graça. Os repórteres catarinenses mostraram imagens de pessoas roubando doações destinadas às famílias que tiveram suas casas encobertas pelas águas na enchente do Itajaí. Os ladrões eram soldados do exército e voluntários que tinham se oferecido para ajudar os desgraçados. Charles Taylor, ex-presidente da Libéria negou, diante do Tribunal de Haia, que o julga por vários crimes, que tenha comido seres humanos em Serra Leoa. Negou também que sua milícia tenha matado e comido soldados da ONU. As árvores do bosque de Nazran, na Chechênia, viram a execução da linda Natalia Estemirova, com dois tiros na cabeça. Ela vinha denunciando violações horríveis, execuções em massa. Ela fez coisas que nenhuma outra pessoa ousou fazer. Quatro homens a obrigaram a entrar num carro branco. Algumas horas depois seu corpo foi encontrado. Os agentes da polícia federal descobriram que a comerciante Catarina Fogaça, dona de uma loja de produtos de luxo importados, em que só entram as pessoas mais distintas de São Paulo, lesava o país dizendo que tinha comprado os objetos a preço de banana e assim embolsava o dinheiro do imposto, além de vender um jogo de jantar por trinta e dois mil reais. Madoff, nova-iorquino, ancião de setenta e um anos, recebeu a condenação só reservada a um herege, a um iconoclasta. Cento e cinquenta anos de prisão, longe de seu luxuoso apartamento de Manhattan, de sete milhões de dólares. Porque ele ousou ser o deus falso em quem centenas de crédulos investidores depositaram suas esperanças. Um deles, talvez o mais piedoso, bradou, em dilacerada fúria, espero que Madoff more na prisão o suficiente para que a cela lhe sirva de caixão. Se fosse possível encontrar pedras pelas ruas de Nova York, é provável que Madoff morresse apedrejado. Em vez disso, Madoff foi para a prisão, com a sensação de quem nadou, nadou e morreu na praia. Velho, e com poucos anos para viver, contava com a descoberta de sua falcatrua só depois de morto, quando os vivos não o alcançassem mais, e então, do além, ele mandaria o eco de seu sarcástico sorriso por ter embromado a todos. Mas quis a imprevisibilidade do mercado que a sua lucrativa maquinação viesse à tona. É inegável que este homem é um herói trágico. No teatro, todos o aplaudiriam de pé, muitos com lágrimas nos olhos, pensou Leopoldo. Uma desembargadora da alta Corte brasileira considerou que, por causa do precário estado de saúde de Ayres Magno, dono de importante companhia de navegação brasileira, ele deve cumprir a prisão preventiva em sua própria mansão pela execução de Diogo Ferreira Fernandes. Com setenta e oito anos de idade, o empresário foi acusado de ter mandado matar esse líder comunitário que invadiu um terreno dele em Taguatinga. O homem foi morto a tiros. Já velho, Ayres Magno não chegou a presenciar a execução, não viu as balas perfurando o corpo do invasor de sua propriedade, nem o ódio esbugalhado nos olhos do homem. Consta que dois de seus empregados intermediaram o serviço, contrataram um pistoleiro, que até agora não foi capturado, e perambula embuçado por aí.

Nesse ponto, Leopoldo redobrou sua atenção porque teve a nítida sensação de que estava bem perto de encontrar a notícia do crime do seu pai.

Um cabo da polícia militar do Rio de Janeiro tentou evitar um roubo de carro e foi morto pelo assaltante com um tiro na nuca. Os colegas do policial foram então ao encalço do ladrão vasculhando pelos morros. Depois de uma semana de caçada, já mataram seis, mas nenhum é o assassino procurado. José Álvaro Pais soube em Genebra, na Suíça, que a cidade de Vitória, da qual em São Paulo ninguém ouve falar, tem índices de assassinatos equivalentes aos do Iraque, em guerra. E que os quarenta e oito mil que morrem, por ano, por morte matada, no Brasil, correspondem a dez por cento dos assassinatos que ocorrem por ano no mundo inteiro, que são quatrocentos e noventa mil, número bem inferior aos cinquenta e dois mil que morrem por ano nas guerras que estão acontecendo. Há muito chão ainda. Os policiais invadiram quatro casas na viela onde mora Maria de Jesus Garrido. Ela sempre gostou de policiais e fez campanha nas últimas eleições porque o candidato a prefeito é um homem lindo. Na hora da operação policial, estavam, na casa mais próxima da de Maria de Jesus, duas irmãs: uma de 16 e outra de 17 anos, ainda de pijama, e dois irmãos delas: um rapaz e um menino de 3 anos, com deficiência nas pernas. Os policiais ficaram em sua casa uma meia hora. O que viu e ouviu ela nunca esquece. Desde então, Maria de Jesus permanece em depressão e toma diazepan, clonazepan, tetrofanil e diurex. Os brasileiros que guardam a memória do país homenagearam o ano do centenário da morte de Euclides da Cunha, o jornalista que descreveu em pormenores a matança, em Canudos, de mais de cinco mil pobres, pelos soldados do exército, a mando dos homens de préstimo moradores da cidade de Salvador, do Rio de Janeiro, de São Paulo e de outras pessoas igualmente de préstimo das mais cidades importantes da república, que devoraram desde as crianças até os velhos, passando-os a tiros e a fios de baionetas, e reduzindo a farelo os seus casebres de taipa e adobo, que a caserna pisoteou triunfalmente, após várias arremetidas, e cujas palhas dos telhados serviram de coivara em que assaram os descarnados sertanejos, estupidificados e esturricados ante a ira dos plenipotenciários patrícios das capitais. Justa homenagem a quem registrou em palavras precisas as etapas daquele assassinato em massa, páginas que têm o poder de requentar o sabor da carnificina e o condão de vivificar um dos momentos mais bem realizados de derramamento de sangue, que foi bebido até à saciedade, até à repugnância do mesmo Euclides. Os americanos e os ingleses disseram que vão elevar o número de soldados enviados para matar os afegãos do Taleban para noventa mil e o vice-presidente americano pediu a compreensão dos cidadãos para as mortes de uns poucos de seus soldados que infelizmente terão ainda de ser sacrificados em troca de alguns milhares que eles vão matar do outro lado. Pois é preciso caçá-los até o fim, aqueles insurgentes afegãos. Para isso os soldados vieram do outro lado do mundo, trazendo toda sua parafernália de guerra muitos helicópteros, e aviões, e óculos para visão noturna, que é um delicioso meio de matar alguém no escuro sem ser visto, e lanternas de luz vermelha pra não virar alvo quem estiver andando com elas, e veículos MRAP que são enormes caminhões-baú blindados para ser resistentes a bombas, de três metros de altura e que fazem disparos e carregam soldados no seu interior, bem tranquilos onde podem até falar nos rádios, e os Raven, que são aviõezinhos de uns oitenta centímetros de comprimento e que servem para fazer voos de reconhecimento da área, e também veículos blindados ASV, e veículos Humvee de transporte e ataque, mas menos seguros, tanto que uma bomba caseira dos afegãos atingiu recentemente um deles, fazendo-o capotar, e o soldado atirador, que fica em cima, fora do veículo, quebrou as duas pernas. O comandante David Petraus, veterano de muitas mortes no Iraque, disse que o soldado ferido foi levado para a Alemanha e, graças a deus, ele não vai perder as pernas porque ele pensa que deus está ali para ajudar a salvar os americanos, mas talvez esse deus não esteja nem aí para esse soldado que se feriu e que lá estava para guerrear e matar os outros sabe lá quem, talvez alguém que era boa pessoa e vivia em paz com os seus, e não estando o soldado nem aí para o que aquele que morreu pensava desta vida, ou se era uma pessoa com alguma deficiência, por exemplo, que tivesse nascido boba débil mental e vivesse rindo para o mundo. Mas bobos ou não é preciso caçá-los até o fim, onde quer que eles se escondam, espalhados nas montanhas ou nas tocas dos vales, nas casas de barro ou nas gretas das pedras, andando ou rastejando como bichos que conforme parece que são com certeza uns trogloditas incivilizados, víboras de calhaus, serpentes perigosas, tão mal agradecidos pela dádiva da vida que são capazes de se explodirem só para matar os outros. E preciso levar até eles o terror das máquinas de guerra, é preciso causar-lhes inveja com as admiráveis metralhadoras, eles precisam experimentar a letalidade das mais belas pistolas. É preciso matá-los todos, um a um, como fizemos em Canudos, explodir as tocas onde se escondem, senão eles voltam a atacar, e depois voltar para casa, até com um bom dinheiro juntado mês a mês pela trabalho, para o aconchego seguro da família, e comer à vontade muito hambúrguer, que é gostoso porque é feito de carne moída, muito donut, muito muffin e muita asa de frango cheia de molho. As empresas americanas DynCorp e a Flúor Corp ganharam a concorrência de quinze bilhões de dólares para construir as bases militares no solo do Afeganistão de onde os soldados partem todos os dias para matar os afegãos. Mas a empresa KBR, que perdeu a concorrência, vem de ganhar trinta e dois bilhões em obras de apoio nas matanças de iraquianos e afegãos que os ingleses e os americanos realizaram nos últimos anos. Muitas coisas eles vendem para a eficácia das matanças, como barreiras feitas de caixas de metal cheias de areia, bunkers de concreto, alojamentos, recreação para os soldados e suporte técnico para uso da internet, treinamento e fornecimento de guarda-costas e tudo que é preciso para apoiar a atividade mortífera dos soldados. São muitas dessas empresas. Elas faturam somas fabulosas. Mas sem elas o desconforto na matança seria bem maior e ficaria bem mais difícil matar com eficiência. A única coisa chata é ficar longe da família, dos filhinhos. A empresa brasileira Odebrecht também tem ganhado muito dinheiro no Iraque fazendo esse trabalho de apoio. A aparência física da presidiária Clara Karine, que cometeu seu crime com vinte anos de idade, não mudou quase nada depois de passados sete anos que ela matou os pais a pauladas, enquanto dormiam, com a ajuda de dois amigos. Ela já entrou com o pedido de relaxamento de sua condenação, que foi a trinta e oito anos de prisão, direito que ela tem porque o código penal brasileiro prevê o esquecimento progressivo de um assassinato que uma pessoa comete. Assim, quando essa pessoa já cumpriu um sexto do tempo que ela devia ficar na cadeia, e quando a ira dos outros contra ela já perdeu bastante da sua força, e quando o assassinato começou a cair no esquecimento, a pena começa a ser suavizada, e ela poderá ficar na rua o dia inteiro, voltando à prisão só para dormir. Uma pessoa que cometa seu crime enquanto jovem ainda terá toda a vida pela frente depois de pagar por ele. É certo que teve de pagar um preço, mas terá conquistado o privilégio de ter matado uma pessoa e ainda continuar com uma vida normal. Mas, para muitos condenados, é a chance de matar de novo, porque não ficaram satisfeitos com uma só vida que tiraram. Por isso, a concessão dessa regalia tem de ser muito criteriosa. Por isso também, foi que o representante do ministério público negou, em primeira instância, que Clara Karine fique em liberdade durante o dia, pois, como ele disse, a moça ainda não mudou a sua personalidade e aquele jeitinho bonzinho dela não passa de velhaca dissimulação, como foi quando ela foi ao enterro dos pais e chorou ao pé da cova por puro fingimento. Os vinte e um mil soldados que o presidente negro americano mandou para completar um exército de noventa mil guerreiros que bombardeiam diariamente o Afeganistão cruzaram no caminho com milhares de peças de arte que os afegãos mandaram para uma exposição no Metropolitan Museum de Nova York. Junto com elas, e também para ser exposta no museu, os afegãos mandaram a frase "uma nação pode manter-se viva quando sua cultura e história se mantêm vivas". Enquanto os soldados bombardeiam no país longínquo, os nova-iorquinos desfilam pausadamente, no grande museu, diante das peças de arte do gênio afegão, e bebem, em sorvidas suaves, a alma desse povo milenar posta nas obras que vieram de longe curvar-se ao seu deleite, no seu próprio país, a um metro de seus olhos e de suas mãos. E eles se deliciam nesse apelo abatido e desesperado dessas obras para que suas raízes não sejam dizimadas. Entregam-se, como reféns e penhor de sua identidade e história, um tesouro em esculturas de marfim aprendidas com os indianos, recipientes de vidro copiados dos romanos da antiguidade, peças de arquitetura aprendida com macedônios e gregos vindos com Alexandre Magno, lacas trazidas da China, joias e ornamentos de tribos nômades que vagavam pelas montanhas e vales do Cáucaso no primeiro século da era cristã. E outras muitíssimas peças ali se depuseram, de desaparecidos artesãos, desde outras invasões. Vinte e uma mil peças de ouro com símbolos e estilos artísticos imitados da Grécia, da China, da Sibéria e de Roma, são colares e braceletes de ouro e turquesa, coroas de ouro engenhosamente dobráveis, adagas com cabos de ouro, medalhões de gesso e até desenhos da idade do bronze que já conta mais de quatro mil anos atrás, como são os desenhos de touro com rosto humano e barbudo numa tigela de ouro de feição mesopotâmica. Para os nova-iorquinos que podem ter essas peças de arte sob seus olhos a guerra já está ganha. O Brasil reforçou o seu poder de guerra, comprou do Reino Unido um navio de desembarque de carros de combate, que já foi muito útil aos ingleses na guerra das Malvinas e na guerra do Golfo Pérsico. À sua vista, temos imensa vontade de perguntar ao próprio navio sobre os combates que travou. Chegando ao Brasil, este navio juntou-se à maior embarcação de guerra brasileira, o porta-aviões São Paulo, único da América do Sul, que fica indo e vindo entre o litoral paulista e capixaba, com sua pista de cento e sessenta metros para pouso e decolagem dos caças skyhawk. Olhando para essas soturnas embarcações, impossível evitar o desejo de vê-las em ação. Para sopitar a ansiedade, os soldados fazem regularmente simulações de combates. Mas por ser apenas simulação, isso não deixa de produzir certa sensação de vazio e frustração. E provável que esses soldados vivam a vida inteira e não vejam essas máquinas em combate real. Mas certamente outros, que ainda estão por nascer, verão. A britânica Debbie Purdy decidiu suicidar-se porque acha indigno viver com esclerose múltipla, doença incurável e implacável. Ela prefere matar-se na clínica suíça Dignitas, especializada em realização de mortes voluntárias, mas antes pediu explicações para a Câmara dos Lordes sobre a lei que regula o suicídio no Reino Unido, porque deseja saber se o marido dela será processado criminalmente se ele acompanhá-la na viagem à Suíça, onde o suicídio é tranquilo e legalizado. Diversas pessoas britânicas já se suicidaram na Dignitas sem que os parentes tenham sido levados à Justiça. Mesmo assim, ela quer saber sobre os casos em que alguém será punido por ter ajudado no suicídio de outro, porque ela quer ter certeza de que seu marido não terá problemas depois. Caso haja algum risco para ele, ela prefere que ele não viaje com ela à Suíça. Como, em princípio, a Câmara dos Lordes apoiou o seu pedido de esclarecimento sobre as regras do suicídio, ela foi tomada de grande alegria, pois, segundo ela, isso já é um enorme passo na direção de uma lei mais compassiva. Ela deixará esta vida, mas sua luta por uma legislação melhor certamente ajudará muitas pessoas que vão se suicidar depois dela. O magistrado do Supremo Tribunal Popular da China, Zhang Jun, disse que é impossível, na realidade social atual, abolir a pena de morte no país, que já foi de quinze mil cabeças por ano na década de noventa. Os chineses possuem sessenta dignidades que não podem ser infringidas sem que custe a vida ao infrator. Não sonegar impostos, não traficar drogas, não fraudar são três delas. No ano de 2008, cinco mil setecentas e vinte e sete pessoas infringiram alguma dessas sessenta dignidades, e por isso foram executadas. Número bem maior do que o dos Estados Unidos, onde só quarenta condenados são mortos anualmente. Esse número pequeno de condenados entre os americanos talvez se deva a um menor número de dignidades. O grupo de defesa dos direitos humanos, Mãos de Caim, com sede na Itália, acompanha atenciosamente, e mesmo sofregamente, a evolução desses números, e estimou que na China ocorrem oitenta e sete por cento de todas as execuções oficiais no mundo. O grupo espanhol Pátria Basca e Liberdade comemorou o seu aniversário de cinquenta anos com duzentos quilos de explosivos lançados num prédio e uma bomba colocada debaixo de um carro. Sessenta parentes de militares que moram no prédio foram atingidos, mas ninguém morreu. Dois policiais que estavam no carro morreram na hora. Observadores disseram que o grupo terrorista, que já matou oitocentas e trinta e uma pessoas, está atualmente enfraquecido, comandado por crianças, uns sem-cérebro que só pensam em matar, e não passam de um grupo de canalhas assassinos, selvagens e enlouquecidos, que estão ficando cada vez mais desesperados e perigosos, porque a comunidade internacional está unida na luta contra o terrorismo e eles não terão nenhuma oportunidade de evitar a Justiça. A indústria brasileira começou a execução de uns projetos de armas inteligentes para que o país não tenha tanto medo de invasores, sobretudo os que venham pelo mar, com olho nas jazidas de pré-sal nas plataformas de exploração de petróleo da Petrobras. Essas armas inteligentes são aviões sem piloto, chamados VANT, que a empresa Avibrás vai fazer, para missões de vigilância e de ataque, se for preciso. Também bombas guiadas, que podem ser lançadas por aviões a vinte quilômetros do alvo, o piloto retorna bem tranquilo para a sua base e a bomba segue sozinha, guiada por sinais que recebe de satélites para acertar os invasores. E também os mísseis TM, de calibre grosso de quatrocentos e cinquenta milímetros que podem atingir até trezentos quilômetros de distância depois de disparados da praia, levando uma chuva de sessenta granadas para a cabeça do invasor. Os engenheiros bélicos estão exultantes com os seus projetos, que começam a sair do papel, como que seus filhinhos que rompem a casca e iniciam um caminho que terminará num lago de sangue, empoçando porções de carne queimada. Um esforço intelectual desses engenheiros para criar essas armas, que são quase como seres humanos, pela sua determinação e inteligência para matar com muita precisão e eficiência. O país gasta muito nessas armas. Só o projeto dos mísseis vai custar um bilhão de reais, mas isso é uma mixaria perto do gozo que é criar armas de eficácia tão fabulosa. Só homens como o senhor sabem do que estou falando. O povo comum é inacessível a esse gozo, por isso não se deve comentar muito sobre esses gastos nem sobre a complexidade e perfeição das armas. Só os que conhecem verdadeiramente o seu poder são sensíveis aos segredos delas. É um privilégio de poucos desfrutar de seu poder destrutivo. Um desses destacados homens, Vasco Fernandes Coutinho, que o senhor conhece, presidente da Avibrás, não pôde participar da aprovação da proposta de construção do avião VANT, lançador de bombas inteligentes, porque desapareceu na serra do mar pilotando seu helicóptero. Passados vários meses, um mateiro de Ubatuba encontrou por acaso sua ossada e a de sua mulher na beira de um rio junto com um pouco do helicóptero, porque boa parte da aeronave tinha sido levada pela corrente do riozinho. Cinco meses seu esqueleto repousou solitário, ao lado do esqueleto da esposa, sem fazer projetos de aparelhos para matar, na margem fresca do regato buliçoso, como muitos que nascem no pé da serra. Os dois, marido e mulher, perdidos no seio da mata, mortos na solidão, até que fossem achados por um mateiro silencioso e também solitário, em suas andanças atrás de caças. Enquanto isso, na Avibrás, seus engenheiros subalternos desenvolviam os projetos de armas inteligentemente destrutivas, sonhando com as mortes que elas são capazes de trazer. Mas eles não têm dúvidas de que a ossada era mesmo de seu chefe, pois, guiados pelo mateiro numa caminhada que levou trinta horas, os policiais chegaram ao local, onde ainda acharam os documentos do empresário junto à ossada e aos restos do helicóptero. Além dos ossos, eles trouxeram os documentos e o manche que acharam ali por perto. Esses confusos trofeus nas mãos dos policiais. Os palestinos da Faixa de Gaza foram ao cinema para assistir ao filme sobre o militante do hamas, Imad Aqel, e aplaudiram de pé na hora que o ator disse que matar israelenses é adorar a deus. Imad Aqel matou treze israelenses e foi morto depois pelo exército de Israel no esconderijo em que se meteu. A polícia britânica foi pegar o soldado Joe Glenton lá na Austrália para onde ele fugiu depois que se recusou a voltar para a guerra no Afeganistão, porque ele se sentiu envergonhado com a inutilidade da matança que os ingleses estão fazendo lá, e nem reduz risco de terrorismo coisa nenhuma. Por causa disso, o governo britânico disse que ele é um desertor e vai ser julgado pela corte marcial que o mandará para a prisão. As pessoas acordaram em paz na ilha de Jacarta, no Marriot e no Ritz-Carlton, esses hotéis que oferecem de tudo, do bom e do melhor, para elas que tinham dinheiro, e estavam ali para passar horas alegres, só no desfrute, que é o que torna as pessoas felizes pra valer, e eram indonésios, americanos, australianos, sul-coreanos, holandeses, italianos, britânicos, canadenses, noruegueses, japoneses e indianos, e de repente, no meio delas, bem no café da manhã, que é quando tem tantas daquelas guloseimas tão gostosas, e as pessoas têm toda a certeza de que podem ser felizes, pois bem no meio delas e de uma fartura de coisas pra comer, dois indivíduos, combinados, um em cada hotel, que ali também estavam hospedados, leite venenoso no leite são, esses dois se explodem num estrondo de fumaça e corpos dilacerados, porque não têm senso de humanidade, não se importam com a destruição do país, uns aterradores, cujos ataques deixam claro que esses extremistas continuam comprometidos com provocar a morte de homens, mulheres e crianças inocentes de qualquer religião, em todos os países do mundo, apesar de tantos que já matamos. O pesquisador Martin Cornoy, da universidade de Stanford, nos Estados Unidos, descobriu que a maioria dos professores brasileiros encorujaram-se em suas salas de aula e passaram a ficar a maior parte do tempo de costas para seus alunos, porque não conseguem descobrir o que devem ensinar para os meninos, e porque os alunos quase só veem as costas dos professores, eles resolveram passar o tempo todo rabiscando seus cadernos e conversando com seus colegas. Estão mais encorujados ainda porque descobriram que, mesmo com a educação estancada em sala de aula desde muitos anos, o país continue a crescer e tantas facilidades tenham surgido como é o caso de todo mundo ter celular e ter carro para todo lado. O pesquisador descobriu isso depois que filmou o trabalho dos professores em sala de aula, mas só não entendeu porque os professores não conseguem saber o que devem ensinar aos alunos. O presidente colombiano Uribe combinou com os americanos de juntarem seus soldados e armas no território colombiano que é para os soldados colombianos aprenderem melhor a fazer guerra entre si e o comércio poder seguir em paz e as empresas da Colômbia venderem tranquilamente seus produtos aos americanos que, graças a deus, são bons consumidores e sem eles não dá pra ficar, sem eles quem é que vai comprar o que as empresas colombianas vendem? Quem? O Brasil? É melhor o Brasil deixar de ser megalomaníaco, que por enquanto o país não pode nem pensar em substituir os Estados Unidos, nem no comércio com os empresários colombianos, que não são bobos de se unir a gente fraca, nem no fornecimento de armas para a Colômbia. Muitos estão felizes com o que os soldados vão aprender com os experientes guerreiros americanos e também porque os americanos vão trazer a força de suas armas, que é admirável de se ver, e maravilhoso é tê-las a favor dos melhores e mais poderosos homens da Colômbia. Duas inglesinhas, Shanti e Rebecca, que estavam de passagem pelo Rio, caíram na grelha da carceragem da cidade que, já cansada de mastigar carne sempre igual de brasileiras, as deglutiu como guloseima rara e as redistribuiu através da imprensa e da televisão entre toda a população do país. O delegado não entendeu a sofreguidão com que o povo degustou as presas do outro mundo, uma coisa sublime. Olhando-as na fotografia em que as duas aparecem assustadinhas na sala da polícia, impossível não se ter ímpetos de também mordê-las. Mas o delegado não entendeu e disse mesmo achar muito estranho que a sociedade brasileira só dê atenção quando é estrangeiro que sofre nas nossas carceragens, e que o sofrimento das brasileiras não é motivo de atenção. Fazendo as delícias do prato para o leitor, a imprensa ornou-o com frases crepitadas nos lábios das duas moças, "era tão apertado que a gente só podia deitar de lado", elas diziam que "o cheiro era terrível, quando disseram que seríamos libertadas, começamos a chorar, tudo que queríamos era tomar banho, dormimos só duas ou três horas em toda a semana e não comemos, só bebemos água mineral". Quando conseguiram escapar, disseram aos jornalistas de seu país, ainda assustadas, que tinham estado no portão do inferno. Importante museu de Berlim inaugurou uma grande exposição sobre Hitler, o homem que até hoje detém o recorde mundial em matança de outros homens. A exposição reúne fotos, reproduzidas com perfeição e cuidadosamente selecionadas, estátuas e estatuetas do poderoso alemão, objetos pessoais que parecem produzir efeitos quase mágicos aos olhos dos visitantes mais sisudos. Difícil quantificar a intensidade da experiência interior do visitante diante dessa possibilidade que o museu oferece a cada um de chegar tão perto das coisas pessoais daquele homem. A vivificação da experiência destruidora é tão assombrosa no espírito dos visitantes, que alguns, os mais sensíveis, diriam que teriam passado pela própria experiência viva de um ritual. Os comentadores da exposição chegaram a dizer que para alguns o ponto alto da exposição, o seu momento mais tocante, se dá ao apreciar-se uma pintura de um belo rosto feminino feita pelo próprio Hitler sobre um papel em cujo verso lê-se um texto sagrado dos judeus. Como na Alemanha é proibida a vulgarização dos símbolos e coisas daquele general, o museu conseguiu licença para exibi-los para um público mais seleto e restrito, mesmo assim com altos objetivos científicos. Prevê-se que, nos próximos dias, homens e mulheres ilustres de todos os cantos do mundo em passeio pela Europa incluam em seu roteiro uma esticada até Berlim para uma passada no museu. Outros homens ilustres que já conhecem tudo no mundo, e já não veem graça em viajar, têm agora um bom motivo para sair de seus domínios e irem fazer uma visita ao museu dos germanos, esse povo que desde a queda do império romano esteve sempre na vanguarda da humanidade. O militar brasileiro, Aquiles Domiciano, disse aos parlamentares que ele anda tranquilo pelas ruas, certo de que os homens que o mandaram em missão de extermínio de guerrilheiros na mata amazônica eram mesmo homens superiores, pais de família, residentes nas capitais do país, e às suas ordens defendeu a pátria brasileira, e para defendê-la torturou com muito gosto um preso, colocando-o em um pau de arara, lambuzado de açúcar, bem em cima de um formigueiro, e como não podia sozinho com seus companheiros carregar corpos inteiros na selva, então eles levavam apenas algumas partes, assim eles decepavam as cabeças e as mãos e carregavam, ou simplesmente deixavam na mata para os bichos comerem. Porque a meta era defender a pátria. É um herói, e por isso não tem medo de ser torturado, nem morto. E ele teve a chance de participar de uma guerra. Matou. Ele e os seus superiores mataram. E disto os seus superiores não se esquecem. Tanto é verdade que, mesmo depois da constituição de oitenta e oito, que restituiu por completo o estado de direito aos brasileiros, ele ainda foi agraciado pela sua participação na matança do Araguaia, tendo recebido, já em oitenta e nove, a medalha do pacificador com palma. É quase um Caxias. Oitenta e dois por cento do povo brasileiro aprovou e considerou bom o governo de Luís Inácio Lula da Silva e a revista Economist, de Londres, disse que os índices de popularidade do presidente brasileiro são quase sobrenaturais e também que hoje em dia nenhum encontro internacional, para discutir desde a reforma do sistema financeiro, às mudanças climáticas, estará completo sem Lula. No entanto, a revista londrina dizia que esperava do presidente brasileiro que, sem demora, ele desmoralizasse o venezuelano Chávez, para demarcar uma clara divisa em favor da democracia, esse sistema que permitiu a um pobre torneiro mecânico chegar ao poder e mudar o Brasil. Outro grande jornal, o Le Monde, o melhor da França, escolheu o presidente brasileiro como o homem do ano, que soube ser um democrata na luta contra a pobreza e promoveu o desenvolvimento sem desrespeitar os equilíbrios naturais. O jornal espanhol El País também escolheu Lula da Silva como a personalidade do ano, que passará à história por ter realizado a ambição de tornar o Brasil um país desenvolvido. O Financial Times disse que o presidente brasileiro é um homem charmoso e político habilidoso, o líder mais popular da história do Brasil e uma das cinquenta pessoas que moldaram a década no mundo. O diário israelense Haaretz chamou o presidente Lula de profeta do diálogo e disse que Lula tem de ser amado por todos. Um importante jornal paulista opinou que o presidente Lula da Silva é cínico, incompetente, hipócrita, chavista, antiamericano, infantil, despudorado, autoindulgente, realista radical, antiético, rombudo, sem-cerimônia, imprudente, deselegante, mentiroso, negligente, autor renitente de bravatas, tolo, fantasioso, desprovido de autocensura, perverso, indecoroso, espalhador de disparates, chefe de governo estelionatário, escasso de competência, engenhoso, perdulário, imperial, estatizante, intervencionista, nacionalista, clientelista, anacrônico, irresponsável, professor de empáfia, arrogante, populista, demagogo, ineficiente, incapaz, companheiro, centralizador, autoritário, indecente, ignorante, pouco sério, irracional, açodado, golpista, farsante, intoxicado pelo poder, soberbo, oportunista, desenvolvimentista à moda antiga, cúmplice com o que há de mais execrável na política brasileira, mestre da lei de Gerson por levar vantagem em tudo, bravateiro, desastrado, voluntarista, desavisado, interlocutor dos párias do mundo, leviano, verborrágico, truculento, megalomaníaco, compañero, cínico deslavado, faltoso com a moralidade pública, chefe de partido da bandidagem, tenebroso, leniente com práticas políticas brutais, desvairado. O ex-promotor de justiça da cidade paulista de Atibaia passou oito anos foragido depois que foi condenado pela justiça por ter matado a esposa com dois tiros na cabeça. Grávida, ela foi ao chão com o filho de oito meses que pesava na barriga. Ele próprio telefonou à policia para entregar-se, dizendo que já se sentia cansado de andar foragido e também que estava com problemas nos dentes. As razões desse assassinato nunca foram inteiramente esclarecidas. A procuradora que atuou no julgamento do ex-promotor, doutora Andreza Diniz, acredita que a motivação do crime é um desígnio insondável da alma humana. No Rio de Janeiro, um major da polícia militar, atirador de elite, posicionou-se a quarenta metros de José Carlos Silva Teles que, armado de uma granada, mantinha presa ao seu corpo, como refém, uma mulher. Com a cabeça do assaltante sob a mira do fuzil, o atirador esperou, por cerca de quarenta minutos, a ordem superior de disparar, que veio, afinal. Mas o tiro tinha que ser exato, certeiro, na cabeça. José Carlos Silva Teles, vinte e cinco anos, desempregado, tinha o curso básico, o médio e o de montagem e manutenção de computadores. José Carlos Silva Teles jamais viria a saber de onde partiu o tiro. Usava um boné preto, que voou da cabeça com o impacto do balaço. O corpo tombou com o sangue jorrando da cabeça, como se fosse um penacho vermelho.

Os populares, que por quase uma hora assistiam à ação, aplaudiram com palmas o belo tiro. A imprensa deu larga repercussão ao fato de o boné ter saltado da cabeça com o impacto da bala. As fotos exibiam-no com a perfuração, esfrangalhado. Para a elite dos atiradores mais ponderados e profissionais, José Carlos foi neutralizado de forma irretocável. Os parentes de José Carlos recorreram à Santa Casa de Misericórdia para obter o dinheiro necessário para o enterro. Uma cerimônia simples, de oitocentos reais. A Casa de Misericórdia arcou com esse custo, mas exigiu uma contrapartida de trezentos e quarenta reais de taxa e ainda um atestado de pobreza. Uns poucos parentes de José Carlos acompanharam o sepultamento. Eram quatro mulheres: sua mãe, sua irmã e duas tias. O pai de José Carlos morrera quando ele tinha apenas três anos. Fora criado pela avó. No dia seguinte, o major que o matou levou um buquê de flores para a mulher que fora feita refém e que ele arrancara dos braços de José Carlos com um tiro de fuzil. Ilkka Pyysiainen, da Universidade de Helsinki, na Finlândia, e Marc Hauser, dos Departamentos de Psicologia e Biologia Evolutiva Humana da Universidade Harvard, nos Estados Unidos, escreveram na revista científica Trends in Cognitve Sciences, que a moralidade e a cooperação entre as pessoas não dependem de deus ou de religião para existirem. Declararam de uma vez por todas que a capacidade de distinguir entre certo e errado, aceitável e inaceitável, é intuitiva no ser humano e, quando muito, deus e a religião fornecem apenas regras locais para casos específicos como posições sobre matar, sobre o aborto ou a eutanásia. Imagino que o senhor, com a liberalidade de espírito que possui e as convicções que traz por pertencer a uma estirpe de homens de mando e comando, vai sorrir muito desses jovens cientistas, que pensam estar descobrindo a roda. Não foi algo diferente disso que também passou pelo espírito de Leopoldo quando, cansado de ler, jogou todas as folhas para um canto do quarto.

6

SOBRE O CRIME praticado por seu pai, Leopoldo não encontrou nada nos jornais. Após a leitura, descobriu-se no meio de uma sensação de paz. De onde estava vindo essa sensação? O tempo dedilhava os segundos com a suavidade de uma música que conforta. Os minutos transcorriam assim, empilhando aos poucos cada hora. Talvez a casa da pensão boiasse no centro da cidade. Ele estava no meio do lago sem correnteza. Que anunciava essa calmaria? A paz não era eterna. Uma voz, que não era voz de tão difusa que era, vinha anunciar-lhe de longe que não haveria paz eterna. Toda essa conversa fiada das religiões. No entanto, os nervos, os músculos, os pensamentos, tudo nele experimentava um bom relaxamento. Esta, sim, a única paz possível, a paz transitória do presente, esta que fugazmente pousou-lhe no corpo. Uns passos no corredor, os rumores da rua, o rosnar surdo dos automóveis perdiam-se como um eco. Imaginou, dentro da pensão, nos quartos, nas salas, na cozinha, um mover-se de prece. Leopoldo divisava uma faixa do telhado baixo.

As manchas pretas nas telhas francesas encarunchadas de tantas chuvas. Telhas velhas. Uma felicidade, um gosto de plenitude. Descobriu atentamente essa dimensão das coisas, seria bom agarrar essa dimensão, fixá-la para sempre em sua vida, se pudesse. Mas a incansável atividade do pensamento sempre a mudar de rumo. O contrário de tanta mudança era a morte. Na morte havia descanso? Só uma música, criação humana, podia manter em suspenso essa sensação. Que disparate! Mas que outra descoberta seria mais importante que a harmonia e a dor que havia na música? A música sem as palavras, como uma ascese. Se o arrancassem desse momento de gozo da música seria capaz de golpear para matar. Matar pela música, salvar a música. Quem sabe esse assassinato fosse inédito? Ele seria o primeiro a matar assim, por essa causa. Não. Matar devia ter sempre a mesma causa. Uma causa com milhões de disfarces. Tudo conduzindo à mesmice de sempre. Alguém matou um homem, e por quê? Perguntou-se o santo, pleno de virtude e volúpia.

Se estivesse em sua casa ouviria uma música. Mas, naquele momento, o que poderia acontecer era o mundo cair em cima dele. Estremunhou involuntariamente. Dores. Talvez fosse gripar. Era fraco, qualquer um o mataria. Socava-o até a morte. Suas débeis reações eram nada. Os jornais frequentemente relatavam casos de agressões desse tipo. Grupos de pessoas surpreendiam alguém na rua e, a troco de nada, passavam a socá-lo e, quando o coitado ia ao chão, continuavam a chutá-lo, indefeso, até a morte. Uns poucos contra um, covardemente. Depois vinha o laudo da morte. Lesão craniana provocada por chutes. Morrer como um ser desprezível. A casa da pensão era velha, suja, coisas estragadas. Alvenarias de sessenta anos, ferrugens. Mas era mais consistente que seus velhos donos. Eles estariam em pouco tempo imobilizados numa sala de uteí, bruxuleantes. Mas a casa e seus murinhos duros ficariam ainda por muitos anos. A casa não lhes pertencia, escapava de suas mãos, e um dia ela também seria escombros, desfeita e varrida para sempre. Mas agora o abrigava e o envolvia como os braços maternos, a casa materna. Uma casa velha, agora uma pensão, pobre e suja. O silencio de seu quarto decrépito acolhia-o, enquanto ninguém viesse incomodá-lo.

Mas a merda era que ele chegara até ali pela mão daquele desconhecido, um zé-ninguém, que o apresentara como amigo. "Este é amigo meu. Precisa de uma vaga pra morar". Nunca em sua vida Leopoldo tinha chegado tão perto de gente assim. Quando muito, travara contato com guardadores de carro nos estacionamentos ou nas ruas, uma ou duas palavras de praxe, mas sem nenhuma aproximação, sem ver o rosto. Ou gente de empreguinhos subalternos numa ou noutra situação passageira, prestadores de serviços. Mas nunca com um homem como aquele da véspera. Chamava-se Uriz. Até o nome ele ficara sabendo. Conversaram no bar e depois seguiram juntos pelas ruas, e pela sua mão viera dar ali na pensão. Com apresentação, recomendações e tudo. Ele ser ajudado na rua por um desgraçado daquela espécie. Realmente, o mundo dera uma volta. Que razão ignorada havia para ele estar naquela situação? Onde tudo aquilo ia dar? Quantos dias ele ficaria escondido? Valeria a pena? Era tão perigoso. E se ele estivesse deixando de ser ele mesmo? Tinha que ter coragem para enfrentar o que viesse, por mais escuro que lhe parecesse o futuro. Teria coragem de deixar de ser ele mesmo? Um jovem e promissor engenheiro que nunca teve dificuldades na vida. Estava bebendo o desconhecido e sentia que se embriagava dele. Como viveria sem a cordialidade que lhe dedicavam os subalternos todos os dias no escritório? Sem a brincadeira dos amigos? Ninguém se dirigia a ele sem o devido respeito. Quem participa de um assassinato põe o pé em outro mundo, ou então talvez apenas nasça para este mundo mesmo.

Leopoldo ouviu passos no corredor. Vozes que se cumprimentavam. Era Uriz que vinha ver como ele estava, como passara a noite. A imagem que qualquer um faria de Uriz ao vê-lo pela primeira vez era a de que ele jamais seria um homem perigoso. O modo como falava, a afabilidade que punha nas palavras, apesar de seu linguajar tosco, a boa vontade com que parecia ver todas as coisas à sua volta, tudo isso produzia a impressão de que ali estava um homem que tinha alegria de viver. E isso apesar também de sua miserável apresentação.

Mas não foi agradável a impressão que dele teve Leopoldo ao avistá-lo pela porta entreaberta. Uma repulsa por aquele homem cortou fundo em sua carne. Foi horrível admitir que o desprezível vinha justamente na direção do seu quarto para falar com ele, entrar no seu quarto. Fechou a porta e girou suavemente a chave. Torceu para que o homem passasse reto, provavelmente viesse visitar algum amigo dele, algum de sua laia. Mas foi em sua porta que a mão fechada bateu firmemente. Era para ser ouvido. Leopoldo vacilou. Quem era aquele cara para vir procurá-lo sem que ele o chamasse? Com quem ele fora se meter? Abrir logo e acabar com tudo. Novas batidas agudas com as costas dos dedos. Abriu. "— E aí?" Leopoldo ficou parado, nenhuma palavra, só um impulso agressivo perpassou-lhe os nervos. Se estivesse no meio da rua, dentro de seu carro, arrancaria à toda e passaria por cima daquele zé-ninguém. "— Diga"— balbuciou. O outro foi entrando, estirando-lhe a mão repulsiva. "— Beleza?". Leopoldo sentiu um cheiro horrível invadir o cômodo. "— Você está bem instalado aqui. É bom. Dá pra ficar tranquilo. O chuveiro tem água quente?". Desgraçado. Nem sabe quem eu sou. Pensa que esta espelunca vale alguma coisa pra mim. Bateram na porta. O próprio Uriz abriu, como se já estivesse esperando alguém. Era o rapaz do dia anterior no restaurante. Entrou e foi direto a Leopoldo, estirando-lhe a mão, mas sem dizer palavra. Petulante. Depois dirigiu-se a Uriz: "— Tem dez aí?" O homem bateu a mão nos bolsos inutilmente, os olhos instáveis para Leopoldo, como que esperando uma reação, que não veio. Terminando de vasculhar nos bolsos vazios, dirigiu-se a Leopoldo com rápida naturalidade: "— Me empresta dez aí?" Dez o caralho. Mas deu-lhe o dinheiro, esperando que ele sumisse em seguida. Uriz passou a nota para o rapaz: "— Leva lá." O rapaz recebeu a nota, mas divergiu: "— Não, vamos lá nós dois". Estirou a mão de despedida para Leopoldo: "— Tenho que ir, cara, a gente se vê mais tarde". O rapaz também estendeu-lhe a mão numa despedida em que dava um sinal de sincera amizade. Petulante. Apertou a mão dos dois com nojo. Era a situação que o obrigava àquele rebaixamento. Era um pesadelo? Não.

Sentou-se na cama para organizar a cabeça. Vamos ver. Participara de um crime e fugira. Fora admitido naquele quarto como pensionista, aparentemente sem despertar suspeição. Na verdade, estava escondido. O seu segundo dia de fuga. Que lugar era mesmo aquele? Foi até a pequena janela olhar para fora. Da primeira vez, olhara tudo de relance, atordoado. Agora passava em revista, detidamente, a situação do quarto na casa, os outros quartos, o corredor de entrada, o aspecto velho da construção, a sua localização no bairro do Bexiga. Ou já seria o da Bela Vista? Se ninguém viesse incomodá-lo, ficaria ali por muito tempo, dias, até meses. Mas se ficasse mocosado todo o tempo, saindo apenas para comer, ia parecer estranho. Como seria viver em pensão? Nunca tinha conhecido ninguém que fosse pensionista. Precisava aprender. Como um hotel, não fosse a promiscuidade, gente desconhecida dormindo no mesmo quarto, a sujeira, esses párias. Todo dia um: "Tem dez aí?" Desgraçado. Para parecer normal, devia sair regularmente. Mas aonde iria? Só se caminhasse indefinidamente pelas ruas até dar a hora de voltar. Seria como alguém desaparecido, um débil mental que se perdera, e não soubesse voltar para casa, não sabia dizer nem o próprio nome, não sabia de nada. Um disfarce de bobalhão andando pelas ruas.

Mas tinha aparência para isso? Passou a mão pelo rosto, sentiu que a barba crescia. Ficaria barbudo, ficaria sujo, aos poucos ganharia nova aparência. Aguentaria, sim, tudo, tal era a sua vontade de sumir. Um disfarce de bobalhão. Ou disfarçar-se em um desses horríveis pobretões, espécie de seres desprezíveis como este Uriz e os de sua malta. Não. Não seria nunca como eles. Apenas queria andar incógnito por uns tempos. Precisava desse anonimato. Não sabia bem por que, mas precisava. Tentou, então, organizar-se.

Além da razão óbvia, que era esconder-se porque praticara um crime, outra, menos compreensível, animava-o a esconder-se, a distanciar-se de seu mundo. De novo surpreendeu-se afirmando para si que praticara um crime. Por que estava assumindo essa culpa? Não. O crime fora do seu pai e não dele. Apenas ganhara um lugar de espectador. Um teatro que o teria marcado para sempre. Qual era mesmo seu papel naquilo tudo? Adiantava fugir? Seu pai certamente não tinha fugido, pois tudo devia ter sido muito bem planejado. Onde estaria ele agora? Cuidava de seus negócios. Talvez viajasse pelo exterior. Trajando roupas para outro clima. Ou talvez visitasse o túmulo de Teresina como gostava. E ele? O que faria? Precisava ficar um tempo escondido até mudar de aparência. Até que a nova pele se formasse. Como uma serpente, passaria dias e dias dormindo naquele buraco. Depois se arrastaria, deixando a pele velha num canto da pensão.

Com esse pensamento, Leopoldo estirou-se na cama, disposto a abandonar toda a noção de disciplina em que havia sido educado. Não importava a hora, dormiria enquanto fosse dia. A noite seria mais fácil de suportar acordado. Precisava de uma grande apatia. Se tivesse o hábito de consumir droga, aquela era a hora. Encobrir tudo com a névoa da droga. A imagem de homens esquálidos, consumindo ópio o dia inteiro, veio-lhe na forma de desejo. Ópio, muito ópio, seria bom para ele. Era assim que milhões de pessoas pelo mundo afora, desde que o mundo é mundo, buscavam qualquer tipo de droga para suportar a vida. Ele nunca tinha precisado, mas agora tinha chegado a sua vez. Que se danasse a sua saúde. A saúde agora era a primeira coisa que queria perder. Mas um pensamento contrário a este avivou-lhe o espírito como um raio cortante. Não. O que queria era conservar suas forças, era preservar-se, enrijecer-se para um combate. Sob a nova pele que ia ganhar cresceriam suas garras. Sua pele nova e os cabelos compridos, mesmo sujos e desgrenhados, esconderiam suas tenazes. Ganharia uma alegria nova de viver. Embalado por este vivaz sentimento, o sono tornou--se mais arisco ainda. Se dormisse morria um pouco. O sono que lhe amputaria o desejo, lhe levaria a alegria, lhe secaria o medo, lhe extinguiria a tristeza.

Lá fora, o sol a pino dividia a jornada do dia em suas duas metades. No alpendre, diante de um dos quartos, presas num fio de varal, umas tantas peças de roupa, cuecas relaxadas pelo uso, manchadas, repugnantes, enxugavam. Podia-se ver contra os raios solares o vapor que se desprendia delas.

Lá dentro, estirado na cama, buscando inutilmente o sono que o apagasse, uma ideia escapou-lhe da cabeça, fulgurante. Os olhos se arregalaram. De um ímpeto, Leopoldo sentou-se na cama. Viu-se em todo o esplendor num lugar que não era o seu. Compreendeu que o desenrolar dos últimos acontecimentos o lançara ali, numa lógica inexorável, como numa armadilha. Debatera-se como um passarinho numa teia viscosa. Por fim rendera-se. Todo o mundo em volta era viscoso. Pareceu-lhe que não se desprenderia dele. E surpreendentemente queria ali ficar. Aquele outro mundo, o que era o seu, o que lhe atendia os desejos, obediente ao seu poder de compra, aparecia-lhe agora estranhamente confuso, estupendo. Era o seu mundo, mas assustava-o. Por quanto tempo ficaria longe dos seus amigos? Tinha uma longa jornada pelo lodo. Que missão era a sua? Devesse talvez conquistar um incógnito território, destruir aquelas hordas de homens sujos. Buscar a alegria dos fortes. Nunca a fraqueza da piedade. Nenhuma lágrima. Exercer sua força sem se deixar perturbar pela fraqueza de ninguém. O mundo só valeria se lhe pertencesse. Fazer o que se quer, qualquer que seja, eis a fórmula do mundo, e a forma das formas, acessível apenas a uns poucos. Teria que se distinguir habilmente dos fracos. Odiá-los com toda a sua força. Eis a margem do rio onde passearia, e onde saborearia delícias. Mas estas eram ideias tumultuadas, confusas, incompreensíveis. Antes de tudo eram intuições que precisavam ser deslindadas. Que significava tudo aquilo? Perguntou-se. E era impressionante que todos esses pensamentos viessem dele, e ele próprio não os entendesse, precisasse de tempo para decifrá-los. Urgia primeiro agarrá-los para que não fugissem, como se faz com as imagens de um sonho que se esvanecem mal saímos dele. A tampa do que quer que fosse nele se levantara um pouco, mas mal deixara ver o que se movia lá dentro.

Nisso, bateram novamente na porta. Leopoldo vacilou antes de abrir. Teria sido descoberto? Aquele desgraçado o entregara à polícia? Por que não chegaram arrombando, aos gritos? Então não era a polícia. Ficasse sossegado. Com certeza não era o modo da polícia. "— Sou eu, Uriz, cara, abre aí!" Foi entrando. "— Cê já almoçou, cara? Você não tem jeito de quem matou ninguém não, cara, vamos sair do buraco". Leopoldo correu os olhos na figura de Uriz. Seria aquela uma pessoa normal? Pensando bem, era só um homem pobre, com a mesma cara de todos. Embora nunca tivesse prestado bem atenção nesses tipos, concluiu que devia ser aquele o tipo de gente que as pessoas chamam de simples. "— Na boa, você tem boa pinta, vamos lá! Ninguém vai desconfiar de nada, se você tá com medo" — Repetiu Uriz. Era apenas um homem simples. Se alguém devia andar disfarçado na rua era ele, não aquele homem. Devia se misturar com ele e também passar-se por um homem simples. Bastava imitar-lhe os modos. Então ficaria invisível como ele. Não era isso ganhar uma liberdade que ele nunca tivera? A liberdade dos desconhecidos.

A liberdade dos que podem fazer qualquer coisa pelas ruas desde que não incomodem ninguém. Ia ser até útil pra ele. Por que não se arriscar? Mas ficasse esperto. O que aquele desgraçado ia depois querer com ele?

Da saída da pensão até o boteco, três indivíduos estranhos pararam Uriz para uma conversa pouco inteligível para Leopoldo, que andava do seu lado. Assunto cifrado, olhares furtivos para Leopoldo, um desconhecido para eles. Enquanto a multidão comum caminhava com objetivos, aqueles não tinham pressa nenhuma, pareciam passear por seus domínios como donos das ruas. Foi difícil para o rapaz dominar o impulso que sentia de voltar ao trabalho, difícil dominar o sentimento ruim da ausência das coisas da vida a que estava acostumado. No entanto, os da laia de Uriz estadeavam-se nas ruas, sem pressa nenhuma, e não lhes faltava assunto. De que falavam? Que coisas tinham para resolver o dia inteiro? Ninguém era magro, ninguém parecia doente, eram corados, comida não lhes faltava. Mantinham-se de pé e bem cheios, mesmo que fosse comendo porcarias. De novo Leopoldo não viu outra saída que não fosse tentar suprimir os pensamentos, parar com as interrogações sobre aquela gente e apenas andar do lado deles, esquecendo de sua própria vida, de sua origem. Estava infligindo a si mesmo uma tortura, um sacrifício. Algo dentro de si buscava um delineamento, e ele sentia-se atraído por isso, por uma necessidade, um sentimento confuso de encontrar um sentido para a sua vida, um abrigo perdido, e parecia que não podia mais se afastar daquela gente, porque era no convívio com eles que ia descobrir o que se formava dentro dele.

Chegaram no boteco e Uriz já foi fazendo um prato, carne mergulhada num molho avermelhado de colorau com sinais de muito óleo, uma cuba cumulada de cortes de frango estorricados, outra cheia de farelo de arroz cozido. Um tanque de feijão ralo. Leopoldo também se serviu, mesmo que com repugnância nos olhos, mas com vontade de engolir alguma coisa para seu estômago vazio. Mal sentaram a uma mesa, dois daqueles que se encontraram na rua com eles entraram no boteco restaurante. Encheram seus pratos e se sentaram junto deles. Estavam assim os quatro sentados à mesma mesa. Então Leopoldo reparou neles de perto. Os três estranhos comiam em silêncio. Apenas se destacavam o rumor da mastigação, o tilintar de garfos e pratos. Comiam e adiavam a morte. Ele próprio estava com fome, e se não comesse aquela comida repugnante, ele também estava abrindo para si a porta da morte. Ele ia pagar o almoço para eles, ia saciar a fome deles. Mas se tivesse em seu poder suprimir toda a comida deles, ele o faria, e os deixaria morrer. Eles fariam a mesma coisa com ele se pudessem. Este pensamento foi tão fundo, que lhe pareceu real, que verdadeiramente sua vida pudesse estar nas mãos deles, na dependência total deles. Dependia tanto deles que podia deixar-se sacrificar por eles. Entregava-lhes sua vida. Mas ele era mais forte, e aqueles homens é que saciavam sua fome às suas custas. Por que eles não lhes deviam a vida? Ele era o credor de cada um daqueles homens. Não devia esquecer-se jamais disso. Olhou nos olhos de cada um querendo que eles lessem em seus olhos os seus pensamentos. E realmente parece que cada um entendeu o que lhe ia na alma. Pelo menos foi essa a impressão que sentiu.

Todas as mesas estavam ocupadas com fregueses que comiam com gosto aquela ração barata. Uma porta aberta dava para um corredor em penumbra, de onde uma corrente de vento trazia um cheiro de urina e desinfetante. Os homens entravam no corredor e depois vinham de lá enxugando as mãos umas nas outras, outros terminando de fechar as braguilhas. Nas mesas, os pratos cumulados, iam cedendo aos bolos das garfadas, ou vazando pelas bordas sobre as toalhas de plástico estampadas de toscos florais. Refrigerantes, aos litros, de várias cores, secavam entre goles e arrotos mal contidos. Nenhum garçom circulava. Ninguém pedia licença para nada. O vozerio dos estômagos felizes enchia o salão. Leopoldo fez um esforço de memória fotográfica e recapitulou em sua mente as imagens dos ambientes limpos dos restaurantes que sempre frequentara. As mesas bem forradas, os alvos guardanapos, os serviçais alinhados, a polidez subserviente, o tratamento cheio de afetação para adular os clientes mais exigentes. E os pratos requintados, rigorosamente servidos numa refeição com começo, meio e fim e, depois de tudo, permanecer ainda muito tempo à mesa, sob a vigilância e a prontidão dos serviçais complacentes, para um descanso ameno e restaurador, em meio a uma boa conversa de pessoas de sua classe.

Trouxe de novo o olhar para as mesas próximas, para os fregueses do bar. E teve vontade de vomitar. Sentiu uma azia, um mau cheiro, um asco. Seria frescura de riquinho? E daí, se fosse? Era fácil chamá-lo de fresco, mas passar a vida toda sem entrar num lugar como aquele, depois comer numa mesa como aquelas, é que ele queria ver um. Olhou para Uriz: um sujeito pegajoso, sua roupa ensebada, malcheiroso. Quantas horas já, ao lado dele? Como podia ter aguentado? No entanto, aquele malcheiroso o ajudara no dia anterior, e ele aceitara de bom grado a ajuda naquela hora. Era um bom sujeito. Que mal lhe tinha feito? Ocorreu a Leopoldo que ele seria capaz de matar Uriz. Os dois, com fome, tinham ido comer juntos. Que queria aquele desgraçado com ele? Sentira fome junto com ele. Para onde queria arrastá-lo? Aquela comida imunda mantinha os dois de pé. Devia ser cruel aquele homem. Quantos ele já tinha matado?

Era isto: suportava a vida matando os outros. Talvez não. Ele ainda não sabia onde Uriz morava, se é que morava em algum lugar. Na noite de sua fuga, passara ao amanhecer pela rua Santo Antonio e ali, naquela hora, já havia uma fila enorme na calçada, bem uns quarenta, a maioria homens de uns trinta a cinquenta anos, e uns poucos já bem velhos, todos esperando abrirem a porta do centro de acolhimento onde tomavam banho e café para depois caírem de novo nas ruas e perambular o dia inteiro. Alguns eram conhecidos, cadastrados, o centro já lhes tinha arrumado documentos, com nome, foto, origem e podiam tentar arrumar emprego, ser gente de novo. Quem não os conhecesse podia até empregar alguns, sem saber que cada um deles vivia como cartas descartadas do baralho, que era o que a vida tinha feito com aqueles homens. Devia haver um sistema de destruição dessas pessoas, como se faz de vez em quando com armas apreendidas, um rolo compressor imenso passa por cima delas em praça pública. Dava dó ver, muitas delas eram novinhas, certamente umas assim tinham sido subtraídas por funcionários do governo, policiais que aproveitavam para levar de graça, na moleza, pra depois vender ou, quem sabe, no foro íntimo tinha decidido matar um desafeto. Mas, se em vez de destruir as armas recolhidas, o rolo compressor fosse usado para destruir esses desgraçados, haveria muito estalo de crânios e muito sangue derramado, era bom o Uriz ser um desses, junto com todos aqueles que formavam fila no centro da rua Santo Antonio, e mais outros que seriam entregues pelos seus familiares ao serviço de limpeza, porque há multidões deles aí metidos nessa infinidade de casas pobres da cidade, em cada casa um doido, um aleijado, um alcoólatra, um drogado, uma mulher trabalhando como escrava, trazendo um dinheirinho para casa toda semana, comprando coisas essenciais para as pessoas que ela ama, fosse como fosse, mesmo que ali no quartinho, num colchão de espuma com o forro rasgado e a espuma à mostra, houvesse um que dormia o dia inteiro depois de ter feito coisas horríveis na noite passada no outro bairro. Uriz talvez viesse de uma dessas casas, e agora vivesse pelas ruas. Ou tinha mulher e filhos num quarto de cortiço em que se tinham transformado alguns casarões de bairros centrais da cidade. Uriz agora era seu amigo e ele nunca tinha estado tão perto desse submundo. Debilitara-se e caíra nele. Era um mundo mais vasto do que ele pudera antes imaginar. E mal acabara de entrar nele. Sentia que, entre homens como o Uriz, estava no lugar perfeito para ele, embora a si mesmo não soubesse dizer por quê. A única coisa que tenuemente parecia compreender é que a cada minuto que passava ele ia acumulando uma reserva de ódio. E mesmo com ódio teve vontade de ir à casa do Uriz, conhecer o que fosse de família que ele tivesse. Os pratos já estavam vazios. O próprio Leopoldo, entrecortando seus pensamentos com o rumor da comedoria, se deu conta de que também esvaziara o seu. Um dos companheiros de mesa mexeu-se para ir embora. Bateu a mão no ombro de Leopoldo. "— Valeu aí, meu irmão, precisando de alguma coisa, pode contar com a gente". "— Qual é, cachorro magro, tá com pressa por quê?" "— Deixa o rapaz aí, cara, sossego. Num tá vendo que ele tem os problemas dele pra resolver?" Ficaram somente Uriz e o outro. Leopoldo não sabia se se levantava. Esperou que os outros fossem embora. Sozinho, decidiria o que fazer. Olhou para Uriz e disse: "— Tudo bem, cara, vou ficar um pouco por aqui." Uriz levantou-se falando para o outro, que era bem jovem, "— Vamos nessa, garoto". E depois para Leopoldo: "— Mais tarde eu passo lá, ou a gente se vê por aí."

Leopoldo ficou sozinho. Para contemporizar, pediu uma garrafa de cerveja ao rapaz que recolhia os copos. Cuidado para não ficar bêbado. Precisava de todos os sentidos em ordem. Não fazer nenhuma besteira. Entornaria o caldo apenas com uma cerveja? Certo que não. Não era tão fraco assim, ademais, acabara de forrar o estômago. Encheu o copo e sorveu quase todo de uma vez. Engraçado. O desgraçado saiu dizendo que mais tarde se encontrariam. Para onde será mesmo que tinham ido? Corja de petulantes. Como se atreviam a dizer que suas miseráveis existências tinham algum sentido? Então ele era o que não tinha nada para fazer e ficava naquela bosta de mesa, bebendo cerveja? Arrogantes. Como podia ser que aparentassem tão felizes?

Comiam depressa essa lavagem de porco e saíam da mesa como se tivessem alguma coisa pra fazer. Como podiam se manter, erguida tão alta sua tocha de vida, esses miseráveis? Qual seria o seu segredo? Ele, sim, pressentia que tinha alguma coisa grande por fazer. Na verdade ele sempre fora assim. Sempre achou que vivia fazendo as coisas pequenas, enquanto não lhe chegasse o dia de fazer a grande. A coisa grande. Mas que coisa grande era essa? Sempre a pressentira, sempre fora impulsionado por ela, mas nunca soubera o que fosse. Com o tombo que acabara de sofrer, certamente tinha ficado mais longe de alcançá-la. Ou talvez não. Talvez o que estivesse passando agora era o necessário para descobrir o que era a sua grande realização, a grande coisa de sua vida. Uma coisa era certa: aqueles miseráveis que acabaram de sentar-se à mesa com ele não podiam medir-se com ele na vida. Nenhum deles jamais chegaria aonde ele podia chegar. Mas por que a alegria deles era insuportável? Seria capaz de matá-los a todos. Não deixaria um vivo. Era melhor não pedir outra cerveja.

Leopoldo saiu do bar e seguiu em direção ao vale. Quando entrou na mata, não ouviu mais a zoada contínua dos carros. A mata adensava-se de um lado e do outro das encostas. Cessou todo o rumor das ruas. Os prédios ficaram invisíveis lá muito além do topo das serranias. O rapaz seguia por um caminho estreito, afastando por vezes os galhos que o roçavam na passagem. Do céu límpido, os raios do sol a muito custo perfuravam as altas copas dos cedros gordurosos, dos guapuruvus tremulantes, dos rendados paus-ferro, das ibuiranas grossas, a cútis pintada dos resedás rosas, os mimosos jacarandás, as espigadas ataúbas, tapiás, camboatãs e tantas mais que na altura umas com as outras competiam. E de um lado, entre os pálios das árvores que lhe bordavam as margens, seguia o rio Anhangabaú chacoalhando a sua corrente em cada curva que fazia. Depois o porte da mata diminuía, e amplas extensões relvadas brilhavam ao sol. Nessas clareiras, vários caminhos se cruzavam desenhando o chão com riscos brancos de areia. Os pássaros indolentes, sob o calor da hora cessaram seus trilados. Só um que outro canto, triste, espaçado, ouvia-se. Uma mulher jovem cruzou, sozinha, por um dos caminhos. Depois passaram mais duas. Leopoldo sentiu no ar um cheiro de gado reunido. Apartado do rebanho, um touro, pesado, mastigava ervas. Soprava rumoroso o bafo das narinas. As novilhas eram suas quando lhe vinham os golfões do desejo. Leopoldo sentiu o sol ardendo-lhe na cabeça. As mulheres sumiram pelo caminho que se perdia na mata. Ao passar de uma clareira para outra, Leopoldo deu com um grupo de homens que traziam um outro dominado. Rapidamente alçaram uma corda a um galho e meteram-lhe a extremidade em volta no pescoço. Juntaram os esforços e o suspenderam no alto sufocando-o, que esperneava, enquanto eles, unidos, mantinham a corda tensa até que, por fim, o homem quietou-se. Leopoldo, na moita, a tudo observou. Viu que desceram o enforcado. Arrastaram-no pela corda até o rio. Livraram-no da corda e o atiraram no rio. Ficaram algum tempo a olhar o corpo que descia. Lavaram-se e beberam ao arrepio da corrente. Depois, juntos, se retiraram. Leopoldo saiu da moita e foi alcançar o corpo atirado na água. O rio não era largo. Caminhos diversos, vindos das casas afastadas, convergiam até suas margens terminando nos pequenos portos, onde antigos moradores vinham banhar-se e os meninos passavam o dia todo a pescar e a nadar. O cadáver enroscou-se em uma garrancharia de um lado. Depois de fitá-lo longamente, Leopoldo pegou uma vara e, de cima do barranco, empurrou com ela o enforcado, desenganchando-o e fazendo-o retomar a descida rio abaixo, no rumo do Tietê. O corpo, inerte, moveu-se, obediente aos empurrões de Leopoldo, que ficou em pé no barranco, com certo ar vitorioso. Ficou assim a seguir com os olhos aquele que se ia para sempre. Quando desviou o rosto para perto, enxergou um cardume de curimatás rabeando no raso próximo dele, à espera de frutinhos que se desprendiam das árvores ribeirinhas, que as mesmas curimatás arrebatavam emergindo os queixos à flor da água. Leopoldo ergueu, silencioso, a vara que ainda segurava e desfexou-a subitamente sobre o cardume, acertando um dos peixes, que revirou ferido na limpidez prateada da água, enquanto os outros velozes sumiram. Leopoldo entrou no rio e pegou o peixe já pensando em assá-lo. Se aquela moça voltasse, poderiam os dois deliciarem-se com carne tão leve e fresca. Talvez ela viesse todos os dias tomar banho no rio. As outras duas vinham fazer-lhe companhia. O rio e ela. A água fresca refrescando-lhe o corpo, escorrendo pelas suas pernas. Todo o corpo nu e liso como um peixe. Alguns pássaros ali cantando junto com as águas em que ela se banhava. Os pássaros não se importavam com a presença dela. Tinham a sua própria vida, voando de uma árvore a outra, acompanhando com um olho de cada vez o voo dos insetos. Se ele e ela ficassem, os dois sozinhos, na beira do rio. Aquelas margens tinham perto caminhos ensombrados. Andar sozinho por eles dava uma solidão muito grande. A mata chorava o vazio dos cantos dos pássaros que não estavam lá. A beleza solitária dos caminhos ermos entre as densas árvores era um desperdício. Ela caminharia sob as sombras convidativas. Ele enforcaria um homem no galho de uma árvore com aquela mesma corda que aqueles haviam deixado jogada por ali. Ele o estrangularia com um laço, só para ela ver. Depois os dois, felizes, assariam o peixe e comeriam em silêncio, degustando aquele enforcado. O momento prateado em que os dois viram a vida escapar-lhe pelos olhos esbugalhados. Nesse momento eles fugiam para o céu, ou um lugar mais longe. Depois os dois iam para o chão e misturavam os sexos. Isso ele nem sabia que podia acontecer, de tanto que a beleza dela o cegava. Mas talvez o instinto louco do prazer os conduzisse. Mesmo o prazer é o de menos, perto da alegria de matar alguém. Ela por um momento totalmente esquecida de que os pais não iam gostar nem um pouco daquilo, e com certeza o matariam. Ou talvez matassem os dois. Mas ele tornado um algoz, os pais dela estando longe, não sabendo de nada que estava acontecendo com a filhinha deles. Naquela beira de rio prazenteira que é a maior e mais cruel alcoviteira. Ela indefesa, tendo de obedecer-lhe em tudo. A força dele ultrapassava qualquer reação dela. Então ela entregava-se, quase com vontade de ser morta por ele. Leopoldo estava apertando a curimatá entre os dedos, quase esmagando a maciez lisa do peixe, enquanto assim pensava e via. Nisso, sobressaltou-se. Vinha, do caminho que dava ali onde ele estava, um barulho, um rumor de passos na areia. Podia ser a moça, pensou. Esperou. Não eram passos de uma só pessoa. Deviam ser as acompanhantes também. Apontaram. Mas, em vez da moça e das acompanhantes, era apenas um garoto que tangia um jumentinho que trazia na cangalha dois barris, buscar água no rio para a casa de algum morador das colinas. A pele branca do menino com traços da raça índia tinha ganhado tons cobreados. Os cabelos lisos, escorrendo como doce mel, cobriam um pouco da testa e das orelhas. Antes de descer os barris, molhou os pés e brincou com a água, espargindo-a em meiga distração. Leopoldo, em silêncio, observava-o, e o garoto entendeu que o estranho não conseguia desviar os olhos dele. Continuou então brincando com a água, molhando-se aos poucos, as pernas, os braços, o rosto. Tudo nele era saudável e feito com esmero. De roupa, apenas um calção curto, cingido na cintura por uma cinta de couro. Sentado no barranco, Leopoldo apreciou-lhe também o ventre viril bem feito, onde ornava, como uma jóia, o sinalzinho do umbigo. O espelho do rio rebrilhava sob a quentura do sol. Os amarelos bem-te-vis e os terrosos joões-de-barro azucrinavam com os estridulosos cantos, atentos à presença do rapaz e do garoto. O jumentinho esperando, cochilava quieto. Uma onda de relaxamento morno aposssou-se de seu corpo asnático. Então, de entre as ilhargas do animal, cresceu a flor da bananeira, comprida de quase tocar no chão. O garoto continuou subjugando Leopoldo com suas graças infantis. O corpo de Leopoldo também mergulhou naquela mornidão do tempo. O menino demorava-se naquela brincadeira com a água, lavando-se aos poucos, cada vez mais lento. Bom seria então refrescar-se, pensou Leopoldo, brincar na água como fazia o menino. Abandonou as roupas e mergulhou. Foi quando o menino resolveu encher os barris. Fazia que não via a nudez do outro. Mas aí Leopoldo quis ajudá-lo e os dois brincaram de encher barris, e depois mergulharam e se encontraram debaixo d'água e se tocaram. A maior perturbação do corpo de Leopoldo foi quando o menino deixou que ele lhe tirasse o calção. Abraçaram-se untados pela água e depois, no seco, cavalgaram e brincaram na areia. Durou muito tempo as brincadeiras deles e as lutas que travaram na areia. Com sua flor desabrochada, o jumentinho esperou paciente que eles terminassem. Até que Leopoldo ficou satisfeito. Então o garoto não viu mais graça. O jumentinho também já tinha recolhido sua flor. Foi quando o menino entendeu que já tinha acabado sua vitória. Tangeu para casa sua carga de água, deixando Leopoldo deitado na areia como morto. Estava abatido, mas a vitória fora dele. Reduzira o menino a nada. Devorara-o, que o menino fora dele por um bom tempo, vencido, entregue. A felicidade suprema fora vencê-lo. Mas já tinha ido embora. Ficara apenas a impressão da posse, que era doce, mas ia se esvanecendo. Como fazer para ter o menino eternamente? Só se fizesse dele sua presa. Trouxesse-o atado a ele com uma corda, como um escravo de estimação. Seu alimento de cada dia. Podia subjugá-lo a hora que quisesses. Seu, seu, sempre seu. Podia até matá-lo. Seria então o grande momento. Assim ele nunca mais o perderia. Ao longe ouviam-se palavras gritadas pelo menino. Perto de Leopoldo um bem-te-vi denunciava.

  Enquanto Leopoldo saía de seu delírio e aos poucos ressurgia de seu abatimento, o menino seguia distante pelo caminho. Mas, como nunca acontecera, ele maltratava o jumentinho, vergado sob o peso dos barris cheios. Não sentia dó do coitado e, com uma vergôntea de duro pau, desferia-lhe golpes nas ancas, no vazio, nas orelhas, gritando que o animal subisse mais depressa a colina. Era uma raiva absurda, que ele descontava em tudo quanto é parte do asno, descendo-lhe o cacete. É que dentro dele travava-se uma luta indecisa. Pensava ter sido vitorioso na luta com Leopoldo, mas, confusamente, desejava que o outro fosse o vitorioso. Se de um lado queria convencer-se de que fora vitorioso, de outro achava que sua vitória melhor consistia em sentir-se derrotado. Ele todo alimento do outro. Ele sendo a sobrevivência do outro. Era uma batalha de sensações no seu verde espírito, batalha muito confusa, que ele não conseguia compreender. E nunca tinha experimentado aquilo. E por isso zangava-se. Ou ficava muito triste. E batia no animal de forma cruel e estúpida. E enquanto batia, xingava. Suas pragas atravessavam a mata e vinham morrer nos ouvidos e no coração de Leopoldo que, a essa altura, banhava-se, festejando-se na água.

Passando à margem direita do Anhangabaú, onde o rio fazia vau, Leopoldo entrou de novo na mata com a intenção de deixar o vale. O caminho seguia por uma elevação e, tendo já subido boa parte, descobriu assustado que ele caminhava à beira de um precipício que a folhagem ao seu lado vinha-lhe ocultando. Por pouco não escorregara para baixo com alguns passos errados. Meio assustado, parou para dimensionar a grande escavação no terreno. Parecia uma formação natural, com certeza resultado de centenas de anos de erosão. Lá no fundo, em sua parte mais baixa, podiam ser vistas de cima copas de árvores grandes, talvez centenárias. Num ou noutro ponto, manchas de solo vermelho. Olhando bem para esses pontos, Leopoldo avistou partes de veículos saindo da terra, indicando que muitos deles ali haviam sido soterrados e agora deixavam à vista apenas o ventre e as rodas, partes que a terra e a mata ainda não haviam encoberto.

Eram eixos e rodas de variados tipos. Umas de ferro, outras de madeira, as de carros de bois, outras de carruagens de rua. Avistou também outras coisas, partes de colunas de antigas casas, imagens de santos feridas, grades, pedaços de palavras ininteligíveis, alfabetos misturados, línguas estranhas, prefixos de aviões, nomenclaturas de locomotivas. Mas, sobretudo, rodas. Uma profusão de rodas, de todos os tipos e tamanhos. Muitas estavam penduradas pelos galhos das árvores. Muitos urubus sobrevoavam o precipício traçando e retraçando linhas imaginárias sobre a copa das árvores. Leopoldo pensou que talvez eles farejassem ali alguma coisa que lhes servisse de alimento. Distraiu-se ainda por muito tempo olhando para baixo. Depois varou a mata e, deixando tudo para trás, subiu pela colina da rua Santo Amaro. Quando chegou ao topo da colina, virou para trás para olhar o lugar de sua recente aventura. Mas já as cumeadas das casas e os prédios, erguidos como enormes tapumes, embaraçavam sua visão. Chegou ao cruzamento com a rua Maria Paula, parou para atravessar por entre as intermináveis filas de automóveis que deslizavam lado a lado.

 Atravessou a rua andando entre os carros. Mesmo sabendo ser remota a possibilidade de que alguém de dentro de algum carro o reconhecesse, não pôde evitar que temesse isso, de repente alguém gritando o seu nome, por incrível coincidência um amigo justamente naquela hora estivesse cruzando a cidade por ali. Então evitou quanto pôde o olhar frontal para os motoristas quando passava na frente dos carros. Lembrou que sua aparência já não era a mesma depois de alguns dias sem cuidar de si, a roupa já desalinhada e com sinais de sujeira, o que dificultaria ser reconhecido. É verdade que ainda trazia no corpo a sensação de limpeza e frescor do banho que tomara no Anhangabaú. Caminhava leve, sentindo abaixo da linha da cintura uma impressão de bem estar, resultado do sexo recém-satisfeito. Mas a roupa era a mesma de antes, estava muito suja. Os sapatos, empoeirados e ralados, pareciam um presente usado de gente rica que há muito recebera por caridade. Sapatos e roupas caros vêm às vezes parar no corpo dos pobretões da rua, num lúgubre desacordo. Marcas de grife tentam ainda impor sua dignidade sob a fuligem das ruas, o pó preto dos paredões e baixios dos viadutos, o mau cheiro dos imundos. O tempo acumula tudo, até as grifes nas ruas. Leopoldo olhou para suas próprias roupas e sentiu-se maltratado. Ele e suas roupas caras. Até quando aguentaria? Passou as mãos pelo rosto e pelos cabelos. Enfeara-se em poucos dias. Mas ia ficar mais feio ainda. É certo que nunca fora exatamente belo. Mas a boa saúde, o cultivo dos músculos, a pele saudável e as roupas escolhidas asseguravam-lhe razoável aceitação e influência no seu círculo. Não era belo a ponto de sempre subjugar alguém, mas o era o suficiente para que desejassem subjugá-lo. Havia um momento em que subjugado e subjugador se confundiam. Um momento em que era difícil saber quem devorava quem. Se fosse belo, mataria muita gente. E o pior era que agora ia cada vez mais mergulhar na feiúra. E ainda não matara o suficiente. Que futuro teria? Estava debaixo do viaduto da rua Santo Antonio. Ali perto avistou a fachada da antiga cantina Montechiaro. Matias o trouxera lá várias vezes quando pequeno. Teresina, sua mãe, que o câncer tinha comido. A mãe mais bonita do mundo. O pai orgulhoso, tratando-a com delicadeza. Depois que a perdera virara um homem violento, ou sempre fora daquele jeito? Que tinha de inesgotável aquela mulher para satisfazer de modo tão completo a sede de matar daquele homem? Tinha o que alguns homens felizes, às vezes, descobrem em uma mulher. Depois dela exauriram-se suas forças e ele encontrou o caminho do assassinato puro e simples. Sentavam-se à mesa da cantina no domingo. Vinha também o seu irmão Constantino, calado e doentio. E Matias era com ele ainda mais duro. O pobrezinho. Quando Matias ralhava com ele, a mãe sempre resolvia tudo de um modo estranho: aproximava-se do marido e beijava-o como quem lhe oferecesse algo secreto e misterioso. O homem se acalmava. Que modo estranho de proteger sua cria, tirando-a assim das garras do marido. O garçom se aproximava cumprimentando-nos como a velhos conhecidos. Depois, solícito, colocava em nós o babadouro antes de servir o macarrão. Talvez naquele tempo Matias ainda não tivesse matado ninguém. Mas àquela hora a famosa cantina ainda estava fechada. Sentado na sua entrada, um dos imundos rasgava com os dentes um sanduíche que lhe chegara às mãos pela caridade de algum cidadão de coração mais mole. O homem mastigava os pedaços com os olhos fixos no recheio, numa admirável concentração no que ia devorando, pondo na pequena porção o resumo de todo seu interesse que pudesse ter pela vida. A sua salvação momentânea naquele instante de vulgar devoração. Devoração vulgar, mas plena de tanta realidade. Naquela cena, pensou Leopoldo, estava tudo. Ocorreu-lhe novamente, como um raio, a certeza de que não havia para ninguém uma salvação eterna. Porque a salvação para aquele imundo estava naquele instante em que ele cravava os olhos e os dentes no pão magistralmente recheado. Era isso a vida, sem os recheios que lhe metem. E aquele miserável a exibia tão acintosamente. Falta de surra. Foi quando ele chegou à bifurcação que abria, para um lado, a rua Treze de Maio e, para o outro, a rua Santo Antonio. Prédios baixos, antigos sobrados de dois e três andares. O recheio deles era o tempo que escapava de suas fachadas antiquadas, suas cores enegrecidas pela umidade de mil chuvas e poeira. As feridas em suas paredes deixando expostas em muitos o vermelho das alvenarias de antanho. Túmulos escalavrados de vidas passadas. Tantas e tantas lápides guardam ainda seus nomes pelos cemitérios da cidade. Por um transporte de pensamentos, Leopoldo sentiu que o seu crime era antigo. De onde lhe vinha agora aquela ideia? Talvez pela reverberação remota de crimes cometidos em outros tempos naquelas velhas casas. Tanta glória, tanta felicidade transitória, com tanta fúria requisitadas. E no espírito de Leopoldo foi tão viva a presença dos prédios, com os seus recheios de vidas passadas, que o rapaz viu os simulacros dos edifícios pesadamente se moverem e marcharem em sua direção, para esmagá-lo com o seu tempo e com os gritos centenares de antigas almas. Uma horda de escombros vivificados, muito acima do que podiam as forças de um só homem, marcharam sobre ele, sufocando-o e ignorando de todo a sua vontade. Então uma estranha vontade de matar invadiu o corpo de Leopoldo. Queria estrangular alguém. Se pudesse matava naquele momento mesmo um de seus negros, só para ver a vida escapar-lhe entre os dedos, embebidos em sangue africano. A vida escapando de suas carnes recobertas de negra sombra. Ou então saía a campo, buscar um negro da terra, como se dizia no tempo. Esses que debochavam dele andando nus, com tanta liberdade, pelos sertões. Surpreender um deles quando se banhava nas águas límpidas dos virgens rios com sua arrogância. Como seria doce beber uma vida daquelas. Honrar a estirpe de seu pai e perpetuar a sua insigne ascendência.

Ele seguia ainda pela Santo Antonio. A tarde estava cheia de meninas, nos seus vinte anos, que iam ou vinham, pelas calçadas, atravessando as ruas em grupos pequenos e grupos grandes, ou de duas em duas, centenas delas, com seus gritinhos, seus risinhos, ou espavoridas gargalhadas, todas elas com seus dois dedos de greta pouco abaixo dos umbiguinhos descobertos. Corriam para o trabalho, buscavam emprego, passeavam voltando das escolas, vagabundeavam em segredo. Vê-las assim vestidas era melhor. Uma mulher vestida é mais estimulante do que nua. E nenhuma escapava do exame minucioso que faziam nelas os olhos dos homens com quem cruzavam às centenas, entre eles dava pra ver que eram gente má, sem ocupação que não fosse a de andar à cata de oportunidades para seus delitos. Todos, porém, disfarçados de gente séria e boa, mas escondidas armas nas cinturas, estavam bem dissimuladas pistolas altamente letais, revólveres de grosso calibre, e os que traziam apenas simples facas. Todos com um plano criminoso em andamento. Mais leve e alegre eram algumas fiadas de gays, com sua coquetice de expressões, suas vozes lúbricas, sua ânsia de serem perfurados. Leopoldo cruzava com um tipo e outro e em sua mente ia-se perguntando qual era o jeito melhor de matar um. Podia ser um pobre miserável, já sem forças. Ou um dos ladrões que cruzavam com ele, com seus olhos vasculhando bolsas, bolsos, objetos que as pessoas carregavam. Pegasse um no contrapé, desarmado, e desferir-lhe um golpe à socapa. E tendo-o traiçoeiramente desmaiado, passaria a praticar as doces crueldades. Sem dó, nem piedade, pois tratava-se de um bandido, também ele muito impiedoso. Ah, por suas mãos fluiria toda a revolta da sociedade ofendida. Daria uma facada em nome de cada um dos habitantes da cidade. Matar sob o olhar de todos e não sofrer nenhum castigo era o gozo oferecido aos que participavam de um linchamento. A chance de todos participarem do crime e de ninguém depois se sentir culpado de nada. E o resto da sociedade, tranquila porque não pode culpabilizar ninguém, participava indiretamente do crime na forma mais pura, etérea, até mesmo angelical. Uma comunhão criminosa acima de qualquer suspeita. No Brasil é o tipo de crime praticado quatro vezes por semana. Chega a ser um alimento regular na mesa da nação. Pena que linchamento dificilmente é anunciado, pensou Leopoldo, porque se fosse, ele não ia perder nenhum. Então, só lhe restava esperar que, um dia desses em que ele estivesse andando pelas ruas, a sorte lhe trouxesse o espetáculo de algum linchamento. Se misturaria no meio da turba enfurecida e faria sua parte. Ele e turba seriam uma coisa só, uma comunhão profunda no ódio, na sanha destruidora, todos embriagados de sangue. E depois o mundo estaria de novo em paz. Todos marchando quietos para suas casas conscientes do dever cumprido. Na cabeça, a imagem saborosa do desgraçado sendo queimado vivo. Por enquanto era esperar pela sorte, que naquele momento estava muito difícil de acontecer. As pessoas andavam tranquilas, embora muitas parecessem eletrizadas pela pressa. Reinava paz na rua, e dificilmente alguém praticaria à vista de todos algum gesto proibido, desses que justificam o linchamento. Leopoldo viu muitas pessoas passarem com seus pensamentos religiosos. Eram tantos crentes das tantas igrejas do Brasil. O país ultimamente estava cada vez mais religioso, igrejas surgindo a cada dia, multidões acorrendo a elas. Uma infinidade de gente andando nas ruas em busca de seus afazeres, mas com um deus na cabeça. Leopoldo notava muitos que seguiam remoendo versículos bíblicos, muita gente apaziguando-se nas ruas com a ajuda da sabedoria bíblica, que lhes ia mostrando a verdade. E assim emprestavam de seu deus uma arrogância que os distinguia dos não religiosos, dos extraviados da retidão. Leopoldo entendeu que muitos deles seguiam concentrados, procurando se firmar na fé, odiou a arrogância deles e achou que eles bem mereciam uma paulada na cabeça, uma dessas pauladas que lhes desmanchasse os cabelos e afundasse o crânio, extinguindo-lhes de vez as bobagens religiosas de que se orgulhavam e com as quais se sentiam capazes de pôr o mundo a seus pés. Acabaria com uma só paulada a sua arrogante alegria. De repente, um raio de medo feriu-lhe o espinhaço e subiu-lhe até o cocuruto, arrepiando--lhe os cabelos. Devia calar esses pensamentos contra os crentes, porque viu nitidamente que um deles, ao cruzar com ele, adivinhou-lhe as suas intenções malignas. E se desse o alarme, sua vida estaria em sério perigo. Pois seu pensamento era herético e ofensivo. E nunca houve punição leve para heréticos. Encolheu-se por dentro como um rato acuado por tantos crentes que àquela hora enchiam a rua. Não havia menos que dois mil deles e caso se enfurecessem contra ele o linchamento era sumaríssimo. Riu de si mesmo ao concluir que aquela seria uma péssima forma de participar de um linchamento que minutos atrás tanto vinha desejando.

Por muito tempo ainda Leopoldo ficou a andar, antes de voltar para o seu quarto de pensão. Desviou-se por uma rua e outra, deixando-se parar num ponto ou noutro, experimentando o gozo de não ter obrigação nenhuma, compromisso nenhum, nada a fazer em companhia de ninguém, nada para fazer na hora presente, nem no dia seguinte. Na realidade, dois afazeres lhe tinham sobrado: sair para comer e voltar para dormir. O resto do tempo era para andar à toa e estar pronto para alguma aventura, se aparecesse. Mas andava arisco, o medo de ser reconhecido de repente por alguém, ou ser preso pela polícia o punham sobressaltado. Às vezes, absorto em seus pensamentos, esquecia-se do perigo, mas logo voltava a si, esquivava-se dos olhares, buscava os lugares onde sua captura lhe parecia mais improvável. Outras vezes, sentia-se mais seguro imaginando que sua aparência já estava mudada, e que dificilmente o reconheceriam. Diante de uma parede ou porta de vidro, ou até mesmo nos vidros dos carros, parava disfarçadamente para olhar-se e avaliar-se da transformação. Numa dessas vezes achou-se ainda muito igual ao que sempre fora e concluiu que só por milagre não o tinham ainda capturado. Teve um rápido sentimento de gratidão à multidão da megalópole, porque somente graças a ela não o tinham localizado. O lugar onde podia esconder-se das pessoas era exatamente entre milhões de pessoas. É por isso que nunca se sabe quem é quem nas cidades, e o melhor é prevenir-se contra tudo e contra todos. Ele próprio, dali por diante, podia começar a matar, que já estava acumulando experiência de como viver escondido. Surpreendentemente, no momento desses pensamentos, um homem passou por ele e lhe disse boa tarde. Leopoldo correspondeu à saudação de forma automática, fingindo naturalidade, mas ficou a olhar o homem que se distanciava e viu claramente que era um homem mau, provavelmente acabara de assassinar ou humilhar alguém. O fato é que haviam-se saudado, e no momento Leopoldo teve a nítida sensação de que naquele rápido gesto tinha acontecido uma profunda comunicação entre os dois. O rapaz virou-se ainda uma vez, mas o desconhecido já tinha sumido.

    Como que de repente, o ar da cidade mudou. A tarde declinava. O sol acocorara-se lá adiante, apenas a copa dos prédios ainda estavam iluminadas pelo seu brilho. A rua Manuel Dutra ofereceu sua descida rumo à Praça Catorze Bis. Era a hora em que o esforço do dia busca a recompensa do descanso. Todos os rostos pareciam dizer que voltavam para casa. Leopoldo poria uma pausa em suas andanças. Mas quis ainda dar uma olhada na Praça. Ver os que vagabundeavam por lá, antes que a noite os cobrisse. Viu dois pombos, num voo determinado, que retornavam da catação de suas besteiras pelas ruas, cruzarem o céu e mergulharem na fresta de concreto do viaduto. Sumiram sem demora no oco, entre a pilastra e as vigas, numa determinação tal que fez inveja a Leopoldo. Inveja e ódio. Porque, diferente daquelas bestas, ele não mais tinha o lugar seguro que o esperasse e o acolhesse no fim do dia. Até para os pombos a vida estava resolvida. Voltavam das ruas como que tivessem cumprido sua obrigação. Deviam estar felizes aqueles desgraçados, sujos de poeira das ruas, mas felizes. Arrogantemente felizes em cumprir sua função sem ficar torrando os miolos. Escarafunchavam apenas o lixo e pronto. Conheciam a cidade, suas ruas e praças, viviam felizes nela, catavam suas migalhas no meio das pessoas, pressurosas como a multidão, que também anda correndo atrás de suas coisas. Uma vontade de viver nessas bestas emplumadas, cegas. O bom era se alcançasse torcer seus pescoços. Acabar com seu desespero cego de catar víveres. Não serviriam nem para uma boa fritada. Deviam ser poluídas por dentro. Portadoras de vírus. Raro era ver uma delas morta pelo chão. Sabiam desviar dos carros quando estavam quase para ser esmagadas. Mas já tinha visto algumas delas feridas, doentes, sem força para voar. As pessoas passam por elas, moribundas, ninguém as acode.

Apenas olham para elas e seguem, saboreando sua derrota. Os homens vivos, fortes. Tão mais fortes que elas, capengando pelas ruas. Leopoldo não comeria nenhuma delas. São muito sujas. Que dormissem sossegadas lá no alto da fresta, onde ele não podia alcançá-las, nem lhes torcer o pescoço. Os aposentados jogaram a última partida de damas porque já começava a escurecer. O tanque de areia e os balanços estavam vazios. A última babá deixou o parque empurrando seu carrinho de criança. Leopoldo foi até a torneira do bebedouro e curvou-se para beber água enquanto seus olhos circulavam ao redor examinando quem ainda permanecia no parque. Não quis ser o último a sair e também foi-se embora, subindo pela rua Lourenço Granato e depois pegou a da pensão. Uma leve sensação de que também ele estava voltando para casa deixou-o feliz. Talvez até mesmo na prisão um homem se acostume à sua cela. Um canto sujo onde vive, como um bicho revoltado. De longe viu que, em frente à pensão, mas do lado oposto da rua, dois homens parados conversavam. Sobressaltou-se. Decerto eram policiais que vinham prendê-lo. Lúgubre estratagema: esperar que um homem volte no fim do dia à sua casa para matá-lo. Lembrou-se de Chico Mendes. O matador escondido atrás das folhagens do seu quintal, certo de que a qualquer momento sua caça abriria a porta da cozinha para fazer alguma coisa fora da casa. Um homem que tem um quintal gosta de passear nele, sabe guardar nele algumas coisinhas do seu viver diário. Até mesmo para tomar um ar qualquer é bom sair ao quintal. Foi assim que Chico Mendes foi surpreendido pelos tiros que o mataram. Lúgubre estratagema, lá na selva amazônica. Ele voltava para a pensão. Os policiais o esperavam. Olhavam para ele como quem não queriam nada. Mas só esperavam que ele chegasse ao portão para lhe darem ordem de prisão. Agora que estava mais perto, achou que nas cinturas deles despontava certo volume. Com certeza eram as armas. Fugir, não. Era melhor aceitar ser preso. Mais cedo ou mais tarde teria de acontecer. E daí? Mas ao chegar em frente ao portão, viu que os homens se afastavam, entretidos apenas com eles mesmos, numa conversa animada. Leopoldo colocou a mão no trinco, olhando-os. Não tinham nada de policiais.

7

Alguém estava sendo perseguido. Ele corria junto com a multidão. Preso pelo contágio da violência, ele já buscava com que atingir. O desejo de ferir crescia. Mas começou uma desorientação. O homem com quem cruzara antes e lhe dera boa tarde marchou para cima dele acusando-o. "É aquele lá! Foi ele! Agarrem o assassino! Ele matou e jogou no rio!" Leve vislumbre de que o homem não estivesse apontando para ele, mas foi inútil, era para ele, sim, já o haviam identificado, gritou aterrorizado, e já vinham um e depois outro, e mais outro, com sanha de agarrá-lo, "não fui eu, aquele foi enforcado, mas não fui eu", inutilmente gritando, porque o desejo de matar já tinha tomado conta de todos, e pela rua que descia, ele vislumbrou disparar na maior força de correr que suas fracas pernas, mas da ladeira subiu em revoada um bando de pombos espavoridos. Era o aviso de que por aquela rua por onde imaginara escapar já outra parte da multidão subia para juntar-se aos demais e agarrá-lo, não tinha mais recurso, entendeu também num vislumbre que era chegada a sua vez, e era mais aterrorizante porque era um equívoco, mas era inútil querer gritar a uma multidão enfurecida que ela está equivocada, sendo ele inocente, e ainda ouvia o mesmo homem açular a multidão com gritos "matou que eu vi, com uma vara, e atirou no rio", e outro: "joguem ele na vala dos pneus! Na vala com as rodeiras do inferno!" Uns que jogavam damas suspenderam por um momento a partida para vê-lo, mas em seguida voltaram os olhos para o tabuleiro e de novo se concentraram na partida. Uns com facas, e até garfos de mesa, nem bem acabaram de comer, vinham mastigando pedaços de comida amarela, lábios sujos, bochechas nojentas, e com pedaços de pau, e galhos com folhas, e pedaços de ferro velho e lâminas horripilantes, reconheceu no meio deles o menino do jumentinho, até ele, que dava gargalhadas estranhas e estava com o amarelo de ódio no rosto e também o acusava, ainda pensou que podia lhe pedir ajuda, que o menino bem podia explicar que ele fora delicado com ele quando rolaram na areia e que era incapaz de cometer aquela atrocidade, nem de enforcar ninguém, mas que decepção, o menino também o acusava, e era incrível como aquilo podia acontecer, então ele num átimo de tempo compreendeu que ali naquele momento ia haver um linchamento, e era ele que ia ser linchado, e o mais terrível era que não podia refrear o ódio que se espalhava, nem lutar contra uma multidão até dois policiais que chegaram na hora, última esperança, se mostraram incapazes de deter a multidão em fúria, foram engolidos pela turba, não tinha jeito, então passou mais rápido do que tudo neste mundo uma derradeira sensação e a esta sensação ele respondeu – oh! com que horror ele respondeu – "aceito." Quando o primeiro golpe partiu sobre ele, de sua boca escapou um dilacerado grito de pavor. O grito que lhe pôs a salvo. Estava ofegante, molhado de suor, respirava como se estivesse rosnando. Abriu a porta de um só puxão e deixou-a escancarada correndo para o banheiro coletivo que naquele momento felizmente não estava ocupado. Abriu a torneira e botou a cabeça embaixo do esguicho. Ficou assim molhando-se, enchendo as mãos de água e lançando continuamente no rosto. Os sintomas febris aos poucos cederam, e ele voltou para o quarto sentindo-se mais leve, despojado de alguma coisa. Jogou-se na cama, entregando-se a uma sensação de remoto bem estar.

Quando acordou, o quarto pareceu-lhe menor. Uma impressão estranha, porque nunca, desde que ali se hospedara, tinha observado que as dimensões do cômodo eram tão diminutas. Mas também o corredor, a porta, e até o prédio todo pareciam agora muito mais estreitos do que antes. A ele, que estava habituado a se mover em um vasto mundo, sobrara-lhe apenas aquele canto para se esconder. Um quarto minúsculo, uma cama miserável, um armário de fórmica desmantelado, um banheiro coletivo, o corredor que mais parecia uma seringa de curral pra passar justo um boi de cada vez. E o par de velhos, que saíam uma vez por semana para ir à feira. Os dias contados. Ela com as meias até a barra da saia e o lenço na cabeça, e a sacola, falando sem parar. Ele, a três passos atrás dela, não ouvindo nada. Traziam sempre frutas, que comiam escondidos. Os dois se avizinhavam da morte. O homem costuma ser o primeiro. A mulher conta com a vitória de durar mais. Depois que o marido se vai, ela fica para ocupar-se com a memória dele por mais alguns anos. Por delicadeza ele a precede no mergulho da escuridão. Vai à frente abrindo-lhe o caminho. Ela cheia de razão, vê suas teses confirmadas. "A prova é que ele morreu, tá vendo?" E saboreia sua vitória, mas não pode recusar segui-lo e talvez por isso tente descabidamente odiá-lo. E Leopoldo queria odiar os dois. Por que ele teve que procurar abrigo justamente na casa deles? Que saíam uma única vez por semana para ir à feira e mesmo assim pareciam tão certos e determinados, e depois comiam suas frutas escondidos? Eram eles mais felizes, mastigando suas frutas no quarto? Zombavam dele, talvez. Pois ele viera para aquela casa, como que por estranho desígnio, para testemunhar os últimos dias da vida dos velhos. Era mesmo um fraco, acuado naquela mísera casa. O seu linchamento moral.

Linchar ou ser linchado: o que era preferível? Não. Ele não queria ser linchado de nenhuma maneira. O melhor era linchar. Sentiu mesmo uma vontade de linchar. Pena que isso não acontecia. Velhos felizes o provocavam. Mas não é comum linchar velhos. Ele teria que matá-los sozinho. Acabar com a sua sutil provocação. A humanidade nunca vai parar de matar uns aos outros. É, em último caso, o que resta. Quem teria arquitetado tudo isso? A vida do homem? Melhor é admitir que não foi ninguém. Nada existe, a morte não existe. Ou existe tanto quanto um pêssego suculento, uma ameixa bem vermelha. Gostava muito de laranja, e isto era o que importava. Partir uma laranja com uma faca é quase como matar alguém. Havia pessoas que se alimentavam de raios solares. Seria verdade? Costurar o ânus por falta de uso. Engraçado. Mineralizar o ser humano. A Terra sendo apenas pedra por quanto tempo mais existisse. Ninguém para contar os anos de existência do planeta, de nada. Desfeito o sonho de visitar outros planetas. Nenhum homem para sair daqui. Ninguém para nos visitar. Ninguém para sentir saudade de nada. Esta dor. Toda alegria é sintoma da dor que ainda vai vir. A melhor coisa é matar. Que esperança estranha e grandiosa é aquela que toma conta das pessoas que vão à guerra? Matar com permissão dos governos e com o consentimento de todos. Tão cômodo e tão bom. De vez em quando isso é possível. Os americanos são um povo que se empanturram de matar. Matam como uma criança gulosa. A vontade de matar os americanos vem crescendo no mundo. É a glória sobre a glória. O ideal mais puro da humanidade. A sobrevivência da espécie depende disso. A vilania tem de ser derrotada, como está na fábula.

O portãozinho bateu com um ranhido de ferrugem. Eram os velhos que voltavam. O velho estava ofegante. Ela gargarejava umas frases. As frutas na sacola. Leopoldo lembrou-se de que há dias não comia frutas. Talvez viesse disso boa parte de seu ódio, pensou. Seria bom roubar as frutas dos velhos e deixá-los nervosos a ponto de estourar os miolos com um belo enfarte. Tirar-lhes o oxigênio contido naquelas belas frutas. Podia roubá-las à noite e se eles acordassem seria fácil matá-los, estrangulando-os com as próprias mãos. Horrível matar velhos. Ele não seria capaz. Que glória tinha?

Alguma coisa já havia acontecido com ele. Perdera a conta dos dias. Os cabelos e a barba tinham crescido. Para não parecer completamente desgrenhado, penteava-se uma vez ao dia sempre que saía do quarto para a rua. Estava a meio caminho entre a mendicância e um homem pobre desalinhado. Certa noite, lavou a roupa no tanque do corredor e estendeu-a na janela que dava para o quintalzinho entre quatro paredes, que mais parecia um fosso, um solitário vaso de xaxim, suspenso em uma das paredes, a despejar as folhas de uma samambaia, o chão forrado de tocos de cigarro, maços amarfanhados e outras sujeiras. Pela manhã a roupa ainda estava úmida. Esperou até que uma nesga de sol enxugasse, depois vestiu-se. Notou as manchas que não saíram, mas tinha desaparecido o mau cheiro de suor. Não tendo ferro com que passar, tentou diminuir as dobras esfregando o tecido no peito, nas pernas. Foi aí que, de algum lugar, brotou-lhe um sentimento de tristeza. E era uma onda de tristeza tão grande que ele teve medo de senti-la por inteiro. Queria reprimi-la. Então, impensadamente, começou a bater a cabeça fortemente contra a parede. E as batidas sacudiam longe as lágrimas, e fosse assim como um remédio, uma dor substituindo a outra dor. Quando não aguentou mais, dobrou os joelhos até cair no chão, o rosto colado no assoalho, a terra firme para o seu corpo frágil. Se alguém naquele momento entrasse e desfechasse nele um monte de tiros, ele não precisaria cair, já estava no chão. Talvez nem abrisse os olhos para reconhecer quem o matava. Não daria o prazer de seus olhos ao assassino. Roubava-lhe a vida, mas não o momento iluminado em que se ganha uma vida. Invadiu-o uma espécie de prazer de estar deitado no chão. Estirou o corpo buscando maior relaxamento dos músculos. Desejou não pensar em nada. Fechou os olhos e imaginou uma tela branca, concentrando-se apenas nela. Vinha um pensamento qualquer e ele o afastava. Concentrou-se na superfície do próprio corpo, na sensação do seu contorno no chão, depois na sensação de si suspenso no ar. Sentiu-se leve como alguém que se ausentasse de si mesmo. Perdeu a noção do tempo. Quando emergiu desse estado, mediu-se inteiro, a aparência do corpo, a barba, os cabelos, a roupa, o tênis sujo e deformado. Ele todo lhe pareceu novo. Teve vontade de mudar de roupa. Perguntou a si mesmo se não devia ter outro nome, outras roupas, já que sua aparência estava tão mudada. Seus pensamentos também não eram os mesmos. Em que medida seus pensamentos haviam mudado? Sua aparência física não era das melhores. Mas como julgar suas ideias? Podia escapar de sua má aparência comprando uma roupa nova. Mas ideias lhe vinham ou fugiam como se tivessem vida própria. Eram negras ou cor de rosa dependendo de seu ânimo. Porque a vida é a interpretação que se faz dela. Vivia cercado por suas reflexões como se fosse um presidiário. Um presidiário nas cadeias das próprias ideias. Nunca mais escaparia das grades construídas pelos seus pensamentos. Mas e daí? Que diferença fazia estar preso nestas ou noutras ideias? Intoxicar-se com cocaína era engrossar os fios das idéias, deixá-las romper os diques, cair em cascatas, cachoeiras. Naufragar entre as pedras levado pela convulsão das águas e sumir nos peraus mais fundos e emergir lá adiante indefinidamente, indefinidamente. A loucura, a doideira.

    Leopoldo seguia para a rua da feira. Aproximava-se do meio-dia. A caminho, passou por alguns imundos que iam ciscar nos restos podres das barracas. O corpo reclamava por vitaminas, então iam para lá guiados pelo faro das coisas de que o corpo carecia. Leopoldo apalpou o maço menor de dinheiro. O maço maior permanecia no bolso de trás, que tinha botão e onde ele sabiamente arrumara as notas desde os primeiros dias de sua deserção. Na feira, pegaria suas frutas e pagaria com seu próprio dinheiro. Distinguia--se daqueles imundos. Além disso, tivera o cuidado como sempre de se pentear. Era apenas um homem pobre e ponto. Era assim que todos certamente o viam. Nas barracas, os feirantes o atendiam normalmente e ainda o tratavam por senhor. Aquele homem que passa naquele porsche. Ele tinha razão de passar oculto perto dele, um maltrapilho. Mas Leopoldo conhecia exatamente a distância que os separava. Sabia que o dono do porsche naquele dia estava mais próximo do ideal que todos buscam. O ideal é uma fortuna sem limites. Assim as democracias descrevem o paraíso. Outros são paraísos falsos, apesar dos discursos demagógicos em contrário. Estelionatários brincam com a fé dos humildes. É bom negócio, para se buscar fortuna, distrair os humildes com falsos ideais e roubar-lhes o dinheiro, pregando deuses humildes, paraísos falsos. O ideal que só poucos atingem é uma fortuna sem limites. Inatingível para muitos, mas que ninguém desiste de lutar por. Todos os outros são ideais mentirosos, são fantasmas sem a concretude das contas bancárias aqui e nos bancos estrangeiros. Felizmente só poucos brasileiros já o atingiram. Esses brasileiros guardam, protegidos, cinquenta bilhões de dólares nos bancos dos Estados Unidos, da Suíça e das Ilhas Cayman. Todo esse dinheiro nas mãos de apenas um punhado de brasileiros. Acalentando tão volumosas cifras, esses privilegiados brasileiros saboreiam de longe as aflições de milhões de miseráveis pelo mundo afora. Uma delícia de realização. Recolher essa dinheirama em sua conta bancária e depois assistir pelos jornais on-line a luta dos pobres por melhores condições de vida, as pessoas humilhando--se a cada dia para ganhar uma merreca, sacrificando-se em extenuantes e intermináveis horas de trabalho, ou pedindo pelas ruas, ou assaltando e matando para roubar. Quando é que tanta gente vai entender o que isso significa? A volúpia que é possuir milhões em contas bancárias no exterior? Mais fácil um pobre passar pelo fundo de uma agulha que entender esse paraíso alcançado por uns poucos. Uma fortuna sem limites. Poder fazer tudo o que se quer. E um só inimigo a enfrentar, que é a morte. Por isso é preciso também gozar o poder de matar. Passar para o lado da morte por um momento é o mesmo que tornar-se invencível. E matar. Mas só trava essa batalha ao lado da morte, com toda a pompa que ela merece, e com os atavios mais requintados, aqueles que são muito ricos. Uma fortuna sem limites promete tudo, e com toda a razão. Pensamento em contrário não passa de boba mistificação. É preciso ir atrás da grande fortuna como quem persegue um ideal, um encontro com deus e, chegando lá, privar do convívio dele, de sua bondade e justiça infinitas. Quem vive perto de deus, tem tudo. Não há riqueza maior do que a riqueza de deus. Só quem tem fortunas sem limites pode acercar-se de deus. Não há outro jeito. Francisco de Assis, pregando o voto de pobreza, quis alcançá-lo pelo lado oposto. Como se diz: por caminhos opostos se chega ao mesmo lugar. Porque os muito ricos podem desprezar tudo, e os muito pobres já se distanciaram de tudo. Estas as duas formas do orgulho. Um iluminado, São Francisco. Suas ideias de pobreza foram depois repousar nos santuários de ouro das catedrais. Mas o certo é que a penúria comum dos miseráveis, a penúria cega da classe média, não pode nem de longe entrever tudo que a riqueza sem limites pode mostrar ao homem. Pobreza é incompatível com a visão do paraíso. É humanamente impossível a um homem pobre compreender a riqueza e o que ela faculta ao homem rico. A não ser que ele tenha nascido com um dom especial, que tenha nascido com alguma iluminação divina. Mas o melhor é que o homem pobre não tenha esse dom, porque se tiver tido essa sorte, a loucura não tardará para ele. Fará logo alguma besteira, cometerá algum crime, e não tardarão a matá-lo. A batalha diária pela riqueza prepara um caminho acolchoado para os que merecem a riqueza sem limites. Não é uma batalha para qualquer um. É uma batalha que vem de longe. Já faz alguns séculos que as democracias ocidentais se estabeleceram. Desde então, as posições na batalha têm sido protegidas à custa de muito sangue derramado. É normal. Não há eleitos, há vitoriosos numa luta sangrenta.

Uma fruta é mais bonita do que um porsche. Mexericas e goiabas e laranjas e bananas. Leopoldo comprou algumas e saiu comendo. Nunca tinha comido frutas na rua. Agora descobria que era preciso comê-las em qualquer lugar. Antes tão comuns, sobre sua mesa no café da manhã, ele era menos atento a elas. Agora passava de uma a outra às dentadas, e ao mordê-las era como se fizesse a redescoberta de um sabor. Ia pela calçada da rua Treze de Maio, rumo ao Paraíso. Não se lembrava de ter passado naquele trecho nem mesmo de carro. O ar da rua era bom, os carros rodavam com certa folga, não incomodavam. Teve a impressão de que alguma coisa boa advinha da situação geográfica da rua em relação ao universo. Alguma coisa ali favorecia os bons humores. Não saberia explicar, mas tinha a nítida sensação de que caminhava numa minúscula parte do universo propícia a um estranho bem estar. Ou seria o milagre das frutas? Esse trecho da Treze de Maio está na posição de uma agulha de bússola apontando para o norte. Por causa disso, quando o sol vai alto não há sombras nem de um lado nem de outro das calçadas. Completamente iluminada, lembra ruas de cemitério. Embora rodeada de artérias de grande movimento, é um trecho bastante calmo, em descompasso com a agitação que começa onde se une com a avenida Paulista ou, nos corredores que a ladeiam, seja pela Vinte e Três de Maio, seja pela Nove de Julho. Leopoldo caminhava com a sensação de que nos últimos dias sua vida estivesse suspensa no ar. Dera uma pausa no seu modo de ser anterior e duvidava muito se conseguiria voltar ao que era. De todo modo, seguiria em frente e mergulharia na avenida Paulista. Ele estava irreconhecível. Parecia que todas as mulheres, as mais belas da cidade, haviam se concentrado na avenida, andando pelos passeios, entrando ou saindo dos edifícios, amontoando-se nas faixas de atravessar. Fazia dias que andava esquecido de mulheres. Agora elas se multiplicavam à sua frente. As calças cingindo as coxas, as blusas cingindo as cinturas, os tecidos desenhando as ancas opulentas. Todas tinham os mesmos movimentos e todas atraíam igualmente. Cada vez mais mulheres e homens enchiam ruas e praças, os olhos deles comendo as ancas o dia inteiro, e o sexo depois. Sempre assim: entre uma cópula e outra, o trabalho. Se o período entre uma e outra se alongasse exageradamente crescia a vontade de matar. Na ausência do sexo só a morte satisfaz. Não há gozo maior do que o sexo proibido. É tão grande quanto o gozo irrefreável do ódio. O ódio é um sentimento impiedoso com certo prazer. Quem é tomado por ele sente a força de um império em suas mãos. Não há quem segure a vontade de gozar o gozo do ódio. A porção média do corpo das mulheres tem a força de um império. Os homens, súditos cegos dessas ancas, que vão sacudindo pelas ruas, na frente dos olhos de Leopoldo. Os homens atormentados têm razões de sobra para serem criminosos. Leopoldo já odiava o tumulto organizado de pessoas pelas ruas, esse monte de homens e de mulheres e suas roupas limpas e cheias de detalhes e de sinais particulares. Leopoldo guardava o seu crime como um sinal particular. Nenhuma cirurgia seria capaz de eliminá-lo. Fazer sexo é como matar e como morrer. Em cada cópula uma morte. E a vida é o que acontece entre uma cópula e outra.

Não há quem não seja criminoso. Entre quatro paredes, experimenta-se o gosto do crime simulado. Possuir uma mulher indefesa, presa por algemas de fitas adesivas e com os olhos vendados. Qualquer um pode comprar nas casas de cosméticos esses objetos de posse consentida do outro. Quem não tem coragem de cometer violência pra valer, pode fazer essas simulações. Já é alguma coisa. Os empresários investem cada vez mais na fabricação desses produtos. É lucro certo. Fazem a propaganda desses instrumentos pela internet, fazendo as delícias dos usuários na solidão de seus quartos, espicaçando-lhes o desejo íntimo de dominar alguém, de possuir a seu bel-prazer, de matar. A sociedade condena o estupro, mas inventa essas formas deliciosas pra compensar. Um raciocínio sutil: matar sem matar. Venda-me os olhos. Faça comigo o que quiser, não tenha vergonha de nada, não tenha medo de ser cruel. Eu não estou vendo, não sei quem você é. Você é um estranho e eu sou uma menininha que você catou na rua e prendeu com algemas no seu quarto. Você vai me estuprar sem me estuprar. Vai me matar, mas eu não vou morrer. Eu deixo você me vendar e me prender com as algemas. É perigoso, eu sei, você pode querer me matar de verdade, mas eu quero correr esse risco. Centenas, centenas de ancas cruzando-se na avenida. Leopoldo seguia, perturbado pelo desejo de uma mulher. Mas uma fraqueza geral no corpo, aliada à impressão de que se marginalizara de tudo terminaram por dissuadi-lo de que não estava em condições de se aproximar de mulher nenhuma, de receber nem braços, nem pernas de mulher nenhuma. No entanto, uma sombra de lembrança de que ainda possuía uma boa quantidade de dinheiro trouxe-lhe a idéia de que muitas daquelas mulheres de ancas tão gostosas podiam ser garotas de programa. Podia comprar uma se quisesse.

Permita-me aqui, senhor, narrar um evento acontecido em nossa cidade nesse dia do passeio do jovem Leopoldo pela Paulista. É possível que o fato não tenha passado despercebido ao senhor, mas vou contá-lo, senão pela novidade, pelo menos porque aqui foi sempre meu intento acompanhar os passos desse jovem por onde quer que ele fosse. Na livraria, algumas dezenas de pessoas tomavam champanhe em um coquetel de lançamento da tradução brasileira do livro AK–47, de Larry Kahaner. O livro trata do eficiente fuzil russo AK-47. Mais que uma história da arma, o livro é, para os admiradores, uma verdadeira biografia do fuzil. Um liame especial ligava o seleto grupo de pessoas que adquiriam o livro, enquanto deliciavam o bom vinho. Era a admiração profunda pela arma que mata anualmente duzentas e cinquenta mil pessoas mundo afora. A admiração só votada a um campeão, a um herói. Levar para casa uma obra que trata com muita familiaridade um fuzil assim é quase possuí-lo, é quase usá-lo. Com um pouco de sonho e imaginação o leitor apaixonado de sua biografia chega a saborear como que telepaticamente os disparos mortais do fuzil. Os soldados americanos que, de seus inteligentíssimos helicópteros, foram recebidos com disparos de AK-47, quando de sua primeira surtida sobre os iraquianos em 2003, falam desse fuzil como quem fala de uma lenda. Até veteranos do Vietnã relembram com encantamento histórias do famoso fuzil, capaz, segundo eles, de permanecer enterrado durante anos num lamaçal e dali se levantar tão mortal quanto antes. Deixando claro que matar é um dos mais sublimes valores de uma sociedade, o autor considera que o AK-47 se tornou, em nossos tempos, um ícone cultural e, com a certeza de que tal arma é a realização de um ideal, o autor sentenciou: "o formato do fuzil russo passou a definir para nós a aparência que deve ter um fuzil mortal". Esta afirmação, amplamente divulgada pela imprensa principal da cidade, motivou muitos leitores paulistanos a ir comprar o livro. Presta, portanto, a editora que o traduziu importante serviço ao leitor brasileiro de certa distinção. Tudo isso lhe conto, senhor, para lhe dizer que o jovem Leopoldo, dando uma de penetra – como se diz vulgarmente – ousou entrar no meio daquelas pessoas, mesmo nos trajes mal-apanhados em que se encontrava. Mas, dando mostra de boa educação, aquela sociedade de leitores fez que não o via. Ou, mais certo, o tenham visto e julgado-o um soldado decadente, com algum passado sanguinário que o dignasse e o habilitasse para estar ali, a folhear o livro e saborear um cálice de vinho. Por descuido, algumas das pessoas que folheavam o livro estavam com as camisas respingadas de gotas do vinho tinto, a lembrar manchas de sangue. Todas as vezes que o garçom passava perto de Leopoldo, ele devolvia sua taça vazia e pegava outra cheia e, alheio a maneiras elegantes, removia com as costas da mão os restos de vinho que resvalavam pela barba, bebendo e virando as páginas do novo livro, as mãos um pouco trêmulas. O salão estava cheio de leitores bebendo e conversando entre muitas pilhas de livros. As paredes do piso térreo e do pavimento superior eram todas recobertas de estantes atulhadas de volumes. Os olhares cruzavam-se continuamente indo dos livros para as pessoas, das pessoas para os livros, uns espreitando os outros. Livros e pessoas cascateavam palavras que se engrossavam num emaranhado entretecido de infinitesimais camadas. O som confuso que faziam batia nos ouvidos de Leopoldo e ele não conseguiu entender mais nada. Formou-se um grosso feixe de sons, e Leopoldo passou a ouvir só um grande zumbido, que se irradiava primeiro das paredes cobertas de estantes e delas se espalhava depois para todo o ambiente, numa vibração tumultuada de ecos. Leopoldo entornou mais alguns copos de vinho e mergulhou num atordoamento. Abalroou algumas pessoas, tropeçou e derrubou gôndolas de livros e, quando deu por si, já estava no meio da calçada, sentindo que empurrara alguém ou fora empurrado.

O zumbido ainda não cessara nos seus ouvidos, ao contrário, agora se misturava ao tropel de pessoas que enchiam as ruas e dos carros que roncavam. Pôs-se em movimento, premido por um bando de corpos que o empurraram para as faixas brancas paralelas, pintadas no chão por onde os pedestres deviam atravessar a avenida, enquanto centenas de motores dos carros perfilados paravam desacelerados por um minuto, para em seguida se porem em arrancada numa corrida interminável. Leopoldo movia-se como um átomo indeciso no meio de milhares de outros átomos. O barulho dos milhares de calças e de saias podia ser ouvido de muito longe. O som mais macio e oco dos sapatos dos homens e o toc-toc mais estrepitoso dos saltos altos das mulheres ferindo a dura pedra dos passeios. De um lado e de outro da avenida, pilhas e pilhas de dinheiro parecendo prédios enormes. E eram mesmo prédios, as pessoas entrando e saindo deles, movimentando suas contas, levando mais dinheiro para dentro deles, ou de lá saindo com os bolsos cheios dele. Esses edifícios feitos de pilhas de dinheiro disputavam entre si a posse de maior número de tijolos de cédulas, construindo com elas prédios cada vez mais altos e mais numerosos. São mesmo impressionantes essas montanhas de dinheiro, e os moradores da cidade, mesmo os de bairros longínquos, costumam em dias de feriado vir admirá-los. De onde vinha a alegria desses basbaques, ao contemplar essas impassíveis e silenciosas edificações? Alguma maldade elas deviam ter no fundo do coração. A sua maldade era a fonte daquela alegria. Talvez elas próprias não soubessem que eram tão más. Ninguém está livre de ser cruel. É uma condenação. Com um AK-47 Leopoldo podia fulminar essas pessoas, apenas com uma rajada.

    Ia pensando nisso quando começou a descer a rua Augusta, no sentido do centro, e lá adiante entraria à direita para voltar à praça Catorze Bis, perto da pensão. O endereço certo da pensão passara a ser o vínculo mais forte de sua apagada existência. A pensão era o lastro de seus dias. Depois dos longos passeios, era para lá que voltava. Seu tempo nas ruas e as distâncias que percorria regulavam-se pela situação de seu quarto na pensão. Afora essa referência em sua vida, o resto eram apenas improvisações, ir de um lado para outro da cidade. Como sua aparência estava toda mudada, diminuíra muito o medo de ser reconhecido. Sabia-se perfeitamente ignorado e isto o tranquilizava até mesmo quando por ele passava algum carro policial. Invertendo a situação, agora era ele que procurava reconhecer as pessoas pelas ruas.

Fora-se o tempo em que o medo de ser reconhecido fazia que ele andasse esgueirando-se pelos cantos, buscando as sombras e as trilhas por entre os canteiros. Seus olhos, escondidos entre a barba e alguma mecha de cabelo que por vezes caía para frente, vasculhavam sorrateiros, na esperança de reconhecer alguém. Era uma curiosidade de ver como eram mesmo os antigos rostos de sua convivência. Podia vê-los sem que eles o reconhecessem, segui-los por um bom trecho de rua, medindo a distância que agora o separava deles. Não mais participava desta ida ao mercado de compras, que eram aqueles encontros diários com os colegas de trabalho, onde o assunto eram as comparações de bens e preços, o salário de alguém com o salário de outrem, quanto custava o carro, quanto valia o apartamento de um, a rentabilidade daquele título, o faturamento daquela empresa, a produção da outra. Mas uma coisa era a produção, outra era a produtividade, o último modelo do Ipad, o Iphone onde você pode baixar mais de duzentas mil músicas, podendo dedicar um tempinho de sua vida para ouvi-las uma por uma, fora o tempo que você vai levar para baixar todas as duzentas mil, e fora o dia inteiro que você passa trabalhando, e o custo da diária do hotel, e o melhor restaurante, e a tecnologia mais avançada, o preço da terra no Brasil, ainda é possível comprar extensões de terra do tamanho de um país, meu pai comprou uma fazenda no Tocantins, não era grande, mas ele foi comprando e anexando as mais vizinhas que eram de povo da terra, uns quiseram vender, outros resistiram, mas em todo lugar você pode contratar baratinho um ou dois pistoleiros que vão lá e ameaçam e se não quiser sair você paga pra matar, você nem precisa ir lá, e as logomarcas dominantes, as bandeiras, as motos famosas, você não vendeu o projeto, foda-se, outro melhor vai ocupar o seu lugar. A empresa precisa de pessoas criativas, que apresentem soluções, que apresentem projetos novos e ousados, arrojados, capazes de sufocar a concorrência, dar a alegria ao presidente de ver as falências, o obituários dos concorrentes. Matar, matar, matar, sem uma gota de sangue, mas vê-los cair na miséria, reduzidos a empregados, com salários baixos, humilhantes, perder suas mulheres, ficar só com uma, e olha lá, que se for bonita até essa vai embora. Leopoldo tinha a chance de fazer tudo isso, de matar um e outro sem uma gota de sangue, e ser bem sucedido no final, um homem que, como se diz, venceu sozinho, com suas próprias qualidades, claro que não chegaria a ser um bilionário, embora entre as mil duzentas e dez pessoas que são bilionárias do mundo tivesse aumentado rapidamente o número de brasileiros, saltando de dezoito para trinta em um ano, sendo que o mais pobre desses trinta brasileiros tem uma fortuna pessoal de um bilhão e cem milhões de dólares. Pegar em notas de um real todo esse dinheiro era tão difícil quanto contar as estrelas que estão no céu de nossa galáxia, uma conta astronômica que desanima qualquer um só de pensar, pois então é difícil entender como toda essa dinheirama esteja na mão de uma só pessoa, a mais pobre delas com um bilhão e mais de dólares, sem falar das outras vinte nove mais ricas do que ela. Dona Ignácia de Araujo. A mais pobre dos bilionários brasileiros. Um bilhão e cem milhões de dólares ela possui. Tem ainda um senhor, por nome Nuno Álvares Pereira. Basta dizer que perto dele a dona Ignácia não é nada. E o mundo tem é seis bilhões e duzentos milhões de pessoas vivas. Imagine você se cada uma dessas mais de seis bilhões de almas tivesse a mesma quantidade de dinheiro que tem a mais pobre bilionária brasileira, que é a dona Ignácia, e que é um bilhão e cem milhões de dólares. Já não falo de moeda real, que essa conta ia muito mais longe. Se todo mundo tivesse o dinheiro que essa dona tem, onde é que havia lugar no mundo pra botar todo esse dinheiro? Não havia espaço nem pra um que nem eu pra sentar e descansar. E se deixassem, quem não ia querer o mesmo tanto que tem dona Ignácia? A valência nossa é que somos pobres, só gente que tá passando fome são pra mais de oitocentos milhões no mundo todo. Dos remediados que nem eu, que não passo fome, não se fala. Então. Mil duzentas e dez pessoas com todo esse dinheiro, contra oitocentos milhões de famintos. O senhor viveria numa cidadezinha com mil duzentas e dez pessoas? Nem eu. Um punhadinho de gente eleita pra comer a fome de oitocentos e cinqüenta milhões de seus semelhantes. Um prato de gente cozinhada viva todos os dias na mesa desses bilionários. Um aroma de morte subindo das finas tigelas, coisa muito sutil e agradável. O senhor sabe. Pouca gente, como o senhor, sabe o que isso significa. Comer a fome do outro. Não é qualquer um que sabe degustar isso. O pensamento tem seus estágios, suas iniciações. No céu também existe crime.

Todo mundo era estranho. Há quanto tempo não falava com alguém conhecido? Isto era ser desaparecido. Todos os dias centenas de pessoas desapareciam na cidade. Algumas nunca mais seriam vistas por seus familiares. Como seria o mundo para uma pessoa que deixasse de ver para sempre os que o viram nascer, os que o ajudaram a crescer, e sumir no meio dos estranhos, apagar uma existência? E nunca mais contar nada de si para ninguém? Ele também fugira de todos. De que mais ele seria capaz? Era preciso odiar muito o mundo para se viver nele sem deixar rastros, não querer ninguém conhecido. Levar a vida na estranheza permanente, abandonar hábitos, esquecer os nomes, não ver mais graça nas palavras, não falar mais, abandonar a língua. Ilhar-se e nunca mais reaprender as coisas. Não ter ânimo de reinventá-las. Nenhuma preocupação. As pessoas que viviam para matar os outros, pelo menos lhes restava a preocupação de fugir das leis, viviam num jogo de perseguição. Como se devessem desempenhar a função de perturbar a ordem, para assim fazer os mecanismos da sociedade funcionarem. Como se de suas más ações dependesse a marcha da sociedade. Mas embrenhar-se no mundo, alheio a tudo, era diferente. Não ligar para ninguém, não sentir atração por ninguém.

Era preciso um grande ódio. Perdidos todos os vínculos, só restaria a imobilidade em algum canto de rua, ou virar andarilho. Andar indefinidamente como um satélite perdido em que ninguém jamais tocará, até o desaparecimento total, até a completa desintegração. Ele estava longe disso. Nos últimos tempos, rompera com a sua sociedade e sentira prazer em distanciar-se de todos. Mas o seu consolo era ainda o calor dos corpos nas ruas, as vozes, o tropel de gente. Tudo isso lhe dava a impressão de que habitava a grande casa de sua espécie. E, embora as agressões e os desentendimentos, e o sangue derramado de uns por outros, só nessa casa ele podia se abrigar da solidão. O ar que respirava, impregnado dos corpos, ligava-o a uma vida comum, a vida da espécie. Pena que agora ele vivesse à margem, sem partilhar da carne das mulheres, sem unir sua carne à delas. E seguia o dia inteiro pelas ruas, os olhos escondidos na mata do rosto, colados na porção média das moças, ajustada sob os tecidos coloridos, que se multiplicavam às dezenas na sua frente e as ancas suspensas sobre os saltos altos era uma visão que vexava a respiração de Leopoldo, o corpo sedento, uma impressão de vazio que ansiava ser preenchido. E ele bebia essas imagens, esses movimentos perturbadores de coxas e nádegas, reentrâncias carnudas, mesmo sabendo-se ignorado, repelido por aqueles corpos imperiosos de fêmeas. Que força havia neles que lhe tirava toda a resistência? Eterna repetição do mesmo. Se não fosse o desejo, a humanidade se extinguiria. Na sua ausência, os homens inventariam uma lei que obrigaria todos a copularem. Copular sem desejo. Como o mundo seria tedioso. Depois que o gênio do mundo engendrou o homem e todos os outros viventes, ele concebeu em seguida a sua mais ardilosa maquinação, e soprou neles o desejo. É o desejo o pai e mãe da persistência do homem sobre a Terra. O eterno desejo é a obra-prima de um gênio tirano. Entre todas, é a obra de que ele mais gosta. Quem se recusa o desejo ousa desafiar o gênio criador. Grande sacanagem.

Por que uma pessoa não pode decidir se deseja ou não deseja? Por que a vida é assim coercitiva? Por que esse frisson incontrolável na presença de umas pernas de mulher? Por que essa tara? Melhor era a ausência do desejo. Mas a ataraxia é um terrorismo que deve ser perseguido e destruído impiedosamente. Vivemos um elevado estágio de civilização porque gozamos à larga os desejos. O desejo entregue à sua própria natureza não cessa de destruir e matar. Nas formas mais requintadas de destruição, deus vê a mais perfeita expressão de sua obra. Oh, máquinas de guerra! Oh, instrumentos de bons discípulos. Caçadores do mar e ar. Quem está a salvo de você, B-2 Spirit, bombardeiro invisível, com seus punhos de mais de vinte e duas toneladas de fogo, capazes de alvejar a onze mil quilômetros de distância? Quem alcançará você, caçador do ar F-Eagle, quando, como o raio, despeja mais de dez toneladas de bombas e foge a dois mil seiscentos e sessenta quilômetros por hora? Oh, frágeis corpos humanos, que lhe valerão suas pernas e seu coração aflito, quando no seu encalço partirem os caçadores supersônicos Rafale, pai e filho, vindos da França? E o solitário Typhoon Eurofighter da Grã-Bretanha? E o gaulês Mirage F-1? E os Hornet da Espanha? E os seis temíveis irmãos americanos, que são o Falcon, o Super Hornet, e os dois Cargo 130 e 117, o Boeing KC-135 e o Boeing Awacs? E atrás dos americanos, como o relâmpago, os três bretões, vindos do norte, frios e sanguinários, conhecidos por Tornado, Tanker e Tristar? De que valerão seus humanos corpos, feitos de carne, quando todas essas armas voadoras vierem disparadas em sua direção, mais velozes que seus gritos, matar de uma só vez incontáveis de vocês? E as máquinas de guerra do mar. Porta-aviões que mais parecem pedaços de continente flutuantes, de onde partem os caças mortais, e para onde regressam, enfurecidos, após deixarem no território inimigo as feridas e os corpos despedaçados. Esse monstro marinho leva nas suas costas um exército de dois mil homens prontos para a luta, e mais outros técnicos exímios, e pilotos testados, e suprimento alimentar para longos esforços de guerra. O cortejo de um desses monstros nas águas é igualmente perigoso. Pois o acompanham, fazendo escolta, várias fragatas de defesa antiaérea, um ou dois cargueiros, e submarinos atômicos, e destróieres antissubmarinos. Na sua imensa barriga, mergulhada nas águas marinhas, que tantas guerras ao longo dos séculos já viram, encontram-se os depósitos abarrotados de bombas guiadas, e mísseis de tecnologia avançada. E as máquinas de guerra terrestre. Difícil é nomeá-las todas e assinalar de cada uma a ferocidade. Basta dizer que vê-las em ação em uma cidade densamente povoada, ou passando por cima de uma aldeia no frescor da manhã, quando as crianças ainda dormem, é o espetáculo mais maravilhoso que a imaginação destrutiva pode oferecer aos olhos do homem superior. Oh, discípulos divinos, construtores desses engenhos fabulosos, vocês são os próprios deuses. Oh, fortes e ardilosos guerreiros! Vocês promovem as guerras e as mortes mais perfeitas sob o aplauso das nações. De que valerão as lágrimas de um só? Condenar a matança, mas destruir com a condescendência de todos: eis a lembrança da humanidade que ele levaria para além do seu túmulo, se fosse verdade o que sonham os espíritas.

Deixou a Matias Aires, desceu pela Frei Caneca, voltou pela Peixoto Gomide e aliviou as pernas na descida da Barata Ribeiro até a rua Dona Adma Jafet, e se deteve por algum tempo na frente do grande hospital, a olhar as pessoas que não paravam de chegar. Bem naquele momento, quando a tarde ainda ia pelo começo, chegou o fim do caminho para José Luís de Castro, vice-rei do Brasil. Homem agarrado à vida e às coisas que acumulou, mesmo judiado de tantas feridas, esticou o quanto pôde os seus curtos anos sobre a Terra indiferente, de inumerável existência. Os médicos que o assistiram nos últimos dias disseram que ele foi além do limite. O povo todo enalteceu a sua louca persistência. Um exemplo para todos os enfermos, disseram. Meses antes, quando lhe deram alta após longa internação, esse astucioso e ilustre guerreiro mandou uma mensagem aos outros chefes guerreiros do Brasil, na qual ele advertia para o risco do enternecimento que pode assaltar o guerreiro no auge da vitória. Acabara de sair de uma batalha que tinha sido longa. Dezessete horas e meia seus médicos tinham levado para extrair de seu abdome as balas de câncer, terrivelmente agressivas. Acabara de sair ileso. Vitorioso, saíra com vida. E foi nesse momento que cometeu o deslize que precisa ser evitado. Há de ser duro sempre. Não se condoer dos que se deixam abater pelo caminho. Mas ele, empresário que fizera fama de duro em qualquer negociação, ao sentir que conservara consigo o troféu da vida justamente quando a maioria a perde, bem nesse momento, enterneceu-se, e deixou escapar que sentia pena do povo brasileiro que não tinham condições como ele, e nem as armas que acabavam de lhe dar a vitória e o mantinham vivo. Um deslize. Mas é que o extremo poder de um guerreiro mostra também a sua fraqueza. No passado, outros ilustres guerreiros também, no auge de sua força e domínio, sofreram essa perturbação. É por demais conhecida aquela passagem em que o grande Santagel, poderoso banqueiro brasileiro, tendo um dia visitado o campo de batalha em que apodreciam uma grande quantidade de pobres na zona leste da cidade, começou a chorar copiosamente. A pobreza e a miséria, que até então ele nunca vira, subitamente, o enterneceram. Em outra passagem, estando ele no Chèvre d'or, em Mônaco, lugar que se assemelha, pela distinção, a uma espécie de recanto dos deuses, e diante das iguarias que lhe eram servidas, ficou tão perturbado com a sua própria riqueza e força, que se dirigiu para os íntimos que o acompanhavam num arroubo de enternecimento com as palavras "eu não devia estar aqui". É um equívoco do grande guerreiro. Enfrentar anos a fio a batalha, pisar nos vencidos e, de repente, enternecer-se. Uma forma covarde de desfrutar a vitória. Os hipócritas, os religiosos, os demagogos, os estelionatários aproveitam essas fraquezas para apresentar o herói com a aura da honorabilidade. Mas a única honorabilidade do verdadeiro guerreiro é a sua força, os seus punhos, a sua ordem. Homens, como o senhor, sabem que a nobreza do guerreiro está em sua pureza de sentimento. O ódio ou qualquer outro não pode misturar-se. Todo sentimento é bom quando é puro. A força não pode misturar-se com a fraqueza. Ela tem que ser inabalável, ou não progredimos. A destruição é a forma da força. Nisso reside a única felicidade possível. Mesmo que seu império seja apenas um curto sonho. Eis o exemplo que os pais devem deixar para os filhos.

Pois, como dizia, bem naquele momento, quando a tarde ia pelo começo, morreu o grande José Luís de Castro, o generoso. Os médicos, vencidos, depuseram seus instrumentos. Arrancaram as luvas, despediram as máscaras, abandonaram a sala. Hora da limpeza, e do silêncio. Ouvem-se os ruídos dos funcionários que faxinam, as máquinas da lavanderia se agitam. Lá fora esturram os motores pelas ruas. Pelas rádios repercute a notícia da morte do vice-rei do Brasil.

Mas, em antes, urubu ia passando na frente do hospital sírio-libanês, quando encontrou amigo Zé: "— O que foi, amigo Zé?" "— Foi um ouriço que me atacou e cravou um espinho bem aqui no meu rim e outro bem aqui no meu estômago. Mas o médico já tirou". "— Doeu?" "— Nadinha, amigo urubu". "— E você teve medo da morte?" "— Que medo que nada, amigo urubu. Mas eu tenho pena é dos outros, que não têm um bom médico como o meu".

Passou tempo e o urubu tornou a encontrar amigo Zé saindo do hospital. "— Você aqui de novo, amigo Zé? O que foi, amigo Zé?" "— Foi outro espinho do ouriço, que tava enfiado bem aqui na minha próstata. Mas o médico já tirou." "— Doeu?" "— Nadinha, amigo urubu." "— E você teve medo da morte?" "— Que medo que nada, amigo urubu. Mas eu tenho pena é dos outros, que não têm um médico bom assim como o meu."

Passou tempo e o urubu tornou a encontrar amigo Zé saindo do hospital. "— Você aqui de novo, amigo Zé? O que foi desta vez?" "— Foi mais um espinho que o ouriço enfiou bem aqui na minha vesícula. Mas o médico já tirou." "— Doeu?" "— Nadinha, amigo urubu." "— E você teve medo da morte?" "— Que medo que nada, amigo urubu. Mas eu tenho pena é dos outros, que não têm um médico bom assim como o meu."

Passou tempo e o urubu tornou a encontrar amigo Zé saindo do hospital. "— Amigo Zé, você aqui de novo? O que foi desta vez?" "— Ah, amigo urubu, o médico achou mais três espinhos que o ouriço me enfiou bem aqui no meu abdome. Mas o doutor já tirou." "— Doeu?" "— Nadinha, amigo urubu." "— E você teve medo de morrer?" "— Que medo que nada, amigo urubu. Mas tenho pena é dos outros, que não têm um médico bom assim como o meu."

Passou tempo e o urubu tornou a encontrar amigo Zé saindo do hospital. "— Amigo Zé, você aqui de novo? O que foi agora?" "— Amigo urubu, foi mais outro espinho que o ouriço enfiou bem aqui no meu retroperitônio. Mas o médico já tirou." "— Doeu?" "— Nadinha, amigo urubu." "— E desta vez você teve medo da morte?" "— Que medo que nada, amigo urubu. Mas eu tenho pena é dos outros, que não têm um médico bom assim como o meu."

Outro dia, o urubu soube que amigo Zé estava de novo internado, e foi esperar ele na frente do hospital. Esperou, esperou, e nada. Então ele viu uma coruja que estava assim de um lado, só olhando. Ele perguntou: "— Amiga coruja, tô aqui esperando amigo Zé sair faz é tempo, mas ele não sai. Você viu se ele passou por aqui?" "— Eita! amigo urubu, você pode esperar aí o tempo que quiser, mas você não vai ver ele não, porque hoje amigo Zé vai sair é lá pela porta da rua de baixo. Corre, se não você não vê."

O urubu voou até a porta do outro lado, que fica na rua Coronel Nicolau Santos. E ficou esperando, com os olhos bem arregalados, pra todo mundo que saía. Esperou, esperou, e nada. Então ele olhou pra cima e viu assim, pra banda desse lado, outra coruja que estava sentada no posto de gasolina, só olhando. Ele disse: "— Amiga coruja, amigo Zé passou por aqui?" "— Passou." "— Pois eu tô aqui faz é tempo e não vi." "— Pois eu lhe garanto que passou. E você tava bem aí quando ele passou." "— Deveras, amiga coruja? Como é que eu tava aqui, de olhos bem arregalados, e não vi?" "— Eita! amigo urubu, então você não viu aquele caixão grande que passou bem aí na sua frente?" "— Vi" "— Pois amigo Zé tava era dentro dele." "— Ah!" — fez amigo urubu. E voou para as alturas, pensando.

Agora Leopoldo ia seguindo pela calçada, fazendo a curva da rua Dona Adma, até desembocar na avenida Nove de Julho. Parou no meio-fio, ameaçado pelos carros que queriam passar por cima dele. Deu um passo e quase foi atropelado. Uma buzinada para adverti-lo deixou-o zonzo. Naquele momento, sentiu que mataria um, ou se deixaria matar só por enfado de estar vivendo. Mas o melhor era se arrumasse uma briga com um daqueles que queriam atropelá-lo. Matava um sem piedade. No bar da rua doutor Plínio Barreto, estudantes da escola de administração de empresa Getúlio Vargas, homem que escolheu dar a si mesmo um tiro no coração, bebiam cerveja e jogavam cartas animadamente. Leopoldo aproximou-se do balcão e pediu três coxinhas. Começou a comer sentado ao pé do balcão. Os estudantes pareciam não notá-lo. Lembrou-se de seu tempo de faculdade. Concluiu que já estava um pouco velho. Os seletos alunos que cursavam aquela escola referiam-se a ela carinhosamente, apenas com as iniciais GV. Muitos que por ali passavam iam direto para os cargos de comando da economia nacional. E agora lá estavam alguns, brincando de jogar cartas e beber cerveja. Getulio Vargas e a classe industrial de seu tempo. Era muito difícil entender as razões de um suicídio. Cada suicida devia ter a sua. Alguém se torna insuportável para si mesmo.

Mata-se uma companhia intolerável. Por que alguém receberia uma vida tão difícil de levar? Desfazer-se dela com um tiro. Há vidas tão indignas que não valem a pena serem vividas. Todo mundo está próximo desse gesto, que é a mais completa forma de ódio. Está à mão de todos. Há apenas a escolha entre matar a si ou matar o outro. Para que matar a si mesmo? Tolice. A morte vem. Não é preciso buscá-la. Algumas meninas estavam sentadas a uma mesa. Também bebiam cerveja. Outras passavam na calçada em frente ao bar, delineando as ancas apetitosas. Saberiam elas o que elas têm como um homem sabe? Não têm a consciência da própria bunda. Só ao homem é possível saber o que significa um traseiro de mulher. Já fazia tempos que não tocava em uma. As imagens de tantas que tinha conhecido vinham agora sem cessar à sua lembrança. E qualquer que passava por ele levava seus olhos grudados na sua porção média. Não havia nenhuma hospedada na pensão. Mas sempre via um ou outro hóspede entrando no quarto com uma. Outros eram gays e recebiam homens. Ele preferiria pegar alguma na rua. Evitar que conhecessem o seu quarto era bom. Nunca se sabem as consequências de uma relação com uma mulher que não se conhece. O fato era que estava atrasado. Estava sentindo com muita frequência os apelos subirem pelo corpo. Mas o que fazer? Andava trombando com umas viciadas no crak toda hora. Umas sujas. Por qualquer dinheiro miserável para comprar a droga entregavam o corpo. E as doenças? Ele tinha se rebaixado tanto a ponto de correr o risco? Mas com a aparência que agora tinha, podia esperar coisa melhor? Não seria bobo de não se proteger. Então, comprava umas camisinhas e pronto. E não precisaria se preocupar com a aparência. Era melhor, pois, se voltasse a ser o que era, correria de novo o perigo de ser reconhecido. Embora o medo nunca o tivesse abandonado, sentia-se um pouco seguro sob a aparência de monstro em que se encontrava. Havia por ali umas casas noturnas. Talvez devesse organizar a sua clandestina vida de outra forma. Como será que viviam certos tipos que ele via pelas ruas? Eram largados, mas pareciam não ser. Como se organizavam? Alguns andavam em bandos, com mulheres pelo meio. Restava saber se ela dava para todo bando, ou se se reservava para apenas um deles. Possuíam algum tipo de dignidade? Ou eram uns animais sem lei nenhuma, de vez em quando uma briga em que um matava outro na disputa pelas mulheres do grupo? A presença deles já começava a mudar o cenário de alguns pontos da cidade. Não eram mendigos, não eram moradores de rua, não eram ciganos. Parecia gente que renunciara ao que tinha, porque simplesmente queriam viver sujos e largados por aí. Uns esnobes, que tinham onde morar e trabalhar, mas prefeririam viver sem fazer nada, vagabundeando em bandos, todos muito bem calçados, alguns com roupas extravagantes, mas sempre ensebados de sujeira. Leopoldo pensou que poderia integrar-se em um desses bandos, pois, dispondo ainda de um bom dinheiro, tinha sua margem de independência e estava assim em condições de virar um esnobe sujo como eles. Talvez fosse melhor associar-se com alguém que ele já conhecesse. Lembrou-se do Uriz e dos caras que costumavam aparecer com ele. Até então, não sabia exatamente onde ele morava. Qual seria a sua clandestinidade? Como arranjaria mulheres?

 Quando Leopoldo saiu do bar, dirigiu-se para a praça Catorze Bis, onde esperaria cair a tarde sentado num banco, olhando o movimento das babás vestidas de branco que brincavam as crianças no parquinho de areia. Veria os pombos, pontuais no seu retorno às locas do viaduto, onde dormiam. O Uriz talvez aparecesse por lá. Conversaria com ele.

 O tempo podia ser medido pelos cálculos matemáticos que mantinham de pé a pesada estrutura de concreto do viaduto que se estendia sobre a praça, como uma ponte sobre um rio seco. A distância entre os vãos, a malha dos vergalhões de ferro, as estacas, a capacidade de carga. Até se chegar ao atual estágio da engenharia civil, houve um percurso no tempo. O tempo e a história estavam contidos ali na resistência dos materiais. Um longo período social e de pesquisa para se chegar àquele resultado: uma ponte de concreto no meio da rua, que era para poder comportar o movimento dos carros que levam as pessoas daqui para lá, de lá para cá. Nada mais. Tudo porque elas vivem amontoadas em cidades. Quinhentos anos e essas enormes travessas de concreto, feito pedras, ainda estarão no meio desta praça. Salvo um bombardeio, uma guerra de grandes proporções, com armas de poder destrutivo fabuloso. Mais legal seria um inesperadíssimo sismo, engolindo tudo isso aqui, pensou Leopoldo. Bilhões e bilhões de anos desde que a terra é terra. Sempre é tempo de uma conjunção de acasos levar tudo isso aqui, numa explosão ecumênica, universal, a terra feita em fragmentos e estilhaços, como uma coisa de brinquedo, uma romã podre de madura que estoura de dentro pra fora. Pedaços dos continentes lançados no espaço como tochas de balõezinhos de São João. Seria a apoteose maravilhosa da existência do planeta, um espetáculo muito além de grandioso, mas sem testemunha. Nenhum grito da humana raça seria audível, e as nuvens multicoloridas, e o caos de gelo e fogo, tudo excedendo em aparência à própria visão dantesca do paraíso, aquela que foi a descrição mais fulgurante de que até hoje foi capaz o gênio poético. Oh! Flagelo imenso! Oh! Humilhação do nosso pobre gênio guerreiro! Oh! Bossalidade do exército americano! Como seriam insignificantes todos os seus tiros, e quão inútil o sangue derramado hoje por suas pequenas armas! Quando fosse ouvido da espinha dorsal do mundo o primeiro estalo, para onde você fugiria com tanto medo e covardia? Correria para o aeroporto, para a base naval? Afundaria no mar com seu submarino atômico? Voaria no espaço no jato supersônico para onde? Para a estação espacial? Daria tempo de chegar ao Cabo Canaveral? E no transe do desespero, e em meio à gritaria desencontrada e louca dos alarmes eletrônicos e das sirenes, em quem pensaria antes salvar, sua bíblia protestante, ou sua tecnologia? Levaria seu deus para onde? Oh, sábios americanos! Matar alguém antes que tudo isso aconteça - concluiu Leopoldo. Ou matar alguém para que tudo isso aconteça. Ele, o maestro de uma sinfonia macabra.

Depois desse último pensamento, Leopoldo mergulhou numa zona de quase completa ausência de pensamento. Bem umas boas duas horas ele ficou assim. Basta dizer que durante esse tempo, frequentadores entraram no parque, ali permaneceram o quanto lhes agradou e foram-se embora. E ele não deu fé de nenhum deles. Era uma zona da consciência em que o pensamento não anda. É como o olhar olhando o olhar. Os olhos vão de uma coisa a outra, ele quer falar com elas, mas a frase não sai. Os ouvidos se deixam penetrar de todos os ruídos, mas sem distingui-los. Um fio de ar liga o corpo ao mundo. Tudo é sólido e um só. Corpo e terra, e banco e areia e paus e pedras. E tudo tem uma só idade: bilhões e bilhões de anos. A consciência é a tortura do corpo. O corpo da babá, suas carnes irrigadas e tépidas, não queria dizer nada a Leopoldo, até que ele emergiu da sua ausência de pensamento. Então voltaram os ruídos, e a voz dela, que brincava com a criança, lhe soou muito doce. Era a última babá que ainda estava no parque, mas também já se retirava. Leopoldo pensou talvez amanhã ela volte. Ele não era mais engenheiro, era apenas um homem. O primeiro vento da noite soprou prazenteiro nas costas de Leopoldo.

O caseiro do parque apareceu com seu passo ostensivo, dando-se a perceber para as poucas pessoas que ainda restavam. Leopoldo ficou com raiva. Pensou em disfarçar, fazer que dava uma última volta pelo pequeno bosque e esconder-se lá no fundo. O viaduto não ligava uma parte alta a outra parte alta. Fora concebido como uma rampa que se eleva como um arco no meio da avenida para criar dois níveis de trânsito. Ele já conhecia aquela ponta do elevado que nasce do chão formando um ângulo que vai se abrindo, onde ficam aqueles temíveis gatos. Ele pensou que podia esconder-se ali, como uma víbora na frincha, e estrangular um daqueles gatos se fosse preciso. Passaria lá a noite, feroz. O guarda aproximou-se dele. "Vai fechar" – rosnou. Fechem os portões. A noite está chegando com mil demônios envoltos no seu manto escuro. Os facínoras atraem para as sombras dos parques suas vítimas iludidas, e nos recantos temerosos expandem o seu ódio e sua realização delirante. Ninguém ousa entrar lá nestas horas escuras. Só esses facínoras são os senhores desses lugares. Ali eles conspiram. Da folhagem em pânico escorre um suor frio. De uns anos para cá a administração fechou todos os parques da cidade. À noite ficam aprisionados em intransponíveis grades de ferro. Os terríveis filhos da noite, expulsos desses lugares, vagueiam por toda parte, mas há sempre recantos onde o manto escuro os abriga, consola-os e acarinha sua crueldade. Leopoldo vai subindo a rua da pensão, eriçado de ódio. Estala uma contra a outra as unhas dos dedos, que estão grandes e duras como cascas de pau. Uma mulher vem pela mesma calçada devagar. Em alguns segundos ela vai cruzar com ele. Ele retarda os passos para vê-la por mais tempo. Ela veste saia e anda com os braços cruzados. As pernas desenham-se abundantes. Os braços comprimem os seios guardando-os do primeiro frio. É uma mulher forte, tem um ar de senhora. Não parece temer ninguém enquanto retorna para casa. Ela cruza com Leopoldo como se o não visse. Sua figura, no entanto, ocupou toda a extensão dos pensamentos de Leopoldo, nesse curto espaço de tempo. Até o cheiro dela ele tentou captar, arregaçando as narinas quando a distância entre os dois mais se encurtou, como um boi cheirando a madre intumescida da vaca. Ela olhava para o chão, com passos cuidadosos. Nada percebeu. Leopoldo ainda seguiu com a imagem dela em seus olhos, revoltado com o despotismo daquela súbita atração. Ela se desfez como uma nuvem. Ele ainda continuou preso à sua imagem, tentando, curioso, imaginar quem seria aquela mulher, o nome, a casa, a vida, o homem que gozava em cima dela. Toda forma de amor é clandestina: com certa decepção ele concluiu. Mas, pensando bem, talvez não fosse decepção, fosse consolo. Veio-lhe a lembrança de Noêmia, misturada com um sentimento de mágoa. A que homem ela teria se entregado? Quantos? Por que ele não tinha tido a chance de falar a ela dos seus sentimentos? O amor era para os atrevidos, e ele não soubera ser atrevido quando a oportunidade surgira. Já ouvira dizer sobre pessoas que em desespero acabavam se salvando, redimidas pelo amor de alguém. A sua chance única então talvez fosse Noêmia. Mas isto era impossível. Ela sumira no mundo. Ela e a família. Inútil foram suas pesquisas, suas buscas. Nenhum rastro dela. Mudaram-se para o Rio de Janeiro e lá, de um endereço para outro. Aí foi o fim. Família simples, dessas que não deixam rastros. Ninguém notável, nenhum registro na Web. E ele virara uma espécie de maníaco, que nunca conseguiu esquecer-se dela. Seu amor estivesse condenado a ser a vida inteira clandestino, desencontrado da mulher que um dia se prometera a ele, mas depois sumira para sempre. De todo modo sua mágoa não era justa. Naquele tempo foram muitas meninas que ele namorou. Elas vinham à tarde ficar com ele. Fechavam-se no quarto. E a que ficou apenas na promessa foi a que nunca mais sairia de sua cabeça. Ele era o único culpado por não ter percebido que seu sentimento por ela era diferente. Agora era tarde. Noêmia virara uma reminiscência. Sua eterna desolação. Imaginou o cheiro das comidas nas cozinhas, na hora do jantar. Os moradores chegando, o banho, a mesa, o descanso. Mas os velhos da pensão não eram seus pais. A casa não era a sua. No quarto não havia os aromas mornos das cozinhas nas primeiras horas da noite. Era melhor não ir direto para o quarto. Ainda estava no horário da cozinheira, então passou pela copa e avisou que ia jantar. Dali a meia hora, voltou, de banho tomado. A cozinheira era calada, não falava com quem não falava com ela. Leopoldo sentia-se fraco e mais ainda por dentro. Aquela mulher, uma estranha, se naquele momento movesse para ele um gesto de delicadeza, ele se atiraria no colo dela chorando. Estava como um doente, sentia o peito afundar, a respiração a custo movia-se. Quando a mulher ajeitou a mesa para servi-lo, passou perto dele, que já estava sentado. Involuntariamente, a cabeça dele pendeu um pouco para o lado da mulher buscando amparar-se. Ele quase a abraçou pela cintura. Controlou-se, no entanto, e pronunciou "obrigado", pondo nesta palavra uma intenção que vinha do fundo de sua fraqueza. Como era que, sendo um ser tão frágil, poderia matar alguém? Só mesmo se fosse com uma arma, porque àquela hora, qualquer um podia desmanchá-lo com um soco, e ele nem reagiria. Ele tão irrisório, tão insignificante. Tanto, que apenas um jantar simples e um cheiro bom de comida numa cozinha de pensão e a presença daquela mulher também simples, mas com seu cheiro, seu calor, seu sangue, sua pele morna, seus seios macios, sua voz tão belamente de mulher, apenas isso lhe bastava. E, no entanto, nem isso ele podia dizer que era dele. Porque era apenas um pensionista. Um homem solitário, aparecido ali e não se sabia de onde, de quem nada se sabia e nem se queria saber. Como era escura a existência! Como é aterrorizante a sua escuridão! Como são irremediáveis os seus ditames! O melhor é render-se. Desconhecer tudo também, e entregar-se ao oco desse túnel. Pois somos antes possuídos que possuidores. Se a cozinheira soubesse da fraqueza que ia por dentro de Leopoldo, e o tanto que lhe faria bem um afago que ela lhe dispensasse, cego e puro, só por isso ela mereceria ser canonizada. Mas oh! Que caminhos desconhecidos e intransponíveis separavam os dois, que senhas ocultas distanciavam os dois. Ele poderia lhe ter dito "você bem que podia não ir para sua casa hoje, o meu quarto está aí, e nós podíamos passar lá a noite inteira, você falando qualquer coisa o tempo todo, e eu ouvindo sua voz, sem me cansar, até que, por fim, eu dormisse nos seus braços."

A cozinheira trouxe-lhe o prato. A velha sentou-se e ligou a televisão. Os pensamentos de Leopoldo, entretido com a comida, aos poucos se dispersaram, e foi-lhe subindo um asco pela presença da velha e pelo barulho da televisão. Mas não era com a empregada da pensão que ele tentaria alguma coisa. Mantendo alguma reserva no trato diário com aquelas poucas pessoas da casa, sua permanência ali parecia segura e conveniente para todos. O melhor era deixar as coisas como estavam, assim preservava o anonimato. Afinal, ele continuava sendo um fugitivo. Ele não se intrometia na ordem da casa, e elas o deixavam quieto no seu canto e nem mesmo lhe faziam perguntas. Se quisesse mulher, fosse procurar em outro lugar. Várias vezes, ele tinha visto movimento de encontros nos outros quartos. Só ele não recebia mulher no seu. Os dois caras gays, no quarto próximo do seu, enrabavam-se frequentemente. As discussões eram por ciúme. Um deles acusava, o outro se defendia, sempre com palavras carinhosas. O infiel acabava convencendo o traído, e a cena seguinte era quente, ruidosa e cheia de paixão. No outro dia renovavam-se as acusações, os insultos e ameaças. O outro, tolerante como de costume, escorregava afetuoso, meloso e, por fim, vinha a rendição, as juras eternas, gritos de dor, gritos de amor e arroubos de paixão. Leopoldo preferia que, naquela noite, eles não viessem a produzir essas cenas. O requesto escandaloso dos gatos de madrugada, no fundo do quintal: "Me dá trêêês?..." "Nããão!..." "Me dá dooois?..." "Nããão!..." "Me dá ummm?..." "Raasga, diabo!...". Leopoldo respirou fundo. Ansiava por uma noite tranquila, um sono pesado. Sobre a mesinha de sessenta centímetros quadrados, o copo e o litro de uísque, que ainda estava pela metade. Despejou uma boa quantidade no copo e sentou-se na cama, dividindo a bebida em goles lentos, desejando produzir aos poucos uma imensa vontade de dormir. Mas bateram na porta. Demorou um pouco para abrir. Talvez fosse engano. Esperar bater mais vezes. Mesmo que fosse inútil esperar. Não tinha para onde fugir, e com um bom chute, a porta vinha abaixo. Qualquer resistência é motivo pra eles atirarem. Quem se importa com hóspede de pensão barata? Já devem até trazer sempre na viatura sacos de embrulhar cadáver. Restaria um pouco do seu sangue naquele chão que na manhã seguinte a cozinheira se encarregaria de limpar, lembrando que na véspera tinha-lhe servido um prato de comida. Um sujeito perigoso. A gente nunca sabe mesmo com quem está lidando — diriam. Era o fim de tudo. Inútil tinha sido andar escondido todos aqueles dias. Mas tudo é inútil quando a morte chega. Toda hora é boa para morrer. Só se houvesse um jeito de fugir da morte. Qual nada, quem de jovem não morre, de velho não escapa. Morria, e ainda não tinha realizado nada. Mas como era ridículo esse empenho desesperado de realizar alguma coisa. Nada há mais que o gozo transitório. O gozo cego, voraz, de cada segundo, cada minuto, cada hora, cada dia. Gozo contínuo, arrancado a ferro e fogo. O próprio gozo da guerra. O mundo se armava mais que nunca e marchava para o grande gozo. Mas o homem mais esperto fazia a sua guerra particular. E ele? Onde estava a sua guerra que ainda não tinha feito? Ainda não tinha matado ninguém, e ia ser morto ali no pequeno quarto, como um rato encurralado? Os passos voltaram e desta vez as batidas foram mais fortes. Depois da morte, ele não estaria aí para lamentar nada disso. Só os vivos têm algo a lamentar. Um homem morto é uma aflição que desaparece. Levantou resoluto para abrir a porta, disposto a receber um balaço no peito. Era Uriz, e ele nunca o tinha visto como desta vez. O rosto limpo, o cabelo alinhado, a roupa trocada. Leopoldo sentiu alegria ao vê-lo desse jeito. Sempre experimentava repugnância com a presença daquele homem e, ao mesmo tempo, uma impressão de decadência, de degeneração era-lhe lançada na cara quando estava perto dele. Sentiu-se até mesmo inferiorizado diante do ar renovado que vinha da expressão de Uriz. Por isso convidou-o a entrar sem nenhuma reserva, admitindo-o como a um amigo na intimidade de seu quarto. O que ele queria? Era uma saída por aí, gozar a porra dessa cidade. A vida noturna. Sabia que Leopoldo tinha dinheiro. E falou pernosticamente "aqui perto tem uma casa de espetáculos, vamos marcar a nossa presença. Vamos sair do valhacouto, doutor". Dizendo assim, Leopoldo já visualizava uma cena trôpega pelas ruas, os dois alegres entrando nos bares, saindo bêbados, cruzando festivos com outros frequentadores da noite. Uma onda de descontração desfez os seus costumeiros escrúpulos e em seu lugar foi assentando uma vontade de divertir-se. Avaliou o estado da própria roupa e pediu a opinião do outro. Uriz aprovou, que estava muito bem, ele era elegante por natureza, um bem nascido. E até disse que era orgulho para ele sair com rapaz da sua pinta, havia muito tempo ele não tinha a oportunidade de andar como gente, porque só lhe sobravam os imundos escrofulosos das ruas. Leopoldo sentiu que, naquele momento, uma página estava sendo virada em sua nova vida, e era porque aquela intimidade que o outro estava mostrando com ele representava sua definitiva inserção na sociedade de homens como Uriz, e tanto ele já estava inserido que estava sentindo prazer em estar com aquele homem, em passear com ele, dividir seus momentos de vida, sem rejeitá-lo, como fizera nos primeiros contatos que tivera com ele. A vida estava cheia de possibilidades de se existir nela, e ele não escolhera aquela via suja em que viera dar, mas como viera parar ali, o jeito era continuar, e que se danassem as suas raízes, a sua classe, pois delas já conhecera o bastante, e tanto fazia uma forma de vida como outra. Nenhuma vida realmente tinha importância, porque no fundo o que conta mesmo é a marcha da sociedade, os seus mecanismos de funcionamento, que ultrapassam qualquer um, e a vida está cagando montões para todos. Morreu o dono do Walmart outro dia, ainda muito jovem, e nenhuma das portas desse supermercado espalhado por todo o mundo foi fechada, e a dinheirama que ele arrebanha todos os dias vai parar no mesmo lugar, e mesmo assim o proprietário morreu. Infeliz ele, que morreu cedo, mas não fazia diferença para seus empregados do Brasil que ele morresse velho, seu salário pequeno continuaria sendo pago a troco de muita pressão e muito estresse e, se por causa desse estresse, qualquer um desses empregados se enforcasse no banheiro do supermercado na hora do café, também tanto fazia. E estúpido era esse empregado que se morria por causa da empresa, como também não dá pra entender a enorme estupidez dos empregados da France Telecom, que só no ano anterior foram vinte e seis que se suicidaram, por causa da extenuante pressão no trabalho, eles, uns crentes e estúpidos, que se suicidam por causa de uma empresa, eles, que são os europeus. Grande prazer para os maiorais da empresa que assim saboreiam essas mortes. Mas talvez esses estúpidos trabalhadores franceses não sejam tão estúpidos assim, e sejam eles é como santos medievais, e experimentem o prazer doce e sobrenatural de serem sacrificados. Na hora de sair, Uriz perguntou a Leopoldo se ele tinha alguma pistola ou mesmo um revólver. Que não tinha. Então Uriz disse que era melhor mesmo, que eles deviam era ir e voltar numa boa, sem confusão, se bem que. Mas se ele quisesse ter um revólver, ele arrumava qualquer hora. Mas naquela noite iam sair limpos. Beleza era andar incógnitos, sem dar bandeira, e voltar tranquilos para casa, e com sorte não cair em nenhuma batida policial. Leopoldo disse que preferia sair sem documentos, porque se houvesse batida, ele ia dizer que tinha esquecido. "— Não dá, sair sem documento, não dá" — disse Uriz, e completou: "— Se você não quer mostrar o seu, é melhor arrumar outro depois". "— Aí, tô a fim. Como é que eu faço?" "— Conheço quem faz uma identidade pra você. Como vai se chamar?" "— Aleixo". "— Gostei. Estranho, mas é bom. De quê?" "— Aleixo Saldanha Leme". "— Vai custar quinhentos, fora a fotografia." "— Quando?" "— Amanhã nós vamos falar com o cara."

O banho, o jantar, o passeio. Leopoldo estava novamente disposto. Os dois seguiram descendo pela rua Manuel Dutra, sem esforço. Mas qualquer coisa como uma apreensão se instalou no espírito de Leopoldo, como uma sombra. Que iriam encontrar pela rua? O que o esperava nas próximas horas? E se aquela fosse a última vez que ele estivesse descendo aquela rua? Poucas lâmpadas iluminavam as calçadas. Muitas portas de comércio que só funcionava de dia já estavam fechadas. A humanidade da economia de mercado dormia. Quando o Sol revirasse no seu leito, traria de novo outra luz, e com ela os olhos se abririam, talvez para uma jornada mais promissora. Por enquanto, Leopoldo e Uriz desciam febris, desejosos de aventuras. Os dois desejariam cada um duas armas, uma em cada mão. E que nenhuma alma fraca cruzasse com eles, que arrastariam para os recantos escuros da rua Coração da Europa, que eles, se fosse mulher ou homem, menino ou menina, eles estuprariam mil vezes e mil vezes se vingariam. O mundo já estava mesmo repartido e, mais cedo ou mais tarde, você sabe de que lado cada um está, sendo que a maior dificuldade é saber quem é quem, pra evitar enganos e injustiças, mas o que fariam com eles, bastava ler os seus pensamentos de párias alegres, ou, simplesmente, se não gostassem do jeito de andar deles, já seriam suspeitos, já seriam trespassados de balas porque resistiram à prisão, mesmo se não tivessem resistido. Isso é o que fariam com eles se dessem azar. Foi quando um deles, parece que o próprio Uriz, mostrou ao outro, por descuido, a lua, bem acesa naquela noite, bem mais exibida que os pingos das luminárias espalhadas pelos prédios ou pendentes dos postes, e mais bem posta que a pluralidade colorida dos letreiros. Uma lua sem cobertor, numa noite que mais tarde com certeza ia tremer de frio, pois era o que a ventilação já estava anunciando, e os dois infelizmente vestindo roupas indigentes de conforto e quentura, então iam logo se proteger mesmo era com um bom gole de aguardente, que era a mais barata e benfazeja companheira nessas situações. No que os dois concordes entraram no primeiro bar, onde já havia bastante animação enfeitada de muitas garrafas de cerveja acumuladas sobre as mesas, muitas delas já bêbadas e falando alto. Uriz e Leopoldo chegaram para aumentar a alegria, que é se verem reunidas muitas pessoas ligadas pela mesma intenção de passar o tempo achando que está fazendo alguma coisa, mesmo sem estar, com exceção de gralhar em bando, enquanto o pensamento vai se desgarrando pela embriaguez que embala o corpo na varanda do tempo. Pessoas desconhecidas entre si, mas unidas pela semelhança na condição da noite. Do centro do bar pende uma incerteza. A qualquer momento o desatino pode irromper. A música alegre pode virar marcha fúnebre. O discurso entusiasmado pode silenciar-se. A burocracia do enterro, o ritual das lágrimas dos mais próximos. O antigo assombro na tez dos incautos. Mas vem o dia depois do enterro, e o vento continua soprando para diante. É tempo ainda de velejar. As velas se multiplicam como larvas. Ninguém tem notícia do bar em que Uriz e Leopoldo entraram e onde cada um deles segura um copo de cachaça. Leopoldo perguntou a Uriz se ele não estava sentindo cheiro de pólvora. "— Por quê?" "— O chão.. Não lhe parece que semearam o chão de pólvora?" Uriz olhou no chão, procurando alguma coisa. Depois, rindo, olhou para Leopoldo. "— Então, toma cuidado pro palito não cair aceso." Os dois tiveram vontade de rir. Gargalharam. Só lhes restava virar os copos num gole único. Foi o que fizeram. Os dois fizeram um curto silêncio, justo o tempo de a nova dosagem do álcool produzir os seus efeitos de excitação e turbamento. Uriz esticou os olhos no rumo de umas mulheres que faziam companhia a outros homens numa mesa próxima. Leopoldo correu o olhar no salão inteiro, avaliou os perigos. "— Nenhuma daquelas belas mulheres poderá ser minha hoje e nem sua." "— E nem amanhã, pelo jeito." "— Com certeza." "— Se eu contasse pra uma delas, aquela que tem a bunda alta, mais gostosa que todas, que estão querendo me despejar da casa em que moro, o que você acha que ela vai pensar de mim?" "— Não precisa nem contar a sua história, ela já pensou mal de você desde que entramos aqui." "— Tanto tempo guardando a casa daquele filho da puta, e agora quer me jogar na rua." "— Comer a mulher e ainda levar problema pra ela. Quem faz isso nunca chega a cavalheiro." "— Uma espelunca. Se eu não estivesse lá, já tinha sido invadida. Enxotei muita gente de lá. Agi como um capataz, pro mal-agradecido." "— Você vai se danar." "— Esse é o meu problema. Vou matar o desgraçado." "— É bom judiar dos outros." "— Já estão me matando faz tempo, não sei como estou vivo." "— O que você faz, Uriz?" "— Sempre ganho uns trocos. Uma informação pra um hoje, outra amanhã. Esse me disse que enquanto eu tiver umas informações pra ele, eu vou ficando na casa. Tá muito enganado, se tá pensando que vai me chutar". "— Informante. Sei." "— Muitas mulheres doentes pela rua. Essas viciadas. Peguei muitas. Eu ando sujo, elas também." "— É". "— Tem ainda uma. Sempre me diz que gosta de viver no crime. Vou te apresentar" "— Se ao menos eu fosse um soldado — disse Leopoldo — daqueles de antigamente, que lutavam ao lado de seu rei, teria a chance de matar por ele. Matar com a justificativa de que matava pelo rei. O gozo do rei lhe vem das espadas de seus guerreiros, das vidas que elas tiram. O aço tingido de sangue é o espasmo de alegria do rei que ele divide com o soldado. Matar ao lado do rei hoje é um privilégio dos soldados de elite. A última vez que esfarrapados, criminosos e desclassificados de toda casta tiveram o prazer de matar concedido pelo rei foi na guerra do Paraguai. Porque o exército regular era pequeno, então o privilégio caiu do céu para um bando de gente que de outra forma jamais teria a oportunidade de matar com tanta luxúria. E eles fizeram bem. A matança foi horrível. Paraguai perdeu feio. Como foi grande o gozo de estraçalhar tantos paraguaios!" "— Teve essa guerra?" "— Teve, mas hoje não dá mais pro Paraguai não." "— Pena que eles não se metam a besta de novo, quem sabe eu fosse convocado." "— Tá sonhando." "— Paga a conta e vamos. Mas vê como você tira esse dinheiro do bolso, pra ninguém ver que você tem isso aí, ou quem vai ser estraçalhado daqui a pouco é nós." "— Não olha muito pra lá, que parece que aqueles caras não estão gostando de nossa presença aqui." "— São todos bandeirantes." "— O cara do bar tá com raiva de mim porque ele só me serve a pinga depois que eu mostro o dinheiro, e hoje você inventou a moda de pagar depois. Tá que não me suporta de raiva." "— Joga um pouco de sangue pra ele, que ele se alegra." "— Só." "— Nesta semana já mataram e queimaram dois lá na rua Maria Domitila. Um, amarraram com arame na carroça, cobriram tudo com papelão e tocaram fogo. Uma coivara. O cara amanheceu como um carvão no meio da cinza." "— Mas eu tenho uma pergunta pra você" — disse Leopoldo. "— Tem o quê?" — fez Uriz. "— Eu quero saber: se não tenho um rei pra matar em nome dele, em nome de quem eu vou matar?" "— Não mata em nome de ninguém, acaba com o filho da puta e só." "— Não. É em meu nome que vou matar. Nem pelo rei nem por deus nenhum. O deus e o rei sou eu. E isso é a mais alta civilização." Uriz dirigiu um olhar calado para o outro, achando difícil aquela ideia. "— Só que paga a conta e vamos, que aqueles caras estão ficando esquentados, e quem pode não sair vivo daqui é nós." Leopoldo tinha separado uma nota no bolso, tirou e pagou a bebida, e saíram. O balconista sofreu um assomo de ódio quando viu que os dois se afastavam sem ligar para o troco. Ficou a olhá-los pelas costas, preso por um momento em sentimentos confusos. Ansiava sempre pelas gorjetas, mas aquela lhe pareceu confusamente um acinte, uma humilhação. Por quê? Embolou as notas na mão com força e atirou-as na caixa. Bem faziam os comerciantes que mandavam matar aqueles tipos que andavam a emporcalhar as ruas. Este pensamento confortou-o, então voltou de novo a atenção para os outros serviços. Havia pouca gente nas calçadas da praça. Pelo costume, a população evitava, por medo, andar a pé à noite por aqueles lados. Mas até mesmo os carros já rareavam. Sobre o viaduto central, nos abrigos da parada de ônibus, algumas que esperavam tremiam temerosas, desconfiando de quem aparecia. Anseiam para que o ônibus esperado venha logo retirá-las dali, a salvo. A polícia não pode estar em todos os lugares o tempo todo. A todo momento surgem as brechas para os criminosos agirem. Mas Leopoldo, que há tantos dias andava pelas ruas com medo de morrer anonimamente, seguia em silêncio, com Uriz a seu lado, vazio de todo temor. A bebida talvez lhe tivesse tirado a noção do perigo. Para quem o visse assim, vagabundeando pela praça acompanhado de outro, ele era o próprio perigo. Arriscava-se a um telefonema anônimo de quem o visse de uma janela de prédio que o denunciasse à polícia como pessoa suspeita. No entanto, mesmo consciente desse risco, Leopoldo entregou-se a outra sensação, em tudo diversa. Andar em silêncio pelas ruas, sem que ninguém lhes dirigisse a palavra o dia inteiro, e eles próprios não tendo por longas horas chance de falar com ninguém, era um hábito comum que a condição social dos dois já lhes havia ensinado. Primeiro aprendera Uriz, que já era antigo nessas longas pausas no convívio e na comunicação com os outros, depois Leopoldo, desde que aqueles sucessos o marginalizaram da rica vida que levava. Estavam então em silêncio, sem se dar conta que estavam em silêncio. Uriz parou encostado à parede, como um ponteiro de relógio que acabou a bateria. Leopoldo parou de ouvir os poucos carros que, espaçados, atravessavam deslizando. O viaduto imóvel, com suas milhares de toneladas, mergulhava pesado na semi-escuridão. Fosse por medo, ou fosse por efeito da bebida, uma fraqueza invadiu o ânimo de Leopoldo. Se tivesse que morrer naquela noite, o que perderia? Que eram aquelas palmeiras que ele ia deixar? As palmas com seus dedos leves fremiam no ar. Elas também morreriam. De algum lugar chegou até seus ouvidos o violão de Manuel González, que tocava o Concerto de Aranjuez. Era um prazer triste ouvir. Leopoldo sentou-se na calçada ao pé da parede junto de Uriz. E ali ouviu muitas músicas que encheram a praça. Todas igualmente estranhas e tristes. O piano do concerto em sol maior de Ravel, que em outros tempos aprendera a ouvir ao lado de Teresina. E do meio das árvores do parque que, mudas, também ouviam, vieram vindo as gnossiennes de Eric Satie. E dos sobradinhos geminados da rua Rocha, uma guitarra espanhola dedilhava os Recuerdos de La Alhambra. De cada vão da memória, descendo de cada rua que vinha dar na praça, chegavam ao seu ouvido as músicas que o enterneciam. E a impressão terminou quando dos lados da rua Coronel Nicolau Santos veio descendo vagarosamente Mozart, tocando a Marcha Fúnebre diante do interminável desfile de esquifes que brotava do portão do Sírio-Libanês, envolvidos no manto escuro que cobria a noite. Leopoldo teve vontade de falar, então, virando-se para o companheiro, disse: "— Você sabe o que é morrer, Uriz?" "— Sei. Já vi muita gente morrer." "- É isso não. Morrer é nunca mais poder ouvir música."

Uma sequência de quinze disparos de pistola 45 estralou na extremidade da praça, chamando a atenção dos dois. Do bar da rua dr. Plínio Barreto, dois atiradores fugiam, as cabeças escondidas dentro dos capacetes, saltaram em cima de uma moto Falcon, de cor escura, que os tirou dali com velocidade. Leopoldo e Uriz foram até o bar e lá, no chão, estava morto Giancarlo Sarkis e, sangrando muito, mas ainda vivo, seu amigo Fortunato Galveas. Eram eles os estudantes da Getúlio Vargas que assim deixavam uma partida de baralho pelo meio. De diferentes direções surgiram as viaturas alarmadas da polícia, com suas sirenes estridentes. Leopoldo tratou de sair de perto, antes que o interpelassem. Passaram para o outro lado da rua e seguiram de volta à praça. Subiram pela rua Penaforte Mendes com uma ideia na cabeça: entrar em alguma casa noturna. Uriz estava particularmente eufórico, não sabendo exatamente o que ia encontrar pela frente.

Temia vagamente ser enxotado de um lugar que não estava habituado a frequentar. Imaginara antes que os dois andariam sem rumo pelas ruas, entrando num boteco e outro, bebendo em pé, nessas pontas de balcões que ficam nas entradas dos bares simples de esquina, olhando as mulheres que passam, medindo a frente e o verso de cada uma e depois abordariam uma prostituta na calçada, dessas já decrépitas, e que não os recusasse. Estava alegre que ia fazer isso em companhia de Leopoldo, como dois amigos que aproveitam a vida andando juntos pelas ruas de São Paulo, como pessoas livres e por umas horas esquecidas da vida permanentemente sitiada de perigos e miséria, que era a existência que eles tinham todo dia. Leopoldo lhe caíra do céu. "— Hoje vamos gastar, nem que acabe todo o meu dinheiro" — dissera-lhe Leopoldo. Estava espantado com as surpresas que a vida reserva a cada um. Desde alguns anos, a vida de Uriz vinha se afundando. Perdera a família, vivia sozinho numa casa alugada, pagando o aluguel quando podia e enfrentando as ameaças de despejo todo dia. Conhecera muita gente, acercara-se de gente que não presta, deixara que viciados e ladrões frequentassem sua casa, e esta tinha sido sua maior besteira. A polícia rondava sua casa e ele tivera de passar dias inteiros fora, a porta trancada pra desenganar aqueles maus frequentadores. Por causa deles fora envolvido injustamente em crimes e confusões e, se escapara de alguma condenação, não escapara de humilhações e surras. Jurara virar bicho e fazer algum tipo de desforra, mas lhe faltou coragem quando lhe surgiram as oportunidades. Ainda não tinha matado ninguém, mas no fundo sabia que guardava as suas reservas de coragem. No momento certo saberia o que fazer. Mas nesta noite, acompanhado de Leopoldo, pessoa com um jeito particular, que muito o impressionava às vezes com aquele silêncio de igreja, descobria que nunca havia parede que fosse tão forte que não apresentasse uma porta. E a porta era aquela noite, que podia terminar com um belo gozo em cima de uma mulher, em algum lugar limpo, longe dos pardieiros das viciadas que davam pra ele por cinco reais. Iam já pela metade da rua Penaforte, quando passaram por um grupo de imundos que conversavam sentados, ou deitados na calçada. Uriz reconheceu todos. "— Quem são?" — perguntou Leopoldo. "— Os dois deitados, um é Adão com a mulher. E os outros três, um é Roberto Carlos, depois Wilson e o derradeiro, chamam ele de Pablito." "— E o que está enrolado na coberta?" "— Muito pequeno, ou é uma criança ou um cachorro." "— Eles viram que era você?" "— Sim."

Chegaram na rua Augusta. Os carros agora rolavam sem preocupação. Muita gente andando, conversando. Pequenos grupos parados nas portas das boates. Roupas estranhas, noturnas, recortando as figuras. Leopoldo e Uriz passavam olhando discretamente para as mulheres. Seguiram passeando, devagar, para o lado do centro da cidade, até a rua Xavier de Toledo, depois atravessaram e voltaram pela outra calçada na direção oposta. Paravam aqui e ali. Olhavam os letreiros luminosos dos clubes noturnos, espiavam o interior dos bares. Nenhuma lembrança do passado longínquo de Leopoldo lhe vinha à memória. Era como se aquele trecho da cidade lhe fosse inteiramente novo e ele fosse outra pessoa. Seus passos não lhe pertenciam. Cada vez mais a rua e os lugares se enchiam de gente, mas nenhum rosto lhe era familiar. Por quanto tempo ainda iria viver para poder ver de vez em quando aquela rua e aqueles rostos? Como um degelo, ele e todos os outros uma hora chegariam ao fim. Mas agora ele ainda estava ali, sólido, marcando uma presença quase milagrosa, procurando alguma coisa entre as dez horas da noite e o incerto clarear do dia seguinte. E, se o dia se repetisse, de novo nasceriam suas obscuras expectativas, seus aborrecimentos. Comer um bom prato naquela noite, embriagar-se, penetrar uma mulher sem rosto, como um verme furioso. Urrar e chorar abraçado a um corpo quente. Ou ir para casa, retomar a vida de consenso, desejando, no fundo, a hora suprema de matar, ou festejar, a cada minuto, o diário dos sacrificados pelo mundo. "— Vamos tomar uma cerveja" — disse Leopoldo, diante de um bar. Entraram e pediram, sentados a uma mesa. "— Tem muita mulher, não é?" — remarcou Uriz. Depois dessa observação, ficaram em silêncio, só bebendo. Quando uma figura qualquer chamava à atenção, eles comentavam apenas numa troca de olhares. Queriam estar ali, mas era melhor que passassem despercebidos. O mundo era grande, mas não para eles, que precisavam ficar encolhidos, sem fazer alarde. Um gesto errado e qualquer um pode se dar mal. "— Aqueles caras daquela mesa tão me olhando muito. Não é melhor a gente ir?" — perguntou Uriz. "— Qual cara?" "— Tão me achando feio." "— Fica calmo. Se quiser, amanhã eu compro pra você uma roupa igual a deles" — disse Leopoldo, divertindo-se. Uriz também riu. "— Vamos embora." A rua estava mais adensada de frequentadores da noite. Jovens lotavam todos os bares. Grupos transitavam de um lado ao outro. Cessara a rinha dos carros, a cavalaria dos motociclistas não assustava mais os transeuntes. Dentro dos clubes, já entupiam os ouvidos as batidas das bandas musicais. Os seguranças preparados, destilando ódio pelos punhos, sonhavam com desordeiros. Um pensamento confuso, sutilmente contraditório, perpassou o espírito de Leopoldo, e era que não havia necessidade de entrar naqueles lugares e, no entanto, ele desembolsaria um bom dinheiro para entrar. Era um frouxo, mas pagaria para ver. Na verdade, queria apenas uma mulher. E ali era o lugar aonde todos iam. Que tinha acontecido com ele para sentir esses escrúpulos? Mas por que ele não se desprendia de um mundo que o apavorava? E nem compreendia porque o apavorava. Olhou para Uriz, que parecia tranquilo e feliz. Então resolveu deixar-se levar pela alegria do companheiro. Ele seria um guia terno, quase um anjo da rua, que o precederia no inferno. É preciso fervilhar de alegria à beira da morte. É preciso correr pelas fronteiras do precipício, para ter a chance de vislumbrar seu coração. "Um canto sedutor saído do fundo do precipício me atrai", disse para si mesmo Leopoldo. "Só o escuro, só o escuro" — continuou. Por que teria de matar, se por outros meios também atingiria o inferno? Era tão vulgar matar. Matar estava ao alcance de todos. Mas para não ser vulgar, era preciso saber matar. Nenhuma criança deve matar. É cedo demais para entender. Por isso não é crime. Só é crime a lucidez. Haveria precocidade em tudo? Onde estariam as fronteiras da maturidade? Haveria maturidade maior que a daqueles gênios musicais que já em criança foram capazes de executar peças dramaticamente maduras? Um tumulto na frente de uma das casas, e uma ambulância chegou, com a festividade de seus faróis piscantes e multicoloridos. Com a mesma pressa que entraram na casa noturna, os socorristas saíram correndo com alguém numa maca que meteram dentro do carro e levaram. Rapidamente as pessoas dispersaram-se, restabeleceu-se o ir e vir na calçada. Tudo estava aparentemente normal. Leopoldo pagou o ingresso e os dois entraram. Viram que lá dentro o espaço era grande, uma espécie de galeria com ambientes subterrâneos, com paredes em arco, deixando os tijolos à vista. Pessoas se moviam pelos recantos e salas, e se permitiam atitudes as mais sem reservas. Luzes difusas e intermitentes confundiam-se com o borbulhar das vozes, e dos gritos. O centro era uma pista ampla, em círculo. O vozerio era maior, excitante, histérico. No meio da multidão rolava um espetáculo. Um homem destacava-se num nível mais alto. Um homem baixinho, atarracado. Habituado a falar de baixo, já trazia o rosto voltado para cima. Estava completamente nu, mostrando o corpo de uma musculatura bem definida. Mas o que atraía a multidão era o enorme, o descomunal pênis que lhe nascia na virilha e, empinado, atingia a linha do peito. Tinha um ar extremamente presunçoso e desafiador. Trazia na cabeça uma coroa de louros. Era um jogo. O primeiro desafio consistia em lhe passar a mão no grande falo. Os gritos e exclamações aumentavam todas as vezes em que alguém subia no palco e o enfeixava nas mãos. Ouviam-se apupos escandalosos, incitação, palavrões. O homem descomunal concedia as apalpadelas com ar indulgente, amável. Vinha outra mulher, e esta entre todas as que subiram, fez um gesto piedoso. Fervorosa na expressão do rosto, ela ajoelhou-se diante do homem e, tomando com as duas mãos o grande pênis erguido, e beijando-o, ela disse "louvado seja deus" — e tornou a beijar. Espontaneamente, fez-se silêncio entre a multidão. E em seguida, em uníssono, todos repetiram "louvado seja deus" — e o vozerio e os gritos recomeçaram. Entrementes, o grande membro permanecia rígido, a enorme glande arregaçada, duro como um pau, formando com o tórax de seu dono um ângulo de quarenta e cinco graus. E o homem, exibidor de tamanho dote, recebia todas as manifestações sempre com um esboço de sorriso bondoso nos lábios. Então uma voz, como que de um apresentador, anunciou pelas caixas de som o último número. Era a vez da grande cópula. Uma experiência radical com o princípio vital, através de um de seus instrumentos mais exuberantes. Uma oportunidade rara de elucidação do mistério do prazer pela lente aumentada do membro viril, até a uma dimensão surpreendente. Pois que outra coisa, senão a atração do mistério, poderia explicar o fascínio que o fabuloso membro exerce sobre aquela plateia de amantes das sombras da noite? Meios artificiais têm sido buscados muitas vezes por aqueles que anseiam desvelar o mistério. O mistério que está por trás da realidade apreendida pelos nossos sentidos ordinários. Mas drogas, ou outros meios artificiais, só podem revelar uma sombra deturpada do mistério por força do próprio artificialismo desses meios. No entanto, a intensificação do prazer por meio de si mesmo, por meio de uma escala naturalmente aumentada de seus ingredientes, é o caminho mais curto, de que se possa valer uma curta capacidade, para a percepção do mistério. Qualquer um dos presentes, homem ou mulher, desde que quisesse, poderia subir ao palco e submeter-se ao homem, que esperava, desafiador, acariciando o exuberante instrumento. Seu prazer não era menor. E ele o cumpria como quem cumpre um ritual. Ele era o parteiro de uma experiência viva do mistério, por meio da dor e do prazer ao mesmo tempo. A própria energia primordial desencadeada. Fazia-se, porém, uma advertência. Que não subisse ao palco quem tivesse entranhas rasas, a não ser que, de própria vontade, buscassem a morte. Que se acautelassem, pois o "arrebentador" não teria piedade na ascensão ao seu prazer. E que não fosse suceder o mesmo que aconteceu na sessão anterior, com o rapazinho entregue às pressas à ambulância. Os apupos não cessavam, o histerismo estava à solta. Leopoldo interrogou-se acerca daqueles rostos e atitudes. Era o rictus de uma alegria nervosa, explodindo em risos descontrolados, em palavras agressivas, em ímpetos de destruição, ânsia de devassidão, sede de gestos violentos. Ocorreu-lhe que lá fora, longe do furor daquele punhado de pessoas, a noite caminhava para seu ponto mais frio, seguindo o seu curso normal de todos os dias e, como sempre, a sombra da noite ia se desmanchar com o sol da manhã, e talvez chovesse, e talvez a terra tremesse na Cordilheira dos Andes, e um tornado varresse uma cidade do mapa na América do Norte, talvez a erupção de um vulcão na Islândia espalhasse uma nuvem de detritos no céu da Grã-Bretanha e estes estilhaçassem as janelas dos aviões e paralisassem em pleno voo os seus motores. Que podia fazer então essa pequena plateia de noctívagos, senão aquela adoração barulhenta diante de um colossal falo intumescido que o homem masturbava com as duas mãos? E esperava convidativo que alguém se oferecesse, para delírio da plateia, mesmo que isso lhe custasse o sacrifício da vida. Mas ninguém se decidia a subir ao palco. Agora, com mais vigor, as mãos subiam e desciam na verga arroxeada. A plateia fazia coro com gritos. Súbito, o primeiro jato de esperma atingiu os que estavam na frente, e ouviu-se um urro coletivo ao mesmo tempo em que um riso espasmódico escapava da boca do masturbador. Os jatos imediatos, já um auxiliar de serviço, pressuroso, correu a apará-los em uma taça de cristal, enquanto três vezes foi bradada a frase "louvado seja deus, louvada seja a raça!" Ao fim, à maravilha, a taça estava quase cheia. Erguida ao alto, sob o aplauso de todos, o leite fecundante era oferecido por alto preço. Quem o arrematasse tinha direito ao serviço rápido e adequado, que se encarregava de transportá-lo ao hospital onde seria usado na fecundação in vitro. Sabia-se que alguns dos homens presentes estavam ali para arrematar o material. Suas mulheres, sabedoras do espetáculo, já estavam preparadas e aguardavam no hospital, aptas a receber a inoculação, acalentando o sonho de gerarem filhos gigantescos e uma humanidade de escol. Os lances foram dados e logo a taça foi arrematada e conduzida às pressas por uma equipe de laboratório. Outras atrações subiram ao palco. Pelos balcões, pelos cantos, pelas mesas, homens e mulheres relaxavam os corpos, enlaçavam-se. A música ensurdecia, dançava-se, bebia-se. Duplas e trios enroscavam-se nos degraus que desciam ao pavimento inferior, subterrâneo, onde ambientes recortados por paredes em arcos lembravam velhos corredores de catacumbas. Leopoldo achou a um canto um balcão de bebidas e tomou um copo. Uriz já tinha assediado umas duas mulheres, e sentia-se alegre. Leopoldo gritou no seu ouvido "— Se beber muito e der bebida pras mulheres não vamos ter com que pagar." "— Só saio daqui hoje com uma garota." "— Veja lá o que você vai fazer, aqui não dá pra armar confusão. É uma arapuca, e nós não temos como fugir." "— Sossega, patrão." — brincou Uriz. "— Lá em cima, na esquina da Bela Cintra, você pega uma, sem a taxa da casa e sem pagar bebida." "— Por caridade, patrãozinho." Leopoldo enterneceu-se com as palavras do outro. Na mesma hora tirou duas boas notas e meteu no bolso de Uriz. "— Tem aí pra ela e pro hotel. Vou-me embora." "— Depois eu te pago" — disse Uriz, com cara de quem estivesse celebrando um compromisso. "— Vai à puta que pariu, você também" — respondeu Leopoldo. Na porta da rua separaram-se. Uriz seguiu no rumo da Fernando de Albuquerque com a Bela Cintra, onde havia uma vitrine de prostitutas. Leopoldo tinha uma grande caminhada pela frente, no rumo do Bexiga. As horas mais críticas da noite, aquelas em que mais crimes acontecem, já haviam passado. Não demoraria muito para que o deserto das ruas terminasse. Leopoldo seguia, passando de uma rua a outra, sem medo. A certeza de que em meia hora a cidade estaria despertando, despejando gente bem intencionada pelas ruas, dava segurança ao noctívago. A poeira estava assentada, o ar impoluto. A pontualidade do dia que se anunciava, sua eterna imutabilidade, feriu Leopoldo, humilhou-o. Um dia seus olhos cessariam de ver o amanhecer, mas as manhãs continuariam acontecendo para todo o sempre. Quando fosse transformado em terra, em pó, ele também continuaria existindo, mas cego. As raízes das árvores o penetrariam sem consultá-lo, serviriam-se dele como alimento, e ele entregava-se todo ao desejo dos seres da terra, ele que uma vez fora um organismo e fora batizado com o nome de Leopoldo, e andara na rua de madrugada, e sentira o cheiro do ar de uma cidade, e vira a noite e a bela passagem da noite para o dia, e distinguira o gosto das coisas, do limão e do mel, da pimenta e do sal e do amargo jiló. Oh! Adoráveis coisas da Terra! Faz bem a humanidade que lhes extingue. Oh! Armas de guerra! Chegará ainda o dia do suicídio universal. Oh! Dia do disparo na boca da humanidade! Quisera estar para morrer contigo! O homem mais feliz da Terra é o que se extinguirá em companhia de todos. É digno e feliz quem morre junto com uma nação. Mais feliz uma humanidade inteira que se extingue de uma vez. Seria o supremo gesto épico. A grande vingança da pequena humanidade. Nada a lamentar. Ninguém para lamentar. Pois a infelicidade de quem morre é o que fica.

8

LEOPOLDO ACORDOU com Uriz batendo na porta. Estava acompanhado de outro homem que ele apresentou cinicamente como escrivão. "— Este é o profissional que vai fazer seu documento de identidade. Escrivão, este é Aleixo." "— Aleixo de quê?" — perguntou o homem. "— Saldanha Leme" — respondeu Leopoldo. "— Naturalidade?" "— Bandeirante." "— Paulista?" "— Paulista." "— Vou precisar de uma foto." "— Certo. Já vou tirar." "— Também vou levar o pagamento adiantado." Leopoldo virou-se para Uriz. "— Pode pagar, o pessoal é sério" — interveio Uriz. "— Tranquilo. Passa já o dinheiro. A fotografia, tira ali embaixo. Com barba?" "— Vou fazer." "— Depois, passa lá no bar do lado e me deixa a foto. De tarde eu trago aqui o documento." Os dois saíram juntos. Leopoldo começou a agir com uma determinação nova insinuando-se sutilmente em seu ânimo. Seus apetrechos de barba eram apenas sabão e barbeador. Encaminhou-se para o banheiro comum sentindo uma oculta curiosidade de ver-se no espelho. Olhou-se em silêncio, um rosto nasceria depois da barba feita. Ia fotografar-se outro. Deslizou a lâmina num rosto que sentiu estranho. Estava tão acostumado com a sua imagem no espelho e, no entanto, agora lhe parecia que nunca se tinha visto. Era uma imagem absolutamente lúcida e ao mesmo tempo desconhecida. Viu-se então como um outro, como alguém que sempre morara naquela casa. Alguém estranho para ele, mas que não era estranho àquela casa. Há quanto tempo conheciam-se mutuamente, ele e a casa? O muro, as portas que ocultavam uma intimidade antiga, o cubículo musgoso do banho, o cheiro azedo de pele curtida. Suas próprias mãos refletidas no espelho pareciam mostrar-se pela primeira vez aos seus olhos. O que era o corpo em que se vestia? Ou era ele outro que agora assumia o seu antigo corpo? Precisava de um corpo para voltar a casa. Ia vesti-lo, ia fotografá-lo, mas batizava-o como Aleixo. Leopoldo ficaria ali na pensão para sempre, Aleixo ia voltar para o lar. Conduziu os últimos movimentos do barbear como um autômato, ausente de si mesmo. E esquecido de si fez tudo o mais. Desde deixar a pensão e encaminhar-se ao estúdio de fotos, onde deixou que lhe pusessem um paletó e lhe ajustassem o colarinho. Se lhe perguntaram sobre algum detalhe, consentiu a tudo, aceitando que lhe emprestassem aquele corpo, aquele jeito de homem e que soprassem nele a nova alma com que se deixou fotografar. Pasmado, viu que lhe davam uma nova vida, pronto para voltar a existir. Pasmado, assistiu à criação de si mesmo, moldado no barro de pixels. O fotógrafo saiu em disparada, apavorado do estúdio, derrubando o que vinha pela frente. É que Leopoldo, mal ouviu o clique que o criava, soltou, como um doido, um berro, um vagido de nascido que já era adulto, homem feito, um berro desalinhado de homem doido. Tal era o descontrole que ia nas ideias de Leopoldo, que agiu assim. Na ante-sala entregou a roupa da fotografia e reassumiu a anterior aparência. Tinha no semblante uma expressão natural, como se nada tivesse acontecido. O fotógrafo olhava-o a meia distância, com curiosidade. Leopoldo perguntou: "— As fotos?" "— Já vou trazer, um momento" — respondeu o homem com voz feminina e voltou ao estúdio. Leopoldo foi até a porta e viu que o falsário o esperava em frente a um bar vizinho para receber a fotografia. Não demorou muito que o fotógrafo voltasse com as revelações e lhe entregasse, de um jeito desinteressado, como se não fizesse conta de pagamento por elas. Leopoldo pagou com raiva pensando "está fingindo, este miserável". Depois que entregou as fotos ao falsário "uma só" — disse-lhe o homem — Leopoldo voltou para casa como quem atravessasse um intervalo entre duas existências. Subiu para o quarto, os degraus da escada do sobrado pareciam oscilar ao seu peso. Restos de ladrilhos velhos remendados com cimento, farrapos de florais de esquecida memória. Ele próprio era uma paisagem que se distanciava. Jogou-se na cama sabendo que ia-se perder nos pensamentos. Ele tinha uma alma e esta alma chegava de viagem. Tinham sobrado duas fotografias. Separou uma e ficou a olhar como se estivesse diante de um espelho. E viu-se Aleixo na foto. Procurou pelo resto do corpo querendo ver o ser novo que era. Mexeu-se com as pernas, olhou as duas mãos abertas, contraiu várias vezes os dedos, fechando os punhos. Notou os pelos dos braços como quem os visse pela primeira vez, porque era de verdade a primeira vez que os via, agora que se tornara outro homem. Que peso teria? Que altura? Estirou-se conhecendo-se. Quando sairia daquele quarto? Para onde iria? Como seria ver o mundo pelos olhos de sua nova identidade? Doeu-lhe a solidão do quarto. Queria aliviar-se da opressão daquele cubículo em que havia tanto tempo estava vivendo. Ali estivera protegido, mas agora que se mudara em outro homem, ia soltar-se livre, mostrar-se ao claro dos dias radiantes. Nesse momento, ouviu um estrépito de trovão, e uma inesperada rajada de vento feriu as telhas da casa, e desencadeou o barulho de janelas e portas que, abertas, açoitavam-se contra os caixilhos, descontroladas.

E outras rajadas se seguiram e sons diversos se ouviram sob a escuridão que subitamente envolveu a cidade, coisas que caíam, arestas que assoviavam, disparos dos alarmes, aves em estilhaços, perdidas pelo ar. Breve o cheiro do pó das ruas espalhou-se, levantado pela chuva áspera e fria, e invadiu a alcova de Aleixo e os raios libertados acendiam fagulhas de luz até no canto onde ele se encolhia. Foi tão dura a ventania que a velha casa não resistiu. Paredes e boa parte do telhado vieram abaixo. Resistiram quase inteiras as paredes do quarto de Aleixo, não fosse por um pedaço do oitão de uma delas que veio cair bem junto de sua cabeça fazendo em pedaços a sua cama. Ele, no entanto, permaneceu inerte. Apenas moveu-se, encolhendo-se no canto. Olhou em torno, duvidando se não viria tudo abaixo. Uma parte do telhado estava aberta, por onde chovia, mas os rumores dos deslocamentos tinham cessado. Porque o vento, na sua carreira louca, distanciava-se. Apenas a sua longa cauda ainda esvoaçava suavemente sobre os telhados, despedindo-se. Agora a chuva peneirava grossa e constante, ao compasso dos trovões que de longe em longe percutiam exaustos. Como a ameaça passasse e tudo depois parecesse firme, Aleixo permaneceu quieto. Só a chuva continuava sem fim, ingênua e indiferente aos estragos. Era bela aquela fúria que devastava e também enternecia. Uma exibição gratuita da grande arte. As coisas fracas sucumbiam à tempestade. Era tempo de sair dali, de se mudar. Era hora de matar Matias. "Sei que vou matá-lo, e isso é tudo que sei" — disse em voz alta a si mesmo, já frio, com a chuva que o atingia e ia lavando o rosto do sangue dos ferimentos que lhe fizera a porção de parede que quase esmagara a sua cabeça.

    Levantou-se. Não havia nada para levar dali. Suas poucas coisas confundiam-se entre os torrões de parede e pedaços de telhas quebradas e as poças da água que já começavam a se formar dentro do quarto. Abriu a porta e testemunhou as outras partes do prédio da pensão em ruínas.

Deslizou por sobre as coisas deslocadas e, já na calçada, teve que esgueirar-se entre os curiosos que o interceptavam querendo saber do ocorrido. O som esganiçado das sirenes dos bombeiros encheu a rua e só cessou quando os carros pararam em frente à pensão. Nesse momento Aleixo já ia longe. O ar das ruas estava limpo, a cidade refrescara-se após o banho. Tudo que Aleixo precisava era que o falsário aparecesse com o documento pronto, e depois ele buscaria o hotel da rua Rocha, onde se hospedaria sem dificuldade, ou buscaria outra pensão. Até então não tinha lançado mão do cartão bancário que conservara cuidadosamente consigo, mas já se preparava para usá-lo porque restava pouco dinheiro no bolso. Fazia pouco tempo consultara num caixa eletrônico a sua conta e tudo estava normal, nenhum bloqueio. Concluiu que nenhuma ação jurídica ou policial corria contra ele e podia também ser um sinal que tudo estava bem com o seu pai, mal sabia ele dos mistérios desta vida. Desceu até a praça, um lugar em que ficaria visível, se Uriz estivesse com o falsário saberia que ali era um lugar onde eles poderiam encontrá-lo. Alegres e respirando sem dificuldades, porque o ar estava limpo depois da chuva, os velhos jogavam, entusiasmados, a costumeira partida de damas. Aleixo sentou-se mansamente perto deles para ver o jogo e matar o tempo. Eles não deram por sua presença ou fingiram que não o notaram. As mãos trêmulas que seguravam as pedras do jogo pareciam agitadas pelo vento fresco que ainda insistia. Os pescoços enrugados, a pele dos rostos brancos parecia desbotada, como tivesse sido posta de molho nas águas do tempo. Se ele lhes desse o bote, poderia dar cabo daquelas débeis vidas, bastando bater a cabeça de um contra a do outro, para acabar com aquela alegria. Mas chegou uma hora em que Aleixo levantou a cabeça e viu dois homens que entravam no parque e caminhavam em sua direção. "— Faz tempo que estávamos procurando você lá na pensão, porque achamos que você estivesse debaixo dos escombros" — disse o falsário.

"— Qual, esse bicho é liso, não morre mais, e agora está com nova pele, entregue o documento pra ele" — disse Uriz. Aleixo viu que nesse momento os velhos tiraram os olhos do tabuleiro e o fitaram de cima abaixo, e ele teve um impulso de chutar a mesa com o tabuleiro e tudo, mas se conteve, levantou-se e saiu com os outros. Era sempre aquele fio invisível que separava a débil alegria daqueles velhos de uma súbita ação destruidora. Na saída do parque Aleixo esperou que os dois homens tomassem uma direção para ele tomar a direção contrária e seguiu sozinho. Já ia com a identidade no bolso, mas, afastando-se tirou-a e parou um pouco para olhá-la e ler nela o seu novo nome. Aleixo Saldanha Leme, disse para si em voz alta. A calçada à sua frente era longa, todo o vale estava na sombra, a noite se avizinhava. A turbulência recente parecia uma coisa irreal. A tempestade passara e parecia que nunca tinha acontecido. Aquele cenário que turvara toda a tarde destruíra casas e inundara ruas parecia nunca ter acontecido. Um poderoso contra-regra recolocara o mobiliário de um palco imenso, e o movimento de destruição recente cessara de vez. Alguns atores tinham morrido no ato anterior, mas ele tinha sido poupado. Ou morrera sob aqueles escombros e ressuscitara como outra pessoa, pronto para uma nova vida? Era um estrangeiro recém-chegado, andando por ruas desconhecidas, e porque se sentisse outra pessoa, tudo aparecia agora sob uma nova luz. E andava sem rumo e sem objetivo, numa suspensão de tudo, um entreato de um drama cujo fim não estava claro, mas ficara prefigurado pelo ato anterior. Coisa boa não seria. A alma pesava-lhe, mas não iria recuar. Andou, andou, cruzando rostos que não significavam nada, vozes que eram como zumbidos inúteis, os desenhos das ruas eram entradas e saídas no mapa de uma cidade estranha, uma cidade que ele visitara há cem anos e que, passados tantos tempos, não era mais a mesma nem ele para ela significava mais nada. Um criminoso andando solto pelas ruas com todos os crimes há muito prescritos, e ele ignorado como coisa que há muito tinha sido desgastada. Que significaria dali a muito tempo o crime que ele ainda não cometera? Seria como agora, um sangue derramado e esquecido, somente no presente o ódio necessário, e ele não seria lembrado nem mesmo por seu crime. Era inútil cometê-lo, mas havia mesmo a necessidade dessa inutilidade, para que ele realizasse plenamente sua vida e por um momento a vida valesse a pena. Colhia no crime o prêmio da vida. Ele era criança e um balão de aniversário só tinha graça quando era estourado. Enchia-o e depois o apertava contra o peito até que estourava. Era o triunfo de destruir com uma punhalada, ou com a sufocação, o frágil balão com sua cor e sua alegria colorida e sua leveza bela insignificante explodindo em pedaços para nunca mais. Até uma criança podia saber o que era o bom da crueldade. Matar o que estivesse cheio de vida. E veio-lhe uma frase antiga que estava gravada em sua memória, "é doce, durante a tempestade, contemplar os navios que lutam contra o furor das ondas".

A dor se estabilizou na musculatura de Aleixo, e ele andou indefinidamente sem sentir cansaço, nem o tempo que passava. Até o pensamento recolheu-se para algum lugar de sombra e dele mesmo e dessas horas de andança esquecida não lhe ficou memória de nada, como um corpo perdido no espaço e que gira indefinidamente sem saber que gira. Seguia o fluxo das pessoas andando junto com elas, como se participasse de um rebanho. Era o começo da noite, hora em que os prédios despejam nas ruas a gente que trabalhou o dia inteiro.

Os primeiros sinais de exaustão, ele os sentiu quando passava pela praça Pérola Byington. Diminuiu a velocidade e apartou-se da corrente de pedestres. O plano elevado e aberto que se apresenta dali em relação ao trânsito intenso que fluía lá embaixo, na avenida Radial Leste-Oeste, se mostrou propício para uma pausa e para a contemplação da cadeia de prédios, que juncava toda a extensão a perder de vista para o lado da zona Leste. Mas não foi esse conjunto enorme de edificações, pontilhadas do brilho das lâmpadas, que ocupou o pensamento de Aleixo, mas foi a lembrança de que Bartolomeu Bueno do Prado, orgulho da nobiliarquia paulista por ter matado um bando de escravos fugidos no Goiás, e juntado como triunfo três mil e novecentos pares de orelha dos negros. Era um homem para ser imitado, mas difícil de igualar-lhe, e ele só iria recolher um par e este seria o das orelhas do pai. Isto se tivesse de mostrar a alguém, mas não era o caso. As formas de matar evoluíram, embora se diga que a máfia de alguns países tem destas coisas, mas não era o caso dele. Se bem que podia ser. Ele, surgindo de repente no escritório, com sua história e duas orelhas para mostrar como prova e troféu. Era de espantar e estarrecer, mas o haviam de admirar, ou talvez reagissem e o agredissem, ou corressem dele, ou o mandassem prender pela polícia. Seria mais conveniente ocultar, não contar para ninguém, que era assim que todos faziam. Assassinar e remoer deliciosamente o crime por dentro, em segredo. Quem não assassinava passava a vida inteira ouvindo histórias, ou assistindo aos assassinatos cometidos pelos outros. Uma contaminação a que ninguém podia fugir, e visto que todos são da mesma espécie, não há como não participar da eliminação dos outros, mesmo que seja involuntariamente. Ouvimos todos os dias histórias de vidas que são tiradas, o morticínio não para. É a história humana a de seres desesperados e sequiosos por matar os seus semelhantes, e também os dessemelhantes, animais que vivem no mato e nas águas, ou rastejam, ou correm ou voam. Se se tirassem todos os sorrisos de alegria do mundo, sobrava uníssono apenas um grito de dor e o brado vitorioso dos que matam. Quem vive é quem mata, e esta é toda a sedução a que não resiste nenhum administrador de povos, nem homem de relevante posição. Tudo o mais não passa de decoração. A vida em paz é um passatempo decorando o chão em volta com casas e parques e estátuas e construções imponentes e cheias de vontade inútil de permanência. Mas já era tempo demais ali parado, olhando para longe, podia ser abordado por alguém mal intencionado e até perder a vida à toa. Sabia que a vida estava sempre por um fio e então era melhor fazer como os outros e seguir andando. Quem fica parado, logo passa a ser vigiado, só sendo seguro parar nos lugares onde todos param, como nos bares, e fazem ali algumas coisas que estão conformes com o lugar. Há um desejo de matar em todo lugar, por isso é preciso estar protegido, andar em grupo, que é mais seguro, isso é o que todo mundo sabe. Nesse jogo que é matar ou morrer é preciso que se saiba safar-se e também que se saiba a arte de bem matar. O caçador norueguês planejou o seu ataque durante dezoito meses. Não era o seu caso, que não era nenhum terrorista de cidades. Aleixo considerava-se um homem educado, era filho de um homem que lhe tinha dado boa formação e sensibilidade requintada. O norueguês mais parecia uma criança mimada, com um brinquedo letal nas mãos, um suscetível, embriagado com a idéia do crime, ofuscado por justificativas coletivistas bobas. Totalmente perdido. Um intérprete primário do sentido de matar. Uma alma penada de viking com gosto ultrapassado. A perdição da humanidade são os tolos, os incapazes de ser adultos no crime. Ele, Aleixo, não mataria aleatoriamente como fez o caçador na ilha de Utoya. Para matar com acerto, era preciso ter o sentido de responsabilidade por este mundo. Um grau alto de civilização. Havia uma enorme distância entre o crime de um chefe de Estado moderno, como a Inglaterra ou os Estados Unidos, e o crime de um norueguês veleitário como Anders Breivik. O assassinato cometido por um chefe de Estado era irreprochável, e o gozo de sua realização era distribuído universalmente para que todos participassem do mesmo êxtase de matar, consumindo coletivamente suas delícias. Um grupo seleto de americanos bebeu privativamente da vida de Bin

Laden quando foi executado. Todo o mundo reclamou, mas conformou-se com o privilégio dos maiorais. Para maior privacidade, nem os restos, para chupar os ossos, foram distribuídos à multidão. Preferiu-se jogar aos peixes do mar esconso. Mais equitativo e justo foi, em Minas Gerais, D. Pedro de Almeida, que executou Felipe dos Santos, o tropeiro de Cascais, mandando quatro cavalos bravios arrastá-lo pelas ruas de Vila Rica para dividir com todos a força de mando do homem neste mundo.

Aleixo já subia a rua Brigadeiro Luís Antônio traçando chegar até à esquina da avenida Paulista, onde penderia para a direita e andaria até o museu, então desceria a ladeira que ia dar na praça Catorze Bis e na rua Rocha, onde havia um hotel. Se, em vez de ir até a avenida Paulista, pendesse à direita, fazendo o caminho por dentro, encurtaria o trajeto. Mas precisava de um movimento maior, porque andando mantinha o curso das idéias que o embriagavam, porque eram essas idéias que iam abrir a próxima direção de sua vida. Ou era porque assim castigava o seu corpo, aquele corpo que era a fonte de seus planos cruéis. Se naquele momento um carro desgovernado, dirigido por um bêbado qualquer, o atropelasse na calçada, cessaria o que lhe ia pela cabeça, não derramaria o sangue de ninguém, não enfrentaria depois o tédio e a hipocrisia de explicar a sua ação diante de ninguém, nem o esforço futuro de ocultar-se. Mas, por uma sutil e oculta lógica, essa mesma sensação de vulnerabilidade convencia-o de que não havia outro caminho senão andar com o seu plano. Qualquer outra direção parecia-lhe a negação de sua existência. Nada mais lhe podia interessar. Ele era o produto da inoculação de uma idéia que lhe fora incutida não sabia por quem, e cumpria-lhe agir como um autômato, ou instrumento de uma força maior. Mas é que, tendo visto o que viu, competia-lhe agir e a isso não podia se furtar. Estava marcado para ser ele, porque só ele vira a zona de fogo em que não se penetra impunemente. Os edifícios enfileirados recortavam irregularmente a paisagem noturna. A pouca luz fosqueava os rostos que se cruzavam na calçada. Os carros bufavam na sofreguidão por seus destinos. Aleixo antevia sua futura desalienação, retomando em breve seu posto, onde se apinhava a multidão ávida de seus negócios, a multidão que passava vinte e quatro horas por dia dormindo pesadamente os seus sonos de conquista. Vinha experimentando há dias uma vida de capacho da cidade, sentira o gosto de ser pisoteado diariamente por pessoas que trabalhavam e venciam. Ele sendo a prova de suas vitórias, o sangue derramado rendendo a alegria do sucesso dos fortes. Mais perfeito seria o seu sucesso, porque ele, que entrara no âmago da violência, ia desfrutar dela sem o polimento falso das intermediações que permite apenas o gozo indireto dos atos destrutivos, o gozo dos que se contentam apenas com a cumplicidade com os atos violentos dos mais ilustres e audazes. A insatisfação do homem ordeiro é uma saudade do crime que não cometeu com suas próprias mãos. Cansara dessas mediações, o crime é um ápice de coragem. Finalmente descobriu o que aprendera com o pai. Entre um prédio e outro, apareciam umas zonas de sombra. Mas era nas sombras de sua própria alma que Aleixo se movia, até que chegou diante do hotel. Para entrar, ele sacudiu de si as crispações que lhe pesavam as ideias, e dirigiu-se ao recepcionista como quem estava vestindo uma camisa branca na alma. Deixou a luz clarear o seu rosto e aprontou-se para um diálogo artificial, partilhado em falsidade. Tinha documentos, estava tranquilo. Bastava que demonstrasse capacidade de pagamento. Não era nenhum hotel de luxo, mas dessas redes comuns, que vivem mais da frequência de casais que procuram um lugar prático e próximo para as transas carnais. Os seus letreiros quase sempre apresentam uma letra inicial que fica entre o H de hotel e o M de motel, em que o traço que une as duas barras verticais dessas duas letras é distorcido, e você tanto pode ler um H ou um M, conforme seu desejo. Um jogo cretino e consensual entre os moradores e os hoteleiros. Leves artimanhas. Entrando sozinho, Aleixo lamentou não estar carregando uma mala para despertar menos atenção. De todo modo, se o recepcionista fosse curioso, diria que estava acabando de sair de um casamento fracassado e naturalmente o hotel era o primeiro lugar onde podia socorrer-se. Naturalmente também, o recepcionista não acreditaria, e passaria pela sua cabeça muitas coisas, inclusive que ele era um criminoso qualquer. Se a noite passasse em paz, e o hotel não fosse invadido pela polícia, tudo estaria bem. Para parecer honesto, Aleixo pagou o pernoite adiantado com um cartão de débito. Quando subiu as escadas e abriu a porta do quarto, ocorreu-lhe que aquele mesmo quarto poderia vir a ser-lhe útil após o que ia fazer. Ou talvez não, porque, ficando seu rosto familiarizado ali, poderia mais facilmente ser reconhecido se viesse a público alguma gravação de câmera que eventualmente o flagrasse no seu ato. Chegando a esse tipo de preocupação, Aleixo surpreendeu-se e atirou-se na cama com uma pontada forte no peito. E foi por causa da clara dedução que tirou, porque se já se preocupava com aqueles detalhes é que, no íntimo, a sua decisão já estava tomada. Chegando a isso, veio-lhe um assomo de repugnância por si mesmo. O teto bem que podia desabar sobre sua cabeça, justamente naquele momento, como uma coincidência feliz, punindo-o como ele merecia. Mas, minutos depois, a mesma imagem de sua destruição suscitou-lhe ódio e desejo de vingança, que veio com um gosto de vitória e prazer. Todo assassinato é por vingança – compreendeu Aleixo. Ainda não houve aquele que não tivesse alguém de quem vingar-se. Somos enviados a vingar hoje por crimes sofridos em tempos imemoriais. Mesmo que não o saibamos, somos instrumento de vingança. E vingaremos até quando? Seria o mesmo que perguntar quanto durará a humanidade. Até lá vamo-nos vingar. Ninguém deterá os crimes ainda por vir. O futuro será uma pilha de assassinados, oh, quantas mãos ainda vão se sujar de sangue por todos os séculos vindouros! Oh, dores intermináveis, trinado lúgubre de armas, mãos ensanguentadas das vítimas, o horror estupefato dos olhos que veem fugir a vida, e o gozo eterno dos algozes! Tudo é morte.

Do quarto escuro, no fundo do prédio, Aleixo ouvia a cidade ronronar como o barulho infindável do mar longínquo. De vez em quando, uma súbita buzina escapava no ar como o grito de uma gralha ofendida. Há muito Aleixo vinha experimentando o gosto da falta das coisas que ocupavam todo mundo. Privava-se do famigerado estado de bem-estar social. Imaginara-se livre dos objetos de consumo, num viver solitário, miserável e conformado. Mas acabou por descobrir que a fronteira que dividia os dois mundos era ilusão sua. Já combatera, guerreiro, em batalhas diferentes, mas agora percebia que a guerra era uma só. Havia uma guerra nas ruas que dividia as pessoas em pelotões diferentes, distintas classes, mas havia uma guerra outra, menos visível, em que se empenhava o esforço de todos. Nesta guerra invisível, todos lutavam solitários, morriam sem testemunha, ninguém tinha tempo para acudir ninguém, os feridos não eram recolhidos. E se alguém vencia, a vitória era comemorada sozinha. Essa guerra era a que permitia que seus guerreiros saíssem irmanados de sua nação para lutar fora com outra e, ao mesmo tempo, continuar matando-se dentro de sua nação. A matança que perdura em tempo de paz ou não. A guerra diária do gozo da vingança. A guerra sem sangue dos homens diários, o morticínio macio dos pobres e vencidos. Mas havia sempre o mesmo brilho triunfal nos assassinatos inumeráveis, incluindo aqueles praticados pelos mendigos que também fazem a sua vez de apunhalar. Como Anísio Neves Boaventura, que escolheu para palco de seu crime o centro da avenida Paulista, no seu ponto mais elegante, que fica entre as calçadas do Parque Trianon, cativeiro de um punhado remanescente de árvores da Mata Atlântica, e as calçadas do museu de arte e seu vasto vão. Nesse lugar, às quatro horas da tarde, ele subitamente esfaqueou uma mulher e um homem. Os jornais disseram que o miserável tinha tido um surto de loucura, mas a polícia o encerrou nas grades do presídio comum. Por quais caminhos a mente de Anísio, que era desempregado e morador nas ruas, por quais caminhos sua mente trilhou para chegar à síntese de seu gesto? Seu crime foi abominável, não pelo crime em si, mas pela sua forma tosca, mesmo que seu autor tivesse escolhido para exibi-lo um palco monumental, a avenida que é o cartão-postal da cidade. Cercou de luxo o seu crime, e escolheu como platéia a gente distinta da cidade. Como um bufão tosco, ele invade o cenário de amantes de crimes refinados, e ali pratica o seu ato sanguinário, um despropósito, que só pode ser chamado de surto. Talvez o ator tenha ficado intimamente satisfeito, sentindo mesmo atingir a própria glória, mas a platéia se ofendeu com o mau gosto e ignorou o espetáculo tão mal apresentado. Essa indiferença da platéia foi a dor talvez maior de Anísio nesta vida. Ele próprio sentindo-se ridículo, de tão sem brilho o que ele esperava ser o seu maior espetáculo, e frustrado, tratou logo de desculpar-se, dizendo que praticara aquilo porque estava sendo perseguido. O que no fundo era bem verdade e também era outra grande síntese a que, por meio de obscuros raciocínios, sua consciência chegara sobre si mesmo. Pois que nome dar às causas de uma vida sem acerto, senão chamá-las de invisível perseguição? Um surto, disseram. Mas qualquer um que olhasse a fotografia de Anísio, que os jornais publicaram, uma cópia da que estava na sua identidade, veria no seu rosto alguma luz de inteligência e um quê de plácida normalidade. O império da vingança fazia da vida de todos uma aventura que cada um cumpria, ora com reles combates, ora com façanhas de grande brilho. Em brilho bélico, o país dos americanos do norte é inigualável, e todo o seu povo respira a alegria de possuir homens com maior poder de matar em todo o planeta Terra e até, quem sabe, em qualquer outro. Imaginamos às vezes seres adiantadíssimos em outros planetas, com armas inteligentíssimas. Mas por que não seria o contrário? Seres fracos, que ao primeiro contato fossem submetidos à força do homem? E como cresceria, na condição de superiores, o nosso orgulho humano! Guerreiro individual era ele, Aleixo. E ele queria dar brilho à sua aventura. Cada um tem que fazer por si a sua vitória, para que a sua aventura e a sua vida valha a pena. Era ele filho de Matias Tavares de Aragão, um grande guerreiro, cuja coragem fizera vergar a vida à sua mão. Mas ele, o filho, teria de ser mais perfeito e mais sublime. Tomaria em suas mãos a vida do próprio pai. Era a vingança suprema, a mais surpreendente. E era certo que o fizesse, porque esta é a época mais propícia à volúpia do crime e dos maus sentimentos. Subiria à nascente de sua existência e lá estancaria a vida. Há tempos vinha marchando pelo caminho, mas agora estava próximo da chegada. Uma campanha dura como a de velhos bandeirantes, que andavam nus pelas matas, comendo sapos e cobras e lagartos e colhendo aqui e acolá o néctar das veias do gentio. Oh, gloriosa tradição, que razão maior para viver do que fortalecer-se com a fraqueza de uma vítima? Sábios índios, vocês sabiam disso, e por isso o prato em que comemos o seu crânio nos foi tão agradável. E havia tantos de vocês, frutas de sangue dessas matas, e saborosamente os matamos. Teria de ser seu pai que ele mataria. Sua vitória seria completa e radical. Poucos se igualariam a ele em tal aventura. Seu irmão Constantino assumiria a direção das empresas e ele retornaria tempos depois para a sua, onde tinha uma pequena participação. E mais tarde se uniria ao irmão. Que alegria para justificar sua tão longa ausência? Pensaria depois. Teresina não estava viva, e não se apoquentaria com o desenrolar desses fatos. A memória dela também já ia rareando. Com o tempo, as oportunidades de citá-la foram desaparecendo. E ela desapareceria mais ainda com a morte do pai. Pois ele era a pessoa que talvez mais conservasse a memória dela neste mundo. Findando ele, sua mãe mais afundava no esquecimento. Era como se ela caísse mais fundo no poço escuro da morte. Mas o filho Aleixo agarraria uma porção da vida e honraria dignamente a passagem da família por esta existência. Só os fracos renunciavam. Sua volta, no entanto, era para apossar-se da vida e dos seus arredores. Não há limites para o gozo de possuir a vida e, para atingi-lo, ele passaria por cima de tudo, indiferente ao laço filial, reinaugurando uma fórmula de crime perfeita, emblemática. Sua fórmula quebrava a espinha dorsal deste mundo. Era mais que sacrificar uma pessoa. Matar estranhos é vulgar, e apenas uma vingança por metade. O seu crime ia além, apaziguava todas as angústias, desde a maior delas, a própria angústia de existir na perfeição que nos foi dada. Somos seres perfeitos e matar faz parte da perfeição. A abdicação amolenta o homem, mas dominar e matar é o único norte do guerreiro. Somos moralmente bons nos intervalos de cansaço de destruir. Refeito o ânimo, retomamos o gozo interminável do vício de possuir a vida. Só o conhecimento da mais completa maldade nos dá a extensão e a medida do que é o bem. Por isso, no fundo tudo é bom. Por isso também é que os cristãos dizem que deus é só bondade e fora de deus não há nada.

    A caminho do seu crime, às vezes acontecia de Aleixo perder o tônus de seu projeto, e também o sentido de seu ato, os nervos como que efeminavam, escapando-lhe as justificativas que em outras horas pareciam-lhe tão fortes. Nessas horas, seu projeto de eliminação de Matias podia até parecer injustificável, monstruoso. Mas a rotina diária do crime na cidade e no mundo afagava-o. Bastava olhar em volta, ou ouvir conversas em que nunca faltavam alusões a crimes, ou dar uma olhada nas páginas de um jornal, para perceber a multidão de crimes aparentemente sem razão. E se não houvesse justificativa para o que ele ia cometer, então ele concluía que, na própria sem-razão de tantos crimes, estava a grande razão para o seu, e de novo ele mergulhava nos seus planos homicidas, eufórico, justificado, cruel. Vinham-lhe ganas de por logo em prática o seu plano. Lera que o famoso Catilina, no tempo antigo, exercitava-se no crime porque tinha receio de que o ócio lhe entorpecesse as mãos e o espírito. O crime fazia vibrar o mundo. Até o filósofo de Bordeaux escrevera que quem extirpasse o germe dos maus sentimentos do coração do homem destruiria nele as condições essenciais à vida. E ele mesmo já concluíra, por sua própria reflexão, que, quando nada mais restasse de seu com que alegrar-se o homem nesta terra, deus lhe teria reservado, como consolo, o deleite com o sacrifício dos outros. E o que era deus? Só um conjunto de sensações e de ignorâncias alheias, somadas às suas próprias sensações e ignorância do mundo. Um plano. Ele podia fazer qualquer coisa. Era a hora de elaborar um. Somos ignorantes do mundo e o mundo é indiferente a qualquer coisa que façamos. Qualquer coisa que façamos, para o mundo é nada, porque o mundo digere tudo. A vingança consola. O domínio nos justifica. Ia assim pensando Aleixo, quase dormindo, alquebrado. Tinha a segura esperança de que a idéia do plano viria para ele em sonho. Porque todo o seu ser trabalhava rumo a um só objetivo. O desejo de vingança que existe em todos seria capturado por ele de forma concentrada e poderosa. Ele, o capitalista do ódio. E ele ia expressá-lo com coragem. O ódio que vive difuso nesses rostos covardes com suas vestes de pedantismo, orgulho e desprezo. Todas essas suas expressões leves, aceitáveis, disfarçadas. Civilizar para quê? Se só o crime redime?

O escritório central das empresas de Matias ficava em um edifício de face norte, na rua Joaquim Floriano. Ocupava um andar inteiro. Na parte térrea do prédio, uma lanchonete americana, Apple Bees. O lugar desta lanchonete é um ponto privilegiado em relação ao bulício das ruas, porque o edifício acha-se recuado da calçada e a sua parte térrea não tem características de ambientes comerciais, neste caso, a casa de lanches pontifica sozinha, com discrição e exclusividade. Sua localização lembra a de restaurante nos melhores hotéis.

Naturalmente, salvo coincidência, não é lugar que o senhor conheça ou tenha frequentado. Na primeira sondagem que fez do prédio, onde pretendia achar o pai, o jovem Aleixo descobriu a lanchonete, que ainda não existia na época em que ele conheceu o escritório, em uma ou duas vezes que passara por lá. Alegrou-se com a descoberta, antevendo facilidades para execução de seu plano. Há um serviço de manobristas para os carros, que param na porta do prédio, sob o átrio de entrada. Entregue o veículo, a pessoa passa pelo hall entre colunas, seguindo em frente para os elevadores, ou passa por uma porta menor, à direita, para a lanchonete. Os balcões desta ficam à esquerda e, à direita, encostada à parede, sob as janelas que dão para a rua, fica uma fileira de mesas. Passando a porta, Aleixo sentava-se à primeira mesa, no canto próximo à janela. A lanchonete era frequentada por quem trabalhava no prédio, mas outras pessoas que não dele, vinham ali, não tanto pela praticidade, quanto pela preferência que davam ao sabor de lanches, serviço e ambiente tipicamente americanos. É sabido que nos Estados Unidos da América os frequentadores dessa rede de lanchonetes vêm fazer seus lanches portando armas na cintura, e fazem questão de deixá-las visíveis enquanto comem e conversam. Na da rua Joaquim Floriano, como o porte de arma é mais controlado no país, é preciso que se olhe muito atentamente para os frequentadores, para se descobrir quem está armado e mesmo assim é difícil, salvo, de raro em raro, um movimento brusco de alguém, uma posição inesperada do corpo, uma distração ou coisa assim, para que se aviste de relance a arma no corpo de alguém. Aleixo passou a frequentar o lugar como quem vai a uma posição conquistada. Da primeira vez foi na parte da manhã. Examinou o rosto dos manobristas, mas nenhum lembrava ninguém que ele já tivesse visto. E se um deles o reconhecesse? Felizmente parece que não. Pediu um lanche e lá ficou bem umas duas horas, tentando parecer natural, mas mal conseguia, porque estava sobressaltado, refreava com dificuldade o nervosismo que lhe fincava duras pontadas no peito. Embora soubesse que dificilmente seu pai entraria na lanchonete, examinava cada um que entrava. Ninguém que entrasse desarmava seu coração de uma contida e difusa raiva. Sabia que se Matias viesse dirigindo entregaria o carro na entrada e passaria direto para os elevadores. Ninguém ali entrava sem lhe entrar pelos olhos. Sem sucesso, em várias manhãs repetiu suas vindas. Depois passou a alternar os horários de vinda.

Vezes houve que veio ao meio-dia, com pretexto de almoçar. Nesse horário, a sua raiva se multiplicava com os tipos que entravam. Alguns em grupo, de terno, conversando entre si, indiferentes ao resto do mundo, donos da situação. Conhecia-os bem. Tinha vontade de ter patas enormes para pisoteá-los. Em breve também ele voltaria a vestir ternos e a conversar como eles, enquanto caminham pelas ruas na hora do almoço, e se deliciariam juntos com a perspectiva de dominação, de superar os outros em ganhos, em posições de comando. Queriam exemplo de superação? Pois ele lhes daria. Queriam ser mais espertos, usufruindo o gozo do poder? Pois ele saberia fazer melhor. Ele tinha recebido o batismo que poucos ou nenhum deles tinham tido. Eles sabiam o que era poder? Ele sabia melhor do que qualquer um deles. Não voltaria como um qualquer. Seu crime o habilitaria depois para qualquer comando. Sua lucidez seria tanta que presidiria qualquer empresa, porque teria experimentado o que há no âmago do poder, no âmago da índole dos exércitos, no âmago deste mundo.

Com os dias e as vindas àquela posição de combate, Aleixo foi ficando cada vez mais entregue ao seu lúgubre propósito, e o nervosismo foi desaparecendo, e no seu coração foi-se expandindo uma determinação fria. Em nenhum momento mais abrigou receios, voltando-se apenas para a ânsia de praticá-lo. Agia em obediência a uma ordem que lhe vinha da própria natureza da existência, e assim era, e assim ele entendia. Como estar no comando de outra forma? A ele fora incumbida a missão de ser o catalisador de todos os assassinatos que se cometiam a toda hora. Ele realizaria o crime na sua mais perfeita expressão. E depois, homem rico e reconhecido tacitamente por seu crime soberbo, ele, o representante máximo do ódio, faria obras de utilidade pública, fundaria instituições filantrópicas e tudo estaria bem, porque assim é que os grandes realizadores apartam-se do mal e salvam a nossa civilização. Essa era a sua missão humanitária e dela não podia se livrar. O ideal da expressão artística bem realizada estava na ambiguidade de sua forma, e o ideal de uma existência era agir à maravilha na conjugação sutil do bem e do mal pelo gesto do realizador. Exemplo bem realizado era o papa, homem disseminador da compaixão e ao mesmo tempo chefe de uma religião com extensa lista de atrocidades. Para um homem comum como ele, fundar instituições filantrópicas era a máxima expressão do ódio numa forma que só os grandes espíritos conseguiam ver e deslindar. Um dia viria em que a fórmula de seu crime também ficaria caduca. Quando matar qualquer pessoa for a mesma coisa que matar o próprio pai. Só quando as lágrimas por um pai não valerem nem um milímetro a mais que as lágrimas por um desconhecido. Talvez aí não se mate mais ninguém. Por enquanto, padece toda a violência do mundo aquele que chora por um pai assassinado, muito mais do que padeceria pelo assasinato de qualquer outro homem. Pensando assim, Aleixo firmava-se mais ainda em sua determinação criminosa. Mas matar vai sempre fazer sentido. Tenderia sempre para o assassinato – disse a si mesmo – como ao irrecusável, porque era o assassinato que o salvaria da morte. Mesmo que sua salvação não durasse mais que um minuto. Nada mais importaria.

    Estava sentado no lugar costumeiro, de onde podia ver os que desembarcavam dos carros na entrada do edifício. Não tinha feito a barba desde o dia da fotografia para o documento. E sabia-se bem mais magro do que era, desde o dia que iniciara sua aventura. Para completar sua desfiguração, usava um boné à maneira descontraída dos jovens. Corpo comprido e franzino, ele entrara naquele dia na lanchonete como quem se esgueirava entre as paredes, e se aninhara no canto, atento a tudo que se mexia no ambiente. Parecia uma cobra consciente de seu veneno. Um garçom dirigiu-se em sua direção, mas foi interceptado pelo chamamento de outro cliente, um sujeito bem vestido que estava sentado com outros a uma mesa e que usou um estalo de dedos e uma voz alta, de mando. Ele viu que o garçom ia atender Aleixo, mas vendo a figura desimportante deste, resolveu passar por cima da sua vez. Foi isso o que Aleixo entendeu, sentindo-se preterido. De que ele precisava a mais, para matar aquele filho da puta? Era um simples gesto de mando, aparentemente uma indelicadeza involuntária, mas Aleixo conhecia aquele tipo de gente e de situação. Sabia que aquilo era a ponta de um iceberg de desprezo que o sujeito lhe votou apenas por Aleixo estar ali. Como seria bom matar um tipo daquele – pensou Aleixo. Era impossível sentir compaixão. E o garçom, covarde, atendeu. Não. Talvez fosse covarde só aparentemente. Mostrava-se covarde para mais afiar o seu ódio. Quanto mais subserviente, mais acumulava energia de crueldade para um dia vir à forra. O terrível ódio dos fracos. O ódio universal dos fracos distribuía-se a miúdo retalho entre os subalternos da cidade inteira. Cada um safava-se do ódio como podia. Aleixo fora bem educado nisso. Seu pai fora um exímio mestre. Mas o filho ia devolver a lição do pai. O grande feedback – sorriu Aleixo. Ansiava por seu momento glorioso, só estaria bem depois que matasse. Depois disso, sujeitos como aquele arrogante da mesa vizinha podiam aparecer às pencas em sua frente que seria para ele indiferente. Sua vontade de matar estaria saciada. Podia viver por um bom tempo satisfeito. Seria capaz até de praticar a bondade com aquela leveza dos contentes, dos violentos realizados. Seria a etapa futura de sua vida, que era conhecida há muito como a prodigalidade dos violentos.

    A multidão nas redondezas aplicava-se em uma miríade de ações no canteiro da tarde. Edifícios enjoados de gentes de todos os dias. A rinha dos carros, a cavalaria dos motoqueiros. A névoa envenenada do ar. O descompasso das sensações, a explosão aqui e ali dos sentimentos comprimidos, ganas de passar por cima dos outros, o triunfo das pequenas superioridades. A fatuidade dos jovens em algazarra, seu sonho oco, a crueldade do atendimento preferencial aos velhos, a energia que se dissipa, a vontade de matar como último recurso. Desprezo e ódio nos porões de cada um. Uma mulher se maquia no espelho do carro. Insinua-se indiferente ao público que lhe é estranho. Nem é preciso ser um facínora para olhá-la e sonhar com crueldades. Nas ruas e dentro dos estabelecimentos, os maquinismos tecnológicos reduplicam as ações. As imagens povoam os olhos. Nas calçadas e travessias, as mulheres passam tremulando a porção média de seus corpos, e arrastam grudados, feito ímãs, os olhos caninos dos homens. Porque, apesar de tudo, nos seus movimentos de desejo, elas são inadiáveis, simultâneas ao que quer que aconteça neste mundo. É mais intenso o desejo na fronteira periclitante da morte. Sempre ali nas redondezas como em qualquer outra parte da cidade. A vendedora de qualquer artigo atrai com sorriso e triunfa quando vende, comemora como quem abate. Quem compra se exibe com arrogância e deboche. Gastar é poder, gastar muito e superfluamente é humilhar. Vender por alto preço o que não vale nada é tirar proveito dos arrogantes. Há mais ódio em quem vende caro do que vontade de lucro. Passar a perna em alguém revitaliza assassinos embutidos. Um passa e pede licença falsamente, o outro se desculpa também falsamente. Os dois xingam-se entredentes ao se afastar. Passa alguém prestes a embarcar a passeio para Londres, todos os outros lhe parecem amarrados nestas tristes ruas, merecem desprezo, oh, que alegria! Na outra loja um vendedor oferece desconto sinceramente a um senhor que ele não sabe é dono de enorme riqueza. E muito menos sabe que lhe oferecendo desconto, tão desprezível, na verdade lhe deu outra muito maior e mais diversa alegria. Porque estava preço e objeto e vendedor, tudo, a seus pés e não sabiam. Como cupins na capilaridade dos cupinzeiros, movem-se no interior dos edifícios gentes aos milhares. Câmeras desconfiadas, que não lhes veem as intenções, seguem ao menos os passos de cada um, que se guardam, cautelosos, de cometerem por ali algum delito. A câmera que denuncia brinda-nos com a possibilidade de vingança. Acompanhar a gravação de um crime, mostrando o momento genuíno e puro da crueldade, assombra e dá prazer. Já evoluímos muito na distribuição desse prazer. Rigorosamente, há pouquíssimas coisas tão interessantes na vida quanto esse prazer. Todos aceitam de bom grado as câmeras. Todos sabem que não dá pra confiar em ninguém. Até os puros e bem intencionados sabem disso e sentem nisso um prazer perverso de serem confundidos. Disse bem o poeta que todos temos por onde sermos desprezíveis. Cada um de nós traz consigo um crime feito ou o crime que a alma lhe pede para fazer. São ainda pouquíssimos os crimes que as câmeras podem flagrar.

Quando o homem de presença bem marcante entrou na lanchonete, acompanhado de uma mulher, cuja pele se esbatia em moreno bronzeado até o branco leite que ia recobrindo a macia elevação de seus peitos seminus, que mal se continham atrás das delicadas alças da blusa, Aleixo examinou o casal como de costume examinava todos que chegassem, mas o homem, encarando-o momentaneamente, disse-lhe triunfante, mesmo que sem palavras, "você, insignificante e sem nada, nunca vai comer uma mulher como esta, como eu como", e sentou-se, sentaram-se, fingindo boa educação e felicidade. Aleixo eriçou-se. "Você não sabe com quem está falando, filho da puta. Estou aqui esperando um pra matar, e não me importava nem um pouco se fosse você. Seu covarde. Conheço o seu tipo e sei que você não tem coragem. É do tipo que manda matar, mas é covarde. E nunca vai saber quem eu sou, porque você nunca vai ser do clube. Saberá de meu crime e vai sentir inveja. Vamos ainda nos cruzar por aí, mas nunca saberá o que eu sei. Vai me dar mais atenção, porque eu estarei na boa. Mulher como esta daí não me vai faltar. Mas estarei onde você nem pensa em me alcançar".

    Entraram outras pessoas. Caras alegres, falando alto. Aparentemente ninguém mais o viu ali no canto. Era até bom que o ignorassem, porque se mexessem com ele, podiam atrapalhar os seus planos. Sentia-se bem, estava consciente de sua força contida. Estava próximo o seu regresso e ele estava pronto para enfrentar qualquer um. Fortalecera-se na solidão e na carência. Aprendera sobretudo a não renunciar. Os que renunciam já morreram para o mundo, porque só vive quem não renuncia, quem luta e destrói, porque o fim de toda luta é a destruição. Só a vitória traz vida. Estava pronto e afinado para a luta. Não tinha medo de nada. Restava só a última batalha na guerra que vinha travando. Vitorioso, passaria a outras. Ao homem digno que não luta só resta dar um tiro na própria cabeça. Não há terceiro caminho. Mas naquele dia não tinha mais esperança de avistar Matias. Pagou a conta e saiu. Ia fazer uma longa caminhada pelas ruas no fim da tarde.

    Por esses dias, Aleixo tinha deixado o hotel da rua Rocha e não voltara mais para a região da Praça Catorze Bis, onde ele já se tinha tornado figura conhecida dos donos dos bares, dos viciados que frequentavam os baixios do viaduto, do zelador do parque, dos velhos jogadores de damas e das babás, que brincavam suas crianças olhando pra ele com desconfiança. E eu que, à distância, tantas vezes segui os seus passos por aquelas ruas, perdi-o de vista desde então. Quando Matias apareceu morto, eu procurei o lugar mais perto de mim onde eu pudesse me sentar, e sentei-me como senta alguém que acabou de chegar de uma viagem. E naquele momento me veio a vontade de rever a história desde o começo. Não foi fácil para mim, reconstruir a última etapa de sua aventura. O próprio Uriz, que era minha ponte até o rapaz, a quem indaguei muitas vezes, me assegurou que ele também o perdera. Tive a sorte de encontrar duas coisas no hotelzinho da rua Rocha. Essas duas coisas foram como que dois rastros que eu segui no meio de um vasto campo, onde os demais rastros não existiam, ou tinham sido apagados, até que, depois de meses, com a persistência de um paleontólogo, eu emendei as coisas e tive a história toda, que se em alguma parte não é a real é, na índole, a única que podia ter acontecido.

Foram esses dois rastros um tíquete da lanchonete Apple Bees e um pedaço de recibo de pensão que fica na rua Camargo. No dia seguinte ao crime, estive no local onde foi encontrado o corpo, na esperança de que por algum descuido da polícia tivesse ficado por lá alguma pista. A única coisa que pude saber, pela conversa de alguns manobristas, foi que a direção do shopping agiu para que fosse removido o corpo do local, procurando abafar o mais rápido possível a repercussão entre os elegantes frenquentadores. Lembrei-me então de ir ao quarto do hotel da rua Rocha e lá tive mais sorte.

Foi numa tarde, depois das quatro horas, que a caça de Aleixo finalmente surgiu. Um imponente chrysler 300c, de cor preta, entrou vagarosamente no pátio. Era um carro robusto, que infundia a idéia de potência e força, trazendo a frente resguardada por uma reluzente grade de metal, como um escudo de antigos guerreiros. O manobrista aproximou-se educadamente e abriu a porta. Dele saiu um homem alto, elegantemente vestido. Era Matias. Parecia uma figura recortada de um brasão. Olhava por cima, seu corpo parecia encher todo o espaço, e qualquer parte ou detalhe de sua aparência era extremamente bem cuidado. Perto dele, qualquer sentimento pessimista sobre a humanidade não passava de lamentação de choramingas, porque naquela imagem de homem estava a prova inconteste do êxito da raça e da civilização. Ao reconhecer Matias, todo o corpo de Aleixo vibrou de alegria, porque sua espera finalmente chegara ao fim. Ele estava de novo diante do homem daqueles sinistros episódios ocorridos nas entranhas do velho trem. A possibilidade agora concreta de vingar-se e de mostrar a sua força acenava-lhe com uma realização que parecia coroar toda a finalidade de sua vida. O seu papel de eliminar Matias caía-lhe com uma inexorabilidade perfeita. Sabia por intuição que era o instrumento irrecusável de uma lógica misteriosa e precisa. E então, por um lampejo de raciocínio, compreendeu e aceitou as ações bélicas dos principais dirigentes do mundo. E irmanava-se com eles como uma nota no conjunto harmônico de uma sinfonia. Finalmente daria o passo mais importante de sua vida. Era como sair do abismo. Era sua oportunidade única, necessária, fatalmente lógica. Respirou fundo, procurando conter seu estado de quase euforia. Lembrou que corria o perigo de ser reconhecido. Lançou gelo nos nervos. O manobrista acompanhou a entrada de Matias, ajudando-o a levar uma pequena mala sobre rodas até o hall dos elevadores, depois voltou para guardar o carro no estacionamento do subsolo. Aleixo marcou o movimento de ambos. Ao entrar no prédio, Matias relanceou o interior da lanchonete, mas não notou a presença de Aleixo, que lá permaneceu sentado, disfarçado, perigoso.

    Nesse dia sua conta de consumo foi maior que de costume. Chegou a incluir cerveja, que há muito não bebia, e que dessa vez tomou com gosto, como quem comemora alguma coisa. Passadas bem duas horas, ele viu apontar o mesmo carro, saindo do estacionamento e deixando o prédio em silêncio, confortável. Os vidros escuros fechados, não era possível ver ninguém que ia dentro. Pagou a conta e deixou uma boa gorjeta. Mais uma noite se aproximava. Quantas ainda viriam era uma conta impossível. O universo era de ponta a ponta descomedido em tudo. Que era a curta vida? Só uma minúscula janela entre dois abismos. Por isso nada de ser permanente. Fazer bonito nesta vida era vingar-se. A única ação consoante com a eternidade. Os prédios desenhavam uma também minúscula rota, a rua, num ponto do planeta. Ele caminhava pela Brigadeiro Faria Lima, coberta pela sombra da noite, inutilmente iluminada pelos lustres pendentes dos postes. Se um dia um terremoto - pensou Aleixo - tudo aqui vem abaixo com suntuosa indiferença. Dominique Strauss-Kahn, o bárbaro gaulês, fodeu em nove minutos a exótica Nafissatou Diallo, e um terremoto sacudiu o majestoso prédio da Suprema Corte de Nova York bem na hora em que os juízes decidiram que não o manteriam preso, porque era impossível dizer se Nafissatou tinha ou não gostado. Pois bem nesse momento, a Terra riu e fez um leve dar de ombros. O que bastou para todos, juízes e curiosos, abandonarem a Suprema Corte com medo de o prédio vir abaixo, fugindo como ratos trêmulos para o meio da rua. Por pouco, o julgamento do gaulês teria sido inútil. Se é que não o foi, em todo o caso. Nove minutos para possuir uma exótica. Agora DSK está sorrindo. DSK sabe o que verdadeiramente importa nesta vida. Nem o governo da França vale tanto. Ele é o que soube dignificar esta existência. Sua vida já valeu. Ninguém melhor que Nafissatou para compreender isso. Mas não é só ela que sabe disso, o senhor sabe.

 O Museu da Casa Brasileira resplandecia com sua fachada de casarão burguês, com pegadas de gosto clássico colonial, entre os arranha-céus modernos. No quintal do casarão restam apavoradas árvores antigas, guardando na sombra quieta a memória do reinado de distintos senhores. As aglaias perfumadas, trazidas da Ásia; as uvaieiras caipiras, de pequenos frutos amarelos; os cedros autóctones, portentosos; os calmos jerivás a abanar os espíritos da noite;

as douradas nespereiras do Japão, e os abacateiros carnosos. Alheio ao movimento da avenida, Aleixo penetrou na sensação que lhe vinha daquele quintal em repouso, e seguiu andando assim, sonhador, até a rua Iraci. Se seguisse por ela até o fim daria no rio. Depois iria margeando até a ponte, onde atravessaria para o outro lado, rumo à pensão na rua Camargo. Era perigoso andar à noite pela marginal, lugar de trânsito rápido, onde tudo a essa hora parece suspeito, e as raras almas que passam a pé por ali parecem retardatários amedrontados, ou assassinos em fuga. Mesmo assim, Aleixo seguiu em frente, porque naquela noite sentia uma atração por andar do lado do rio, olhar para suas águas negras, pesadas, no seu escorregar sujo, imperceptível. Há uma quantidade de casas pequenas de lado a lado da rua Iraci. Como em qualquer outra rua da cidade, bandidos esperam a volta dos moradores para casa, para pegá-los de assalto na entrada. É um cálculo simples e infalível. Quando chegam, se não são alcançados pelos caçadores, os moradores entram e se encolhem dentro de casa, atrás das portas bem trancadas. Transitoriamente seguros, ninguém ousa mais botar o corpo fora da casa, até o dia seguinte. Aleixo percorreu essa rua até o fim, e em toda a sua extensão encontrou-a deserta. O rio apareceu e, no seu fundo negro, refletiam-se as luzes dos grandes edifícios plantados em suas margens. É tradição da cidade atirarem-se cadáveres no rio após execuções. "Amanhã ele vai aparecer boiando no rio" é uma célebre frase que soa como um bordão entre os gentlemen do lugar. Aleixo mirava o leito escuro como se dialogasse com o líquido voraz. Sim, chegara a sua vez de atirar um corpo ali. Vagueou por um tempo com essa idéia seguindo em direção à ponte. Pensou na sua vitória, no lugar conquistado entre os maiores, no próprio gozo de matar. Pertenceria a um clube assinalado por homens fortes. A puta da vida teria que reconhecê-lo, e aquelas águas, chorume fétido das residências milionárias, eram suas testemunhas e coadjuvantes. Como vértebras de colunas absurdas, os carros passavam por Aleixo, um após outro, inumeráveis, numa corrida interminável. Ele seguia, no entanto, entregue à lúgubre visão do rio. Sobre a ponte pela metade, parou e debruçou-se na amurada, olhando a altura. Jogar alguém dali demandava muita força, ou o concurso de mais braços, e a ação tinha de ser rápida. Levantou os olhos ao longo do rio e concluiu que o acesso pelas margens era mais fácil. Descolou-se da amurada e seguiu caminho. Verdadeiramente, ele tinha problemas operacionais. Mas tinha o sossego do quarto da pensão para pensar.

O que atraiu Aleixo para o recanto da cidade onde encontrou a nova pensão para se hospedar foi o ar, ao mesmo tempo de degeneração e de regeneração, que se processava nas atividades distribuídas pelas ruas no triângulo que começa na ponte Eusébio Matoso, onde corre, por um lado, o fétido rio Pinheiros; por outro, a avenida Vital Brasil e, pela base, o rio Pirajussara, que passa na frente da Universidade. Aleixo gozava naquelas imediações uma impressão de putrefação e decantação. Ou uma atuação fervilhante e miasmática de microorganimos que punha um ar de fermentação em tudo. Começava por uma multidão de gente de rostos agastados, comprimidos nos pontos de ônibus entre o asfalto e as exposições de carnes dos açougues que exibiam suas vitrines recobertas de tiras vermelhas de cortes de animais em sangue. Nas primeiras horas da noite, quando o fim do expediente lança nas ruas as hordas pacíficas de trabalhadores, ou se animam a sair das tocas os desocupados e também os mal intencionados noturnos, uma grande quantidade de pessoas se dirige para a parada de ônibus diante daquele mercado de carnes, porque ali é um lugar de confluência de diferentes linhas de ônibus, de onde se espalham para todas as zonas da cidade. O espetáculo das carnes frescas penduradas, separadas apenas por uma grande placa de vidro fortemente iluminada, escancara aos olhos todo o afã universal e onipresente de devorar vidas. Bois inteiros e porcos e carneiros ali estão dilacerados, libertos dos berros de dor e dos grunhidos e dos espasmos de morte, à espera dos irresistíveis compradores. Pela praticidade de levar para casa, sem precisar desviar-se para comprá-la em outro lugar, muitos dos passageiros em trânsito pagam por seu pedaço e embarcam nos ônibus, amassando-se contra os corpos dos outros que lotam todas as frinchas do vagão, levando os pacotes de carne fresca nas mãos, ou acondicionados em valises, ou em mochilas, misturadas com as coisas de trabalho. Aleixo comprazia-se em contemplar essa mistura de coisas naquele pedaço de bairro. Na rua Agostinho Cantu pontificavam travestis, alguns falavam alto, decididamente escandalosos. Sabia que existiam travestis perigosos. Há muita gente que sonha matá-los. Defendem-se como podem. Culpá-los pela opção sexual era só um pretexto para o gosto de matar. Depois passava em frente à casa onde se depositavam os velhos para findar a vida. Apreciava-os por uma nesga de portão entreaberto, os velhos que iam definhando, sentadinhos na varanda, imobilizados nas cadeiras ou camas de carregar, antes que viessem levá-los para os quartos, onde se iam descamando, até o dia em que, exauridos de todo, extinguia-se o fio de ar que os mantinha vivos. Contra essa visão, as hordas triunfais de estudantes nas calçadas dos bares que os aprisionam nas cercanias da Faculdade. Depois parou naquele bar que se chama Bar das Batidas. Por trás dos balcões imundos, a alquimia dos preparadores de bebidas com toda variedade de fruta. Olhou para as mesas abarrotadas de estranhos. Gente perigosa, ou não. Como ele. Sentiu no ar uma iminência qualquer de coisa imprevisível. Era melhor seguir para seu quarto. Qualquer acidente poderia entornar os seus planos. As figuras humanas pareciam gente borbulhando na fermentação, e uma e outra coisa daquelas ruas provocavam uma exasperação no ânimo de Aleixo, um desejo de fuga, uma urgência por seu crime, um ódio terrível. Agora era o orifício do metrô, engolindo e vomitando gente apressada. E as esganiçadas sirenes policiais, a alertar que tinha havido crime, que tinha havido fuga, que tinha havido captura, que tinha havido tiros, e mortos, e feridos que, no entanto, ninguém havia visto, mas é certo que houvera. Passavam para o Instituto de Criminalística, a polícia científica, os presos ilustres que ficavam ali. O filho do grande Pelé lá estivera preso. E as razões metafísicas do crime, quando é que iriam considerar? As rochas que formam a Serra do Mar esperam por esse tempo que ainda virá. As razões do crime, para além daquelas de roubo, de vingança, de amor traído, do butim entre os países, só ao homem superior, por enquanto, é dado saber. Na frente do Buffet Mansão paravam carros de luxo e deles desciam convidados em roupas de gala e, ao longo da avenida Waldemar Ferreira e também nas ruas escondidas atrás dela, ofereciam-se mulheres seminuas para o gozo vendido. Moradores de prédios de luxo colocavam seus apartamentos à venda, porque diziam estar cansados de cenas diárias de violência e desregramento dos costumes ao pé de suas casas, aos olhos de seus filhos menores. Alguns desses moradores, homens violentos ou não, talvez sonhassem com represálias terríveis, execuções cruéis e justificadas. Enquanto passava diante das mulheres, Aleixo contemplou discretamente, uma a uma. E quase se sentiu dono de uma delas, que estava junto à entrada da pensão. Só mesmo sua determinação mental firme de não desviar-se de seus propósitos impediu-o de negociar com ela uma visita ao seu quarto. Então, intimamente adiou essa aventura para após a execução de seus planos. Matar e fazer sexo em seguida era um lugar comum que ele perversamente desejou experimentar. Faria tudo meticulosamente, o crime e o gozo, com uma consciência de que poucos eram capazes. Entrou na casa e foi direto para o seu quarto. Deitou-se na cama e com olhos fechados e à força da imaginação transportou-se para um dos enormes quartos da Casa dos Bandeirantes que fica nas proximidades da pensão, com a frente virada para o rio Pinheiros. Do gancho de madeira na parede caiada alçava-se o fuzil de pederneira antigo, com um histórico de vítimas. Quem quisesse comprar uma arma só precisava frequentar o Bar das Batidas cinco dias seguidos, para descobrir qual era o sujeitinho que está sempre lá. Há sempre um desses tipos que fazem ponto em cada bar, prontos a lhe arrumar uma arma ou lhe abastecer de droga. Você começa a frequentar o lugar algumas vezes, e ele anota sua presença, e uma hora se aproxima, diz alguma coisa indireta, amistoso. Então é a sua vez de se abrir e dizer o que procura. O pior era falar com esses tipos. Deixar-se sujar do lodo em que vivem. Subitamente, os pensamentos de Aleixo descontinuaram, e ele embarcou no sono. De espaço a espaço, pingaram passos de alguém no corredor. Eram os pensionistas solitários que, um a um, retornavam da rua.

Nos dias seguintes, Aleixo voltou a ver as chegadas e saídas de Matias, sempre no mesmo horário. Trazia já incertas idéias, e uma delas era invadir o subsolo e esconder-se lá. E estudando tudo, marcou que, invariavelmente, o manobrista abria a porta do carro, o imponente motorista descia e encaminhava-se para os elevadores, enquanto o manobrista levava o carro para o subsolo. Uma ou duas horas depois, o carro deixava o prédio. Aleixo lembrou-se que da primeira vez Matias chegara com uma mala, e o manobrista encarregou-se de levá-la até o hall tendo permanecido ao lado de Matias até que o elevador chegasse colocando então dentro dele a mala. Era um tempo longo em que o carro ficava desocupado e aberto, e era o bastante para ele se introduzir de um golpe dentro do carro. Era muito arriscado, outras pessoas poderiam estranhar a sua manobra, mas se ele agisse com precisão e naturalidade poderia ter sucesso. Pediu uma coca-cola e bebeu vagarosamente, estudando as atitudes do manobrista em relação a outros carros que chegavam. Viu que ele mantinha sempre o mesmo padrão que usava com Matias. O chrysler nesse dia não demorou a sair do prédio.

Aleixo teve a idéia de examinar por outro ângulo o cenário de sua futura ação. Saiu da lanchonete, atravessou a rua e ficou a observar do outro lado a movimentação na frente do prédio, o envolvimento dos manobristas com seu trabalho, a frequência com que chegavam os usuários do prédio, a presença de seguranças. Aproveitou também para avaliar os jardins do pátio de recuo do edifício, aquilo que era a visão quase diária de Matias. Levantou os olhos e demorou-se nas dimensões arquitetônicas do prédio, imaginando aquilo uma espécie de prolongamento de seu pai. Um homem que tinha suas estranhezas, de que talvez nenhum daqueles que trabalhavam ali suspeitassem. Começou a andar. Era o fim da tarde e a noite já vinha trazendo o seu agasalho de sombra. O dia vacilava turvando-lhe as vistas. Uma sensação de frio perpassou a alma de Aleixo. Feriu-lhe a razão como um raio. Qual seria o grau de sua loucura, ou de sua bestialidade, a ponto de achar que matar um homem como Matias seria assim tão fácil? Poderia imaginar as consequências desastrosas de uma falha? O ridículo que era ser apanhado numa tentativa frustrada de homicídio? E as câmeras espalhadas por todo lugar? Policiais ou seguranças ou gente de rua pondo as mãos nele para contê-lo, como se ele fosse um bandido qualquer? O pai soubera matar com o máximo de organização e conseguira extrair do crime toda a virtude. Ele não o imitaria se apenas cometesse um crime público, vulgar. Era fácil conseguir uma arma e acertar o seu alvo à queima-roupa, na frente do prédio. Mas assim era certo que o prenderiam e mais certo ainda o calvário que iria experimentar. A publicidade em volta, a gritaria, os murmúrios, a zombaria, o nivelamento. Era preciso cuidar para que tudo desse certo, para que ele finalmente pudesse gozar do seu crime em paz. Quando muito, um círculo seletíssimo de pessoas poderiam vir a saber disso. De todo modo, convinha perseverar no plano que já estava em curso. Continuaria vindo e esperando, que uma hora ele ia conseguir entrar no carro, com um movimento brusco e perfeito, com seu metro de corda no bolso. Esperaria com a paciência de um caçador. Um dia Matias chegaria com sua mala e o manobrista serviçal o acompanharia. Neste momento, ele pularia para dentro do carro. Em questão de segundos, e ele estaria atrás daquele banco, até chegar a hora. Voltava sempre andando para a pensão. Era uma caminhada longa, podia tomar um ônibus, mas a idéia de fazer o mesmo que a multidão desconhecida fazia não lhe agradava. Queria estar distante de pessoas, evitava provocar interpretações nos outros a seu respeito. Não pensassem que ele estava próximo deles porque era um igual. A presença de gente roçando nele dentro de um ônibus distraía-o e ele queria estar concentrado e evitava sempre situações que pudessem alterar a sua vida de quase absoluta marginalidade. Manter-se à margem era uma exigência do seu projeto de vida, e só estaria realizado quando por fim construísse o seu segredo que era a sagrada posse de uma vida. Aí então a vida seria mais fácil de se levar. Seria então afável e agradável com os outros. Voltaria à empresa e abraçaria seus amigos. Quem é que olhava para Matias e não sentia por aquele homem uma inefável admiração? Seu diálogo com o pai, no entanto, estaria escrito em outras alturas. Era um desafio entre gigantes. No momento que ele surgisse repentinamente, terrível, dentro do mesmo carro, e lhe passasse a corda no pescoço.

    Aleixo matou Matias no final de agosto. O senhor talvez se lembre daquele dia que foi muito quente de manhã, coisa aí de uns aborrecidos trinta e tantos graus, e quando foi de meio-dia pra tarde a temperatura caiu pra nove. O ar, que andava muito sujo, recebeu com o esfriamento uma chuva e ficou lavado. Mas, pelas quatro em diante, nem chovia mais e nem ventava. Tampouco se via sol. O tempo estava todo encoberto de nuvens meio escuras, de modo que havia um jeito prateado em tudo que a visão alcançava. E assim, tanto se podia respirar com conforto, quanto se podia figurar o mundo com certo brilho, apesar das nuvens. Era tamanha a frescura dessa tarde, que as gotinhas peroladas da chuva ainda não se tinham derretido nas folhas das árvores da Praça do Povo quando Aleixo passou por lá, e os passarinhos bem-te-vis, sanhaços e outros pardais esvoaçavam de beber as gotas, sempre com muito folguedo. Embora o trânsito se apresentasse lotado, parecia mesmo assim calmo. As pessoas parece que deixaram um pouco o nervosismo de costume e seguiam mais tolerantes, tudo sendo por obra desse concerto universal dos elementos. Aleixo chegou à lanchonete ainda com a sensação do banho tomado e da roupa limpa que vestia. A garçonete, que já o conhecia, prometeu-lhe que daquela vez encomendaria um lanche para ele bem caprichado. Mas Aleixo lhe disse que apenas queria beber água. "— Tudo incolor, inodoro e bem apropriado" — brincou ela. "— E invisível" — acrescentou ele. Começou a beber da água, devagar, atento a tudo que chegava à entrada do prédio. Não sofria com a temperatura baixa, mas a mudança repentina no tempo despertou nele uma difusa e remota sensação de ódio. Ele próprio, refletindo nessa sensação, achou estranho que alguém pudesse sentir ódio por uma simples condição atmosférica. Naquele momento não pôde perceber nele mesmo o lugar em que esse ódio fazia sentido. De todo modo, voltando a concentrar-se na perspectiva de cometer um crime, experimentou sensações mais agradáveis. Breve usurparia o império que o pai conquistara. Então seria dele a vez de gozar. Nisso apontou no pátio o carro de Matias. Entrou devagar, silencioso, como um barco que aporta nas águas calmas de uma baía. Aleixo pressentiu que era chegada a hora. O carro parou e, antes que o motorista apontasse, a tampa do porta-malas abriu-se. Não havia dúvidas, desta vez ele trazia bagagem. Depois de abrir a porta para o motorista, o manobrista retirou a mala assistido de perto por Matias. Enquanto durou esse movimento, Aleixo saiu da lanchonete e, ágil, colocou--se fora do prédio esgueirando-se para um lado antes que os dois se virassem. Já entravam, enquanto nas suas costas, Aleixo, calmamente, abriu a porta traseira do carro e entrou sem que ninguém visse ou prestasse atenção nele. Fechou a porta e acocorou-se atrás da poltrona do motorista. Estava controlado e meticuloso, consciente de que realizava uma operação que não podia falhar. Nos últimos tempos estivera tantas vezes na iminência de um desastre, que já trazia os nervos calejados, indiferentes a perigos. O manobrista voltou e levou o carro para o subsolo, um lugar de pouca luz, tranquilo. A porta bateu e ele ficou só. A seguir aproveitou para mexer-se, procurou a posição mais cômoda e menos vulnerável no pequeno espaço em que ele ficaria nas próximas horas, até chegar o momento de dar o bote. E este teria de ser em outro lugar, pois alguém podia tê-lo visto quando entrou no carro, e isto seria uma pista perigosa que deixava. Mas para onde ia-se dirigir Matias quando saísse dali? A mala indicava que ele não ia viajar, já que, se fosse, não teria descido com ela. Contava que ele fosse para casa. Então era no estacionamento do prédio onde morara que daria o bote e sairia com o carro e o corpo. Se o matasse em outro lugar, abandonaria carro e corpo. Advertia-se de que o grau de imprevisibilidade era muito alto. Em algumas circunstâncias, sempre haveria a possibilidade de simplesmente sair do carro e fugir. O mais decisivo em qualquer que fosse a situação era a calma. E isso ele tinha de sobra. Quem poderia vencê-lo? Tirou do bolso da jaqueta o pedaço de corda e as luvas de tecido cujas palmas eram antiderrapantes. Calçou-as e, para testar, retesou a corda com golpes seguidos, segurando-a firmemente pelas extremidades. Sentia-se leve. O pensamento não se ocupava com nada que não fosse os próximos passos de sua ação. Era um soldado cumprindo sua missão. Atento exclusivamente ao tempo, porque cada minuto que não tinha sido dizia que era no próximo, e a atenção não desviava nunca, até que por fim os sons de passos vieram em direção ao carro. Era mesmo Matias. Abriu, entrou e pôs o carro em movimento. Já era noite. Quando se afastavam, ocorreu a Aleixo que tivesse sido visto. Neste caso Matias pensava em fazer uma de duas coisas: parar de repente e abandonar o carro, ou sacar uma arma e matá-lo. Se estivesse mais inclinado a fazer a segunda, devia estar apenas esperando o melhor momento de fazê-lo. No entanto, rodavam e nada acontecia. Então concluiu que não tinha sido notado. Tomaram a direção sul pela margem do rio. Não voltava para casa. Diminuiu a marcha, e Aleixo percebeu que entravam no Shopping Cidade Jardim. A não ser que entregasse o carro ao serviço de manobrista, era um bom lugar.

Como tantas coisas inexplicáveis neste mundo, o assalto de Aleixo tinha tudo para dar errado, mas deu tudo certo. O próprio Matias dirigiu o carro para uma ala subterrânea do amplo estacionamento, e parou em local que estava, naquele minuto, deserto de qualquer outra pessoa. Mal concluía a parada, foi laçado por trás. O nó corrediço funcionou perfeitamente e o movimento natural de tentar segurar a corda para não ser sufocado de nada adiantou a Matias. As pernas debateram-se na tentativa de ficar de frente para o agressor, na esperança de agarrá-lo, mas foi inútil. Conseguiu apenas torcer parcialmente o tronco, que acabou ficando entalado entre os dois encostos das poltronas, o que facilitou mais ainda o seu jugo. Na luta, o espelho retrovisor foi deslocado e a imagem do rosto de Aleixo apareceu aos olhos de Matias. Então, num átimo, tudo fez sentido. Não morria em vão. Seu filho, afinal, estava preparado para viver. Morria feliz, porque seu filho o honrava de forma excepcional e para sempre seria imbatível. Essa compreensão não lhe ocorreu como esta sequência de frases, mas lhe veio inteira e instantânea, como um lampejo de consciência, e foi a derradeira luz que iluminou seus olhos esbugalhados. Por um momento fez-se silêncio, nada mais se moveu. Aleixo relaxou os músculos e afrouxou a corda, preparando-se para fugir. Mas um estranho anel no dedo de Matias chamou-lhe à atenção. Sua circunferência era denteada lembrando a representação vulgar que fazemos de um raio e neste raio enrolava-se uma serpente cuja cabeça no centro quebrava a ponta do raio, subjugando-o. Aleixo arrancou-o e o levou consigo, juntamente com a corda. Saiu do carro rastejando, e surgiu mais adiante por detrás de outros carros evitando o quanto pôde o alcance das câmeras. Subiu pelas escadas, já se misturando a algumas pessoas e por fim conseguiu deixar o shopping. Andou pela marginal com os faróis batendo de frente em seu rosto, até que surgiu uma rua por onde ele podia subir os terrenos altos do Morumbi, com ruas tortuosas e casas luxuosas, separadas por zonas de sombras, e as poucas lâmpadas que iluminam suas entradas. Qualquer pessoa que passe por aquela região é logo tomada por suspeita ou perdida, porque não é lugar que se ande a pé, principalmente se for à noite. É um lugar estritamente residencial, e não há nada para se fazer fora das casas. Um ou outro automóvel surge trazendo algum morador e logo somem pelos grandes portões automáticos. Um homem, um pobre coitado que, por alguma razão, caia por ali sozinho e siga beirando os altíssimos muros, passa tão despercebido dos que estão bem instalados dentro de suas casas, que ele não pode evitar sentir-se como um desgarrado, um zé-ninguém, um nada, um ladrão. Aleixo vinha já cansado, o espírito embebido nas imagens de seu crime. Trazia a impressão da luta, a terrível força que aplicara, os sombrios movimentos do seu corpo, sua ferocidade, e o macabro prazer de apossar-se de uma vida e de extingui-la. Seguindo pelas ruas solitárias, sentiu-se estranho para si mesmo, e tudo em volta que indicasse a presença de gente, perdia a costumeira consistência de coisas humanas e se transformavam em seres sobrenaturais, fantasmagóricos. Ele seguia surpreso consigo mesmo, com sua força destrutiva, seus ímpetos violentos, e caminhava vencendo as distâncias, escalando as ladeiras, machucando-se inteiro, mas seguia feroz como um embriagado que não sente dor. Era certo que, se topasse com uma ronda policial, não escaparia, mas nem isso temeu, porque aquele era o seu dia de sorte, podia fazer o que quisesse que sairia ileso, como se os entes das sombras, se os houvesse, conspirassem naquele dia todos a seu favor. Então, já vencidas as colinas mais altas, respirou e disse para si mesmo que lá embaixo tinha ficado o escuro dos abismos e o mundo clarividente agora lhe sorria. Quebrara um pescoço, e isso era o seu ingresso num mundo sem amarras, um mundo dos fortes, dos que se tornavam invencíveis mesmo que o matassem. Porque, quem mata, não morre mais, mesmo que a morte o leve. Farta-se de vida o que mata e vive daí em diante, cortante e perigoso, como um gume de mortal espada. O assassino carrega para sempre a vida que ele tirou. Estava pronto para viver à larga, abria-se à bondade, podia sentir compaixão, pois já ganhara tudo. Era hora de regressar ao trabalho e sua empresa iria progredir muito, e depois faria doações que seriam noticiadas pelos jornais. Venceu toda a avenida que fica ao longo do muro do jóquei na direção da várzea do Butantã e chegou finalmente à pensão. Cumprimentou educadamente a dona e encaminhou-se para o quarto. Deitou-se na cama, exausto, e dormiu pouco depois, sem tomar banho.

Acordou de manhã com o movimento costumeiro de entra e sai da pensão. Sentou-se na cama e, ao mergulhar as mãos nos cabelos para a primeira arrumação, sentiu os fios enroscarem-se em um dos dedos. Era o anel que desde a noite anterior passara a usar e de que só então se deu conta. Imediatamente foi tomado de apego por ele. Fitou demoradamente a imagem. Outras pessoas deveriam usar anel idêntico. Mas quem seriam elas? Pudesse ser que, um dia, ele reconhecesse o mesmo anel no dedo de algum estranho ou, então, fosse ele o reconhecido por alguém, em algum lugar no mundo. Não custava ficar atento. Como de costume, pegou a mochila, os livros e saiu, como se fosse estudar na faculdade. Mas desta vez não voltaria à lanchonete. Pegou o metrô decidido a matar o tempo, faria baldeações de um lado para outro. Quando cansasse, banzaria pelas ruas do centro, ou tomaria ônibus com destinos incertos, até que chegasse a hora de voltar para a pensão. Antes de mergulhar no metrô, comprou o jornal. "Empresário assassinado no shopping. A polícia não tem pistas do assassino". Aleixo lia a notícia quando o trem passava alguns metros abaixo das águas sujas do rio Pinheiros com destino à avenida Paulista, onde ele fez a primeira baldeação e comprou outro jornal, depois de abandonar o primeiro já lido numa lixeira da calçada. Quatro jornais publicaram a notícia. Ele leu-a em todos com o mesmo interesse. Todos variavam os detalhes, ao sabor de quem a redigia, mas todos eram iguais no afirmar que a polícia ainda não tinha pistas do assassino. Nos dois dias seguintes, a notícia ainda apareceu nos jornais, mas como pequenas notas, nas páginas interiores. Depois desapareceram por completo, dando lugar à interminável fila de crimes, a cada dia atualizada. Engana-se quem pensa que isso terminará um dia.

Passados três dias, Aleixo deixou a pensão dizendo à dona que ia formar uma república juntamente com dois colegas da faculdade. Seu destino, porém, era bem outro. Logo cedo, juntou seus poucos objetos e roupas, pegou os livros, meteu tudo na mochila e saiu. Na primeira lixeira que encontrou abandonou os livros. A ocasião era oportuna para fazer uma viagem ao Peru, onde faria uma sondagem para futuros investimentos. Tinha conhecimento da atuação de várias empresas brasileiras no país vizinho e da recente ligação rodoviária entre os dois países. Uma viagem de ônibus de quatro dias com travessia da Amazônia e dos Andes até chegar a Lima, virada para o Pacífico. Caminho que, desde o começo do século dezessete, os antepassados bandeirantes sonharam fazer na intenção de buscar os carneiros peruanos para o transporte de carga. Seguiu para a estação rodoviária Tietê, levando no bolso uma passagem do ônibus Expresso Ormeño, comprada no dia anterior. Ao pé do ônibus de dois andares, esperando o momento do embarque, examinou os companheiros de viagem. Eram cerca de trinta pessoas, homens e mulheres, jovens, velhos e crianças. Todos peruanos, morenos cobreados, cabelos pretos escorridos. No andar de baixo iam as bagagens, separadas da sala dos motoristas. No andar de cima iam os passageiros. Quando o ônibus se desembaraçou do trânsito das ruas, partiu da cabine dos motoristas o som de canções peruanas que seriam ouvidas até o fim da viagem.

Durante dois dias, o ônibus internou-se no oeste brasileiro, deixou cinco Estados para trás, entrou no território peruano, atravessou o grande rio Madre de Deus e começou a subir, no terceiro dia, a grande Cordilheira, até atingir sua cumeada de altiplanos, a mais de quatro mil metros de altitude. Numa noite, enquanto dormia, embalado pelo balanço que as curvas davam, sonhou que voava. Via, então, de muito alto, as cidades e procurava entre elas distinguir São Paulo, mas era inútil, não conseguia. A sua cidade perdia-se remotamente no meio de muitas outras, e do fundo também remoto de sua memória, vinha a lembrança de um crime que ele cometera há muitos milhares de anos. Quando acordado, vendo de novo descobertas pela luz paisagens que ele nunca vira, a custo distinguia o que via do que fora sonhado. No quarto dia, ao amanhecer, chegaram às terras banhadas pelo Pacífico.

Acostumado nos últimos tempos à vida barata das ruas, Aleixo não teve grandes dificuldades em sua permanência na capital peruana. Ocupou-se desde o início com as cores do país que via nas ruas, nas casas, nas coisas, nas roupas, e viu as pessoas como pintores das cenas diárias. Depois se ocupou com os sons, os sotaques, as vozes, a língua, as dissonâncias e viu as pessoas como músicos. E nos espaços adivinhou os seus arquitetos e seus inventores de edifícios de ruas e jardins. Pareceram-lhe todas essas coisas muito estranhas, e sentiu-se um tanto estrangeiro, com certo mal-estar, que durou só até perceber o ritmo que animava todas elas. No ritmo percebeu alguma coisa muito familiar, cuja força ele já sentira fervilhar nas próprias veias. Olhou para um homem de aspecto miserável que se aproximou dele, e nesse momento assomou em sua musculatura o impulso quase irrefreável de golpeá-lo. Disfarçou a sensação e dirigiu-se a uma banca de jornais como fazia todos os dias em busca de notícias brasileiras. Lia atentamente todas as páginas sobre crimes. Mas jamais encontrou notícia sobre a morte de Matias. Lia também as notícias sobre economia, negócios, empreendimentos. Interessou-se em saber sobre investimentos estrangeiros no país, notadamente os de brasileiros. Estava razoavelmente informado sobre as possibilidades de estender as atividades de sua empresa ao Peru, quando decidiu pegar o ônibus de volta para casa. Animado pelas perspectivas dos futuros empreendimentos, resolveu trazer algum souvenir para os amigos. Comprou três pulôveres da finíssima lã de vicunha, colocou na mochila e regressou.

Embora tenha reconhecido Leopoldo, o porteiro do prédio onde ele morava pediu-lhe que se identificasse. Leopoldo sorriu e brincou, reconhecendo a voz do empregado. O portão foi aberto. Outro empregado da casa abriu-lhe a porta. Perguntou pelo irmão Constantino, disseram-lhe que ele não morava mais lá, e que o apartamento era habitado e conservado por dois empregados por decisão de Constantino, até que ele, Leopoldo, voltasse. Leopoldo estava cansado. Precisava ficar quieto por algum tempo, descansar. Decidiu ir para o seu quarto e dormir por um ou dois dias. Foi o que fez. No dia que resolveu retomar o trabalho, chegou ao escritório às dez horas, bem no horário que os seus colegas executivos faziam sua reunião ordinária.

O trajeto de táxi até o escritório ele o fez como um passeio nos próprios domínios. Atrás dos vidros, ele ia olhando à sua volta, seguro de si, certo de que estava entre seus semelhantes. Bastava um olhar discreto para os que trafegavam nos melhores carros, nos sinais de distinção de um ou outro que seguia a pé pelas calçadas, nas fachadas do comércio de luxo ou dos suntuosos edifícios residenciais, para pulsar nele a sensação de que regressara ao seu país. Mas o seu país era apenas ali onde ele podia, através dos vidros, avistar os seus semelhantes. Era alheio aos arredores, à extensão inumerável do grande conglomerado urbano, aquele abismo que sangrava, e de onde ele emergira com a força de um exército. Da entrada do prédio até o andar do escritório, foi saudado gentilmente por todos que o conheciam e, dentro do escritório, houve ruidosas manifestações de acolhimento, abraços dos amigos. Brincadeiras. Um deles foi logo dizendo: "— Da próxima vez que nos abandonar, deixa pelo menos um recado no espelho!" "— É que não tinha batom, suas putas!" "— E por onde andou? Deu um trabalho do cão, pra levar essa porra sem você." "— Sem briga, que eu trouxe um pulôver do Peru pra cada um." "— Peru?!" "— E esse anel?" "— Foi o que trouxe pra mim." "— Deixa ver: a serpente e a tempestade." "- Viagem, amigos, muita viagem. Mas descobri negócios, vamos internacionalizar a empresa!" "— Olha só, ele tava trabalhando..." "— Mas você tá bem pra caralho, velho! Cê tá parecendo uma máquina, cara!" "— É isso aí, ele parece um míssil... Sei lá!" "— Não, um caça supersônico Rafale!" "— Não, não, ele tá parecendo mais é com um AK-47". "— É isso aí, um AK-47!" Todos riram. "— Diga aí, cara!" "— A travessia dos Andes, a falta de ar, a visão do abismo, mas tem também aquela visão do alto!..." "— Não diga, cara!" "— Uma aventura... Vocês não sabem o que passei...". "— Não diga..." "— O importante é que você está vivo".

9

Foi uma mesura do Rubens a oferta deste relato. Muito apegado à nossa casa, e queria trabalhar pra mim. Trabalho apurado. Apreciei a leitura, me diverti muito. Pra mim foi uma surpresa. Mas ele foi além dos limites e acabou criando um problema para ele mesmo. Um homem inteligente, como é que não percebeu que seria um constrangimento conservá-lo aqui dentro de casa, com tudo que ele tinha na cabeça? Tendo ido tão longe em suas pesquisas, estou certo de que ele não ignorava os laços longínquos que unem as nossas famílias. Estou certo também de que ele sabia o risco que corria. Mas aí estava a sua audácia. Sabia que entrava num beco sem saída, mesmo assim entrou. Um adventício audacioso. Poderia admiti-lo em casa, transbordando dos seus limites? Tampouco poderia deixá-lo à solta por aí? Esse foi o seu beco sem saída. Por isso resolvi matá-lo. Convoquei Constantino, mostrei-lhe o relato, conversamos. Você sabe que seu irmão não é de esperar o ovo endurecer. O Rubens meteu-se demais onde não devia. Uma pena. Experimenta o patê, é muito bom. Esse aí é de ervas. Você sabe da história. Rubens não podia sair por aí fazendo dela livro pra ser lida por todo mundo. Morto é melhor. Morto não, imortal. Porque, com esta obra que deixou, e se depender de mim, ele vai ainda durar muito. Que era habilidoso não se nega, e astuto, e observador, pegou uma história boa e soube fazer bom proveito dela. É certo que apresenta aqui e acolá um quê de floreio. Mas há também muito com que se deleitar. Estou até pensando botar em livro. Tiragem pequena, só para algumas pessoas assinaladas. Você aprova? Se quiser, botamos nomes de antepassados distantes, damos uma feição de livro velho. Papel de alfarrábio, grafia arcaica, capa especial. Até folhas com manchas do tempo. Mandamos imprimir longe daqui, em uma daquelas antigas editoras de Lisboa. Assim acho que o livro fica bom, e com sabor adequado. É uma idéia, o que acha? Mas você tanto olha para aquela parede. Está sentindo falta de alguma coisa? Isso mesmo, o espelho. Pois é, quebrou. Aquela porta estava aberta. O vento fez uma corrente e derrubou. Mas já me acostumei com a parede cega, sem o espelho. Como foi que Constantino fez? Pagou o tal de Uriz para liquidá-lo. Eram inimigos. Uriz morava na casa dele, mas não pagava aluguel. Rubens ia despejá-lo. Antes de Rubens morrer, Constantino extraiu dele a assinatura de doação da casa para o Uriz. Era o que este precisava para matá-lo. Mais vinho? Talvez eu traga um retrato da galeria da família para o lugar do espelho. Cobriremos a cegueira da parede com uma bela figura. Prove agora deste. Fizemos o que tinha de ser feito.

FIM